notes of the song of the kojiki

# 古事記歌謡注釈

## 歌謡の理論から読み解く古代歌謡の全貌


監　修

辰巳正明

著　者

大谷　歩　　大塚千紗子　小野諒巳
加藤千絵美　神宮咲希　　鈴木道代
髙橋俊之　　室屋幸恵　　森　淳



新典社

Shintensha

# 古事記歌謡注釈 ―― 目次

# 古事記歌謡＊目次

# 解　題

## ｉ　民族の歌謡

古代日本の文字文献には、豊かな歌の世界が見られる。古代において歌が重要な位置を占めたのは、文字の代わりになる言葉が伝達の方法であったためであり、その言葉こそが歌であったことによる。歌は民族の歴史を語る方法であり、あるいはまた人々の遊楽や交歓に欠くことのできない心の思いを訴える方法でもあった。そうした民族の歴史や人々の思いを伝える歌は、古代の文字文献である古事記・日本書紀・風土記などの歴史書や地理書の中に多く見られる。また奈良朝末には原型が成立したと思われる、古代の一大歌集である万葉集には、七世紀から八世紀に日本列島に生きた人々の種々の思いが伝えられている。それらはすべて外来の漢字により表記されているが、その漢字を丹念にたどるならば、古代日本の人たちが書き記した歌々の中から、日本列島の中に育まれたさまざまな文化や文学の形成の歴史が知られるに違いない。古代の歌や歌謡は、日本文学の発生に立ち会える世界でもある。

個人の歌が成立するのは漢字文化と深く関わるが、歌は歌われるものとして文字文化に関わりなく集団の中に存在していた。そうした集団に歌が途絶えることなく継承されていたのは、村や国においてそれらの歌が特殊かつ重要な内容を有していたからに他ならない。なぜなら、歌は神々の来歴を語るものであり、村の始まりを語るものであり、民族の来源を語るものであり、文化の起源を語るものであったからである。そこには部族や民族という意識が強く存在していたのであり、歌を失えば民族の根拠も失われたのである。もちろん、それればかりではない。集団的な歌の共有の他にも、個人の中に共有される個的な抒情主体の歌も多く歌い継がれたのである。この二つの面に、古代歌謡の特色が見られる。

## ii　歌謡の分類

集団の中において個人が共有する歌は、主に個人の恋の心を訴えるところに特徴がある。万葉集が三大部立ての一つに相聞歌を置いたのは、恋の思いを互いにやり取りするという意味からであった。そこに恋歌が成立する最初の状況があり、万葉集の四五〇〇余首の大半が恋歌により占有されているのは、恋歌が日本列島に歌われた歌の本質的な位置にあったことを教えるのである。そのような恋歌の中でも、長歌体により歌われた恋歌があり、これらは祭式や儀式において歌われた、神々の恋歌の一端を示すものであろう。長歌体歌謡の持つ特徴は、その内容を叙事として歌うことにあるから、そこには伝統的に継承されてきた民族の歴史が見出されるに違いない。

このような歌の性質は、一つに歌が公的な性格を持つ中に継承されて来たということであり、一つに個人の心を表す方法として継承されて来たということにある。こうした歌謡は従来から民謡論で説かれることが多かったが、折口信夫は前者について大歌と呼び、後者について小歌と呼んだ。この歌の大歌・小歌の分類はすでに古代日本の音楽所・歌舞所のようなところに管理され存在していたものと思われ、さらに中国の少数民族にもこうした分類が見られるのであり、それは次のような性格分類が可能であろう。

うた
- 大歌＝公的儀礼歌―民族の歴史に関わる歌―祭祀・迎客等
- 小歌＝私的恋愛歌―男女の社交に関わる歌―歌会・労働等

この分類は大凡のものであるが、さらに独唱・合唱・斉唱・対唱などの方法や曲調の種類、楽器の有無なども加わり、極めて複雑になる。しかし、「うた」をこうした大歌と小歌とに分類する方法は、古代の歌舞所以来の考えによるものであり、それが後に「大歌所」として、宮廷の管理下に置かれたことは周知のことであろう。そのような大歌にしても小歌にしても、多くの恋愛歌が中心となって古代歌謡は展開しているのである。そのような恋歌の性格について、中国京族の歌謡の性格から見ると、およそ次のような分類が認められる。

娯神情歌………神と神、神と人との恋愛を歌う、神に供する恋歌

文娯情歌………人々が聞いて楽しむ、専門歌手による恋歌

社交情歌………社交を中心とした、歌遊びの性格の強い恋歌

恋人情歌………恋人同士が擬似的な結婚を目的に、歌路に沿って歌う恋歌

愛情故事歌……恋愛事件を中心に、物語風に歌う恋歌

失愛情歌………愛する男女が生別・死別などで別離する悲しみの歌

情歌と言うのは恋歌と言う意味であるが、このような恋歌の分類は、古代の歌謡を考えるのに重要な歌謡理論であると思われる。それらが生まれる歌の場は、神祭りや歌の社交集会にあり、さらに恋の歌語りの中にある。そこには、対唱や独唱の形式が存在している。

## iii　大歌の性格

大歌は宮廷に関わらずに公式の場の歌であり、祭祀・儀礼・宴楽の場で天地開闢から民族の始祖の誕生や文化の起源、あるいは遷徙や英雄の物語などの歴史を歌うことを中心に、村の長や王などを讃仰する晴れの歌（呪歌・寿歌）として伝承される。そうした大歌は、古い歌であることから古歌と呼ばれ、儀礼の歌でもあることから酒歌とも呼ば

れる。宮廷に管理されるようになると、国の歴史や王および王室への寿歌が大歌として尊重されるのである。そうした大歌は民族の古い伝承の歌であり、中国西部苗族の古歌では、

耶璋篤分天地（耶璋篤が天地を分けたこと）
開天辟地歌（天地開闢の歌）
亜亜射日月（亜亜が太陽と月を射たこと）
祭祀岩神和樹神的来歴（石神と樹神を祭った由来の話）
造天地（天地を作った話）
洪水滔天歌（洪水が天を掩った歌）
農耕始祖知施労（農耕の始祖の知施労の話）
苗家三位首領（苗族の三人の首領の話）
根支耶労住東徙（根支耶労が東へ移動した話）
姑娘心事重重（女の子の悩みはいくつもある話）
離魂（離れた魂の話）

などがあり、これらはその一部であるが、「天地開闢」に始まり、「離れた魂の話」に至るまで、民族の大歌として伝えられる内容が如何なるものかが知られる。それらは、天地開闢から始まる民族の誕生と歴史に深く根ざすものであることが知られ、いわば、それぞれの大歌には民族におけるアイデンティティが歌われているのである。

## iv　小歌の性格

一方の小歌は主に歌垣の場における社交集会において展開し、また市や遊楽のような社交集会や労働の場にも歌わ

れ、それらは男女の掛け合いが主であることから恋歌が中心となる。歌垣のような歌の祭りでは、さまざまな歌唱方法が存在するが、一定の歌の流れを理解しながら歌うことが求められるため、そこには歌を歌うための順序や歌唱方法が成立していたと考えられる。それは、個々にテーマがあり、それをシリーズ（主題を共通とした連作）として歌うものである。そのテーマは次のようになる。

試喉の歌――歌の会場へ向かう時の喉馴らしの歌
初逢の歌――相手と初めて出会った時の歌
問名の歌――相手の名前を問う時の歌
問村の歌――相手の住所を問う時の歌
質問の歌――相手にいろいろと質問する歌
探情の歌――相手の心を知ろうとする時の歌
賛美の歌――相手の容姿や人格を褒める時の歌
初恋の歌――相手に恋の心を抱いた時の歌
相思の歌――互いに恋する心を抱いた時の歌
熱愛の歌――互いに激しい愛情を抱いた時の歌
定情の歌――二人の恋が成就した時の歌
約束の歌――互いに愛の誓約をする時の歌
共寝の歌――夜を共に過ごした時の歌
鶏鳴の歌――夜明けになり帰らなければならない時の歌
怨恨の歌――相手の不実を恨む時の歌

悔恨の歌――恋をしたことを悔やむ時の歌
分離の歌――互いに恋しい思いを抱きながらも別れる時の歌
逃婚の歌――親の決めた相手を拒否して好きな相手と逃げる時の歌
情死の歌――二人が社会的に生きられず心中を決意する時の歌

このような恋歌の流れは、中国古代の詩経以来に見える順序（歌路）であり、それぞれの恋の段階を踏まえて、挑発や反発または歓喜を繰り返しながら集団の歌は展開するのである。

## Ｖ 古事記の歌謡

古事記の歌謡は、上巻・中巻・下巻を合わせて、一一二首を認めることができる。それらの歌謡は、神々の歴史（神語）や天皇の歴史（物語）の中に歌われたことを前提に収録されたものである。そのことから、これらの歌の取り扱いは、注釈・研究においても基本的には神話や物語を考慮することで説明されて来た。それは、古事記というテキストを絶対化・固定化することにより成り立つ方法であり、歌を神話・物語と同一化することで可能な方法であったといえる。もちろん、原テキストには、神話や物語と一体であった歌謡も存在したであろう。しかし、神話や物語に自ずから沿わない歌も存在し、その場合には神話・物語には関係のない独立歌謡や当時の民謡といった理解をすることで解決に導いたのである。

もちろん、このことは古事記というテキストの読みの問題に限定されるものであり、完全にテキストの文脈から離れることは困難である。しかしながら、そのような読みが極端に求められるならば、神々によって歌われたとされる歌々は須佐之男の命や八千矛の神が実際に歌った歌ということになる。そのような理解はあるとしても、少なくともそれらの歌は神々の物語などを作り、そして伝えた人々の創作ということになろう。しかし、その立場においても歌と物語の同一化、文脈と歌謡理解の不整合の解消は困難であったのであり、その困難さは今日においても解決されていない。

何よりも古事記歌謡には、歌の分類と歌曲名とが記されているところに特質がある。これは歌に関する伝承を継承するとともに、巫師や歌師が口伝えで弟子に口伝するものであることを示唆する。なぜなら、それらの歌謡を書記する段階において、ある程度歌の性質を正しく伝えようとした態度であると考えられるからである。歌は声のテキストであるから、それを文字化すると同時に声の部分が消滅することになる。古事記歌謡にみる歌の分類や歌曲名は、これを補うように、口頭で歌われていた状況を留めようと工夫した形跡が認められるのである。それらの名称と歌曲は、次のように見られる。

神語　2・3・4・5
夷振　6
思国歌　30・31
片歌　32
酒楽歌　39・40
志都歌の歌返　58・59・60・61・62・63・64
本岐歌の片歌　73
志良宜歌　78
夷振の上歌　79・80
宮人振　81・82
天田振　83・84・85

夷振の片下　86
読歌　90・91
志都歌　92・93・94・95・104
天語歌　100・101・102
宇岐歌　103

「上歌」や「片下」などは歌唱の方法を示すものであろうし、歌の注には「音引く」といった歌唱法までが見られる。このような古事記歌謡には、口頭による歌謡のシステムを継承しようとする意識が窺われるのであり、こうした歌唱の方法は、神楽歌や催馬楽の中に多く見られるものである。催馬楽の中でも、複雑に歌われる「山城」（山城）を例とすれば、

山城の　狛のわたりの　瓜つくり　な　なよや　らいしなや　さいしなや　瓜つくり　瓜つくり　はれ　瓜つくり　我を欲しといふ　いかにせむ　な　なよや　らいしなや　さいしなや　いかにせむ　いかにせむ　はれ　いかにせむ　なりやしなまし　瓜たつまでに　や　らいしなや　さいしなや　瓜たつま　瓜たつまでに

とある。この複雑さの要因は囃子詞の頻用や多くの繰り返しにあるが、このように複雑に歌われながらも、これはある定型の中にあることが知られる。

山城の　狛のわたりの　瓜つくり　我を欲しといふ　瓜立つまでに　瓜立つまでに
山城の　狛のわたりの　瓜つくり　我を欲しといふ　瓜立つまでに

このように、仏足石歌体や短歌体に収束されるものであり、声による歌謡の本来の方法で歌われると、こうした複雑な歌い方が可能となるのである。そこには、歌謡の伸縮自在な歌唱法が存在している。

## vi　古事記歌謡の歌体

古事記の歌謡にはいくつもの歌体がみられ、この歌体の多さは歌われることにより現れたものであり、その歌曲名は先に見た通りである。ただ、古事記歌謡はいくつもの歌体を持ちながらも、その韻律は5・7を基本とし、これは以後の万葉歌や和歌の韻律の基盤となってゆく民族的契約の韻律である。その5・7を基本としながら、古事記歌謡の歌体は、未定型のものも見られるが、おおよそ次のように分類できる。

Ⅰ　長歌体歌謡（5・7・5・7・5・7・5・7……5・7・7）

2・3－1・3－2・4－1・4－2・5・6・9・10・11・12・13・14・22・27・28・29・39・40・42・43・44・47・48・51・53・57・58・60・61・63・64・71・72・74・78・83・86・89・90・91・97・98・100・101・102・103・104（48首）

Ⅱ　短歌体歌謡（5・7・5・7・7）

1・7・8・15・19・20・21・23・24・33・34・36・41・45・46・50・52・54・55・56・59・62・68・69・70・75・76・77・79・80・81・82・84・85・87・88・92・93・94・95・96・99・107・108・110・111・112（47首）

Ⅲ　片歌体歌謡（5・7・7）

16・17・18・25・26・32・37・67・73・105・106（11首）

Ⅳ　旋頭歌体歌謡（5・7・7・5・7・7）

65（1首）

Ⅴ　仏足石歌体歌謡（5・7・5・7・7・7）

109（1首）

Ⅵ　四句体歌謡

35・66（2首）

Ⅶ その他の歌謡

30・31・38・49（4首）

右の分類で特徴的なのは、長歌体歌謡が多く見られることであり、それはすなわち古事記歌謡が叙事性を強く持つことと一体の関係にある。ただし、83番歌謡のように末句が３７で終わるのは、長歌体に稀に見える形式である。これに続いて短歌体が多いのは、片歌体の性格とも関わるものであり、両者がいずれも掛け歌を基本とすることによるであろう。古事記歌謡の特色は、歌を掛け合う対詠的性格の中にある。長歌体・短歌体・旋頭歌体・仏足石歌体は万葉集にも継承されるが、片歌体はそれ以前の古歌謡の歌体である。その他に分類された38番歌謡は４５７５７６であり、49番歌謡は５６７５４７であり、旋頭歌体とも考えられる。30番歌謡は４７５４７８、31番歌謡は４７５７７８であり、これらは仏足石歌体の未定型とも考えられる。35番歌謡は５５６６、66番歌謡は４７５７の韻律を持ち、これら四句体の歌謡は珍しい形式である。この35・36番歌謡に関しては、注釈本文で述べるように、歌の内容から掛け歌の中に存在したことが窺われる。

## vii 古事記歌謡の特色

古事記が収録する歌謡は、古事記の神話や物語に沿うように、歌所の管理する歌謡群の中から意図的に選択されていることが考えられるならば、その歌謡は自ずから物語歌としての性格を強く持つものとして成立したものである。それらの歌謡は古事記の物語へと収斂されることで、新たな生命を吹き込まれたのである。そうした歌謡の性格とは別に、これらの歌謡にはいくつもの歌体による詞形式が存在し、また対詠形式も多く見られ、囃子詞や感動詞も多く挿入されていて、その表現性は豊かである。これらの歌体・形式は口頭で歌われていた形態を残存させるものであり、その歌唱法は知られないが、歌うことにより現れる豊かな表現方法が存在したことを十分に窺わせる。

さらに大きな特色は、多くの歌が男女の愛を歌い上げていることである。しかも、女体の美しさや共寝の様子を歌う歌謡が多く、古事記歌謡は男女の愛の謳歌の中にある。そうした愛の謳歌は大歌にも小歌にも見られるものであり、こうした歌謡のあり方は、古代歌謡が人間の根源と深く結びつくことで存在したものと思われる。その根源性は、男女の愛と性の歓喜の中に包含されていたのである。村の祭式の中に現れる神々の愛の歌や、季節毎に開かれる男女の恋の祭典である歌垣の歌など、それらを生み出す世界は、多種多様であったに違いない。万葉集が多くの恋歌を残したのも、柿本人麻呂の作品がさまざまな愛を主題としたのも、このような古代歌謡の愛の謳歌を展開させたものと思われる。それでありながら、愛の歓喜が悲劇性をも抱えているのは、愛の歌がそうした悲劇性を体質的に保持していたことと関係するのであろう。

## viii　本書の方法

このようなことから、本書における古代歌謡研究の方法は、古事記の歌謡を神話・物語と切り離して、その歌謡内部から導き出し得る、歌謡の豊かな表現の性質を明らかにすることを目的とする。先述のように、歌はまず大歌と小歌とに分類されることを視点に据える時に、古事記の歌謡には、この両者が入り乱れて組み込まれていることが明らかになる。古事記に集約される以前の歌謡の姿を考えるならば、それぞれの歌謡は、ある神の信仰圏において歌われていた祭祀歌謡や演劇歌謡、英雄などの物語歌、地方の歌垣の歌や労働歌、衆庶の間の流行歌などがあり、それらの主たる歌謡は古代の歌所（大歌所・歌舞所）に管理されていたことが推測される。そのような推測を可能性とするのは、万葉集の巻頭に見える雄略天皇の御製歌や、続く舒明天皇の御製歌の存在である。これらは記紀歌謡には見られない祭祀系の歌謡であるため、歌所により管理されたと考えられる。さらに、万葉集の古歌群や、物語が付随した歌謡、歌劇形式の芸能の脚本、あるいは祭祀系の神楽歌なども含めて、それらも歌所に管理されていたものと思われる。それらの歌謡の中から、古事記の物語に沿う歌謡が古事記に組み込まれ、物語歌として理解されたのであろう。そうした歌謡群が改めて天武朝の国風整備の中で、各地から召し上げられた歌人や俳優・侏儒などの専門家の登場により、宮廷歌謡や芸能の脚本として定着し、次の雅楽寮の管理する歌謡へと向かったものと思われる。

こうした歌所に管理されていた歌謡群は、巫師や歌師の伝承する祭祀歌謡・儀式歌謡・叙事歌謡などのような民族の起源や歴史に関わる大歌と、民間に流布し伝承されていた国風歌謡などの小歌があり、それらは専門の歌師や歌舞師らが弟子を取り、繰り返し練習させていたに違いない。

以上のようなことから、古事記歌謡前史の古代歌謡の存在を想定し、歌謡本来の性質を見出すことが必要であると思われる。このように、古事記の歌謡を古事記の物語から切り離して捉えようとすることの意味は、本書の目的が古事記の研究ではなく、古代歌謡の研究にあるからである。そのような古代歌謡の性質に視点を置いたときに、多くの万葉集の歌謡や、あるいは神楽歌・催馬楽・琴歌・今様・早歌なども同列に立ち上がるに違いない。

本書は、そのような意味での古事記歌謡の注釈である。

# 凡　例

一、本書は、『古事記』の中に収録されている全歌謡の注釈である。

一、本書は、『古事記』の神話内容や物語内容に関わらず、歌謡の内部が持つ表現の性質を考慮して注を施し、解説をした。

一、歌謡番号は歌謡の性質から判断して独自に付したものであり、分割可能な歌謡は、元の番号に１・２の番号を加えた。また、参考として見出しの歌謡番号の下に、類似する『日本書紀』の歌謡番号を掲げた。なお、『琴歌譜』に類似の歌謡がある場合も見出しに掲げた。

一、注釈は、訓読文・漢字本文・現代語訳・歌語注釈・諸説・解説の順に並べた。なお、引用文における旧字は全て新字に改めた。

一、諸説は、古事記の物語に沿うことなく、歌の性質を説明した注釈書の中から、必要箇所を主に取り上げ、物語との関係を述べる注は省いた。略号は注釈の項参照。

一、解説は、歌謡の性質、歌の場、歌われる理由などに重きを置いている。

一、本文の底本は、真福寺本『古事記』を使用した。なお、真福寺本の本文には訓読し難い問題箇所があり、校訂本文を作成して訓読文の後に掲げた。底本において漢字表記に問題が認められる場合は、その校訂本文の右傍に＊印を付した。この＊印は、底本に欠落・誤字・難読などの問題があることを示したものであり、それらは真福寺本を底本とする『聚注　古事記』（桜楓社）に基づき、『諸本集成古事記』（勉誠社）を参照して校訂した。校異は道祥本・道果本・春瑜本・兼永筆本・延春本・前田家本・曼殊院本・猪熊本・寛永版本・鼇頭古事記（延佳本）・訂正古訓古事記の諸本によって行い、適切と思われる表記を選択し校訂を行った。真福寺本を校訂した箇所（＊印）は、「本文校訂表（校異）」においてまとめて掲出した。なお、「阿‐河」「米‐未」「杼‐梯」「袁‐表」「計‐斗」の文字は、真福寺本ではいずれの字か判断がつかない場合があるため、前後の文脈の語義から判断して改めた箇所がある。また、「賀」「婆」の文字は清濁両用の可能性があり、これも語義により判断した箇所がある。

一、歌謡の注釈にあたり引用した注釈書と略号は、以下の通りである。

契沖「厚顔抄」『契沖全集　第七巻』（岩波書店）………厚顔抄
賀茂真淵「冠辞考」『賀茂真淵全集　第八巻』（続群書類従完成会）………冠辞考
本居宣長『古事記伝』（筑摩書房）………記伝
橘守部『稜威言別』（冨山房）………言別
武田祐吉『記紀歌謡集全講』（明治書院）………全講
日本古典文学大系『古代歌謡集』（岩波書店）………大系本古代歌謡集
日本古典文学大系『古事記　祝詞』（岩波書店）………大系本古事記
相磯貞三『記紀歌謡全註解』（有精堂出版）………全註解
土橋寛『古代歌謡全注釈　古事記編』（角川書店）………全注釈
山路平四郎『記紀歌謡評釈』（東京堂出版）………評釈
新潮日本古典集成『古事記』（新潮社）………古典集成
新編日本古典文学全集『古事記』（小学館）………新編日本古典文学全集本

一、物語との関係で参考とした主要な古事記の注釈書は以下の通りである。
次田潤『古事記新講』（明治書院）
倉野憲司『古事記全註釈』（三省堂）
西郷信綱『古事記注釈』（平凡社）
角川ソフィア文庫『新版　古事記』（角川学芸出版）
日本古典文学全集『古事記』（小学館）

一、歌謡の理論的な理解として、以下の著書・論文を参考とした。
折口信夫『折口信夫全集』（中央公論社）
土橋寛『古代歌謡論』（三一書房）
土橋寛『古代歌謡と儀礼の研究』（岩波書店）

土橋寛『古代歌謡をひらく』（大阪書籍）
松本雅明『詩経諸篇の成立に関する研究』（開明書院）
白川静『詩経研究』（朋友書店）
白川静『詩経』（中央公論社）
辰巳正明『詩の起原　東アジア文化圏の恋愛詩』（笠間書院）
辰巳正明『万葉集に会いたい。』（笠間書院）
辰巳正明『詩霊論　人はなぜ詩に感動するのか』（笠間書院）
辰巳正明『折口信夫　東アジア文化と日本学の成立』（笠間書院）
辰巳正明『万葉集の歴史　日本人が歌によって築いた原初のヒストリー』（笠間書院）
辰巳正明『歌垣　恋歌の奇祭をたずねて』（新典社）
陶陽／鍾秀編『中国神話』（上海文芸出版社）
梁庭望／農学冠編『壮族文学概要』（広西民族出版社）
蘇維光他著『京族文学史』（広西教育出版社）
羅義群『中国苗族詩学』（貴州民族出版社）
龍躍宏／龍宇暁編『侗族大歌琵琶歌』（貴州人民出版社）
張人位／鄧敏文『侗族文学史』（貴州民族出版社）
中国民間文学集成全国編輯委員会『中国歌謡集成　広西巻』（社会科学出版社）
葉知風編『哈尼族古歌』（雲南民族出版社）
黎穆編『西部苗族古歌』（雲南民族出版社）
燕宝整理訳注『苗族古歌』（貴州民族出版社）
達西烏拉彎畢馬『鄒族神話与伝説』（晨星出版）
呉裕成『中国的門文化』（天津人民出版社）

袁珂編著『中国神話伝説詞典』（上海辞書出版社）
馬学良編『中国少数民族民俗大辞典』（内蒙古人民出版社）
鉄木爾達瓦買提編『中国少数民族文化大辞典　西南地区巻』（民族出版社）
靳之林『生命之樹』（中国社会科学出版社）
呉定国「侗族民歌対唱形式の種類と韻律―中国貴州省南部侗族の事例を通して―」（『國學院雜誌』平成二十年二月号）
マーセル・グラネー／内田智雄訳『支那古代の祭禮と歌謡』（弘文堂書房）
谷口幸男訳『エッダ　古代北欧歌謡集』（新潮社版）
沓掛良彦編訳『ピエリアの薔薇　ギリシャ詞華集選』（平凡社）

一、注釈・解説に用いた本文テキストは、以下による。但し、古事記歌謡の引用は本書による。

古事記………角川ソフィア文庫『新版　古事記』（角川学芸出版）
日本書紀………日本古典文学大系『日本書紀』（岩波書店）
万葉集………講談社文庫『万葉集　全訳注・原文付』（講談社）
神楽歌・催馬楽・風俗歌……日本古典文学大系『古代歌謡集』（岩波書店）
風土記………日本古典文学大系『風土記』（岩波書店）
続日本紀………新日本古典文学大系『続日本紀』（岩波書店）
続日本後紀……新訂増補国史大系『続日本後紀』（吉川弘文館）
懐風藻………『懐風藻全注釈』（笠間書院）
祝詞………日本古典文学大系『古事記　祝詞』（岩波書店）
律令………思想大系『律令』（岩波書店）
延喜式………国史大系『延喜式』（吉川弘文館）
歌経標式………『歌経標式　影印と注釈』（おうふう）
古今和歌集……『古今和歌集』（岩波文庫）

新撰字鏡……『新撰字鏡』（天治本）
和名抄……『和名類聚抄』（伊勢二十巻本）
寧楽遺文……『寧楽遺文』（群書類従）
本朝月令……『本朝月令』（群書類従）
本草和名……覆刻日本古典全集『本草和名』（現代思想社）
詩経……漢詩大系『詩経』（集英社）
礼記……全釈漢文大系『礼記』（集英社）
春秋左氏伝……全釈漢文大系『春秋左氏伝』（集英社）
荘子……全釈漢文大系『荘子』（集英社）
論衡……新釈漢文大系『論衡』（明治書院）
史記……新釈漢文大系『史記』（明治書院）
楽府詩集……『楽府詩集』（中華書局）

一、中国史書は、中華書局本による。

# 古事記歌謡注釈

いとしいテアノーをわが臥所に迎え
一夜をともにした折、
哀れにもあの女は涙にむせびつづけた。
オリュンポスの辺に明けの明星が上がってからは、
訪れる暁を告げるかの星を、呪ってやまなかった。
ああ、人の子にはなにひとつ思いどおりにならない。
エロースに仕える身にあらまほしいのは、
キンメリア人の国の夜だ。

（沓掛良彦訳『ピエリアの薔薇』による）

# 古事記 — 上巻

## 1 — 八雲立つ出雲八重垣 ——〈紀1〉

八雲立《やくもた》つ　出雲八重垣《いづもやへがき》　妻籠《つまご》みに　八重垣作《やへがきつく》る　その八重垣《やへがき》を

夜久毛多都　伊豆毛夜弊賀岐　都麻碁微尓　夜弊賀岐都久流　曽能夜幣賀岐袁

めでたい雲が、もくもくと立ちのぼる。この立ちのぼる幾重もの雲の中に造られる、立派な妻屋よ。男神・女神が結婚され、籠られるために立派な垣を廻らした妻屋を造ることだ。二神が夜を過ごされるための、立派な妻屋を造ることだ。

**○八雲立つ**　めでたい雲が、もくもくと立ちのぼる。出雲に掛かる枕詞。「八雲」は厚顔抄は雲が多く立ち重なる意とし、冠辞考・記伝では弥雲の意とする。祭祀に用いる呪詞で、八雲が立つ所は神の住まう神聖な土地の意味。雲が立つのは神の勢いを示し、土地や神を讃える定型句として成立した。出雲国風土記に、国引きをした神が「八雲立つ」と祝福した宣り言が見える。**○出雲八重垣**　雲が立ちのぼる中に造られる、立派な新居だ。「出雲」は、冠辞考は出る雲とする。八雲から導かれた、この歌謡を歌う宗教的共同体の地名となる。その時「八雲立つ」を付すことにより、固有の土地及び神々への褒め言葉となる。そこには出雲と名付けた始祖神の起源神話があるからである。「八重垣」は、記伝に「弥重垣」で、雲を垣としたといい、言別は閫の隔てという。ここは男神を迎えるために造営される新居であり、幾重にも廻らされた立派な垣と表現することで、迎える神への敬意を表している。**○妻籠みに**　妻を住まわせるために。「妻籠めに」とあるべきところ。記伝は「都麻碁微」の「都麻」を夫婦とする。古代では夫も「ツマ」といい、万葉集に「若草の　夫の　思ふ鳥立つ」（二・一五三）とある。ここでは来訪した男神を迎えるために一夜妻が籠もる妻屋で、夫婦で住んでも妻屋である。**○八重垣作る**　立派な垣をめぐらした妻屋を造ることだ。始祖の男神・女神のために造られる妻屋であるが、神事においては神迎えのために臨時に設けられる仮設の建物。仮でも寿詞においては立派な御殿となる。人の世の新婚夫婦の妻屋造営の祝言としても応用可能。**○その八重垣を**　男神と女神が過ごされる、その立派な妻屋を。

**【諸説】**

〔全講〕須加の宮をいつく氏人等が、歌い伝えて来た歌であろう。〔全註解〕女性を迎えるために新たに壮大なる建築物を造営することを叙述したものであり、建築術に一日の長のあった、出雲族の間に伝誦された新室寿の歌と見るのが、正しい見方であろう。〔評釈〕出雲は国名でなく、出雲大神の呪力の込められた垣であったとも思われる。〔全注釈〕氏族集団内の氏人たちまたは隷属民たちによって歌われたものではないかと思う。

**【解説】**

この歌謡は、「八雲立つ」を冠した歌い方から見ると、神々の結婚を祝福する祝婚歌であろう。正しくは神々の結婚にあたり、女神が男神を迎える際に宿るための妻屋を造る時の歌である。おそらく、出雲における始祖神の神話の中の、特に婚姻に関わる歌として、これを位置付けることが可能であろう。もちろん、当該歌謡は人の世になっても、人間の男女が結婚する時に男神・女神の結婚に擬されて、妻屋を建てる時の祝福の歌としても歌われたことが推測される。妻屋は夫婦が暮らすために用意される建物であるが、古代は一般に妻問い婚（招婿婚）であることを考えると、妻屋は妻側の家が夫を迎えるために用意したのであろう。万葉集に見られる妻屋は亡き妻を偲ぶ歌に多いが、一方では「夏蔭の房の下に衣裁つ吾妹」(七・一二七八)とあるように、妻屋の傍で訪れて来る夫のために衣を裁つ妻の姿が詠まれている。ただ、これは社会性を帯びた妻屋であり、当該歌謡が神々の妻屋に対する褒め歌であるとすれば、この妻屋は神事の際に臨時に建てられた仮屋であろう。それが仮屋であるとしても、寿詞であるがゆえに荘厳な妻屋として称えられているのである。したがって神話的な妻屋と社会的な妻屋とは、基本的に区別して考えるべきものと思われる。この八重垣に住まう者は、おそらく村の始祖神と考えられ、妻となる女は土地の女神と考えられる。折口論に基づけば、常世の〈まれびと〉なる神が村を訪れ、村の繁栄や豊饒を予祝し、土地の女神と結婚する時の祭祀があり、これはその祭祀の歌謡(大歌)の一部といえる。このように、神々の結婚を祭りとして行うことは、各地の祭事の中に見られる。例えば、埼玉県の秩父夜祭りは、武甲山の蔵王権現(蛇神)が、女神である妙見菩薩のもとを訪れ、御旅所で結婚するという祭りである。そのように来訪して来た神が、村の女に求婚するという歌謡は、例えば万葉集巻一の巻頭歌に、春の丘辺を訪れた男が、若菜を摘む娘に求婚するという長歌にも見られる。「八雲立つ出雲」の定型句は、出雲神話圏にのみ成立する、限定され、固有化された定型句である。これは、出雲を来訪した〈まれびと〉がその土地を祝福した託宣により成立した言葉であると考えられ、その神の信仰圏以外においては定型化されない、という特質を持つ。「八雲立つ」の語は、来訪した神が出雲の国を特別に雲が立ちのぼる霊威ある土地であると認め、「めでたい雲の立ちのぼる出雲」と宣言した呪詞として成立したと思われる。もとより、「八雲立つ出雲」は雲の湧き立つ状態から「イヅ」を導き出し、「モ」は雲と理解され、「八雲立つ—出雲」の関係が成立したと思われる。古代において雲・霧・霞・煙などは、大地の精霊(土地神)の勢いを示すものと考えられていて、「はしけやし　吾家の方よ　雲居立ち来も」(記32番歌謡)は、雲が立ちのぼることで、家郷の繁栄が予祝されているのである。あるいは、万葉集には舒明天皇の国見歌があり、「国原は　煙立つ立つ」(一・二)と歌われるのも、大地に立ちのぼる煙の盛んなことが土地の精霊を褒めることであり、そこから村や国の繁栄を期待したのである。このような雲はめでたい雲であることから、それは瑞雲とも考えられた。つまり当該歌謡は、神婚の祭祀に準備される妻屋を築造する時に歌われた、出雲地方の祝い歌であったと位置付けられよう。さらに付言するならば、その夜はそこが歌垣の場ともなったに違いない。人麻呂歌集の旋頭歌に「新室の壁草刈りに坐し給はね　草の如寄り合ふ少女は君がまにまに」（十一・二三五一）とあるのは、新築の祝いの場で男女が戯れる雑踏を描いたものであり、これは女たちによる男への誘い歌である。妻屋の新築祝いであれば、男女の掛け合いが行われるのも必然である。

## 2　八千矛の神の命は

八千矛《やちほこ》の　神《かみ》の命《みこと》は　八島国《やしまくに》　妻娶《つまま》きかねて　遠々《とほとほ》し　高志《こし》の国《くに》に　賢《さか》し女《め》を　有《あ》りと聞《き》かして　麗《くは》し
女《め》を　有《あ》りと聞《き》こして　さ婚《よば》ひに　あり立《た》たし　婚《よば》ひに　あり通《かよ》はせ　大刀《たち》が緒《を》も　いまだ解《と》かずて
襲《おすひ》をも　いまだ解《と》かねば　嬢子《をとめ》の　寝《な》すや板戸《いたと》を　押《お》そぶらひ　我《わ》が立《た》たせれば　引《ひ》こづらひ　我《わ》が立《た》
たせれば　青山《あをやま》に　鵼《ぬえ》は鳴《な》きぬ　さ野《の》つ鳥《とり》　雉《きぎし》はとよむ　庭《には》つ鳥《とり》　鶏《かけ》は鳴《な》く　心痛《うれた》くも　鳴《な》くなる鳥《とり》
か　この鳥《とり》も　打《う》ち止《や》めこせね　いしたふや　天馳使《あまはせづかひ》　事《こと》の　語《かた》り言《ごと》も　是《こ》をば

夜知冨許能　迦微能美許登波　夜斯麻久尓　都麻々岐迦泥弖　登々冨々斯　故志能久迩々　佐加志賣袁　阿理登岐*加志弖　久
波志賣遠　阿理登岐*許志弖　佐用婆比迩　阿理多々斯　用婆比迩　阿理迦用婆勢　多知賀遠母　伊麻陀登加受弖　淤須比遠
母　伊麻陀登加泥婆*　遠登賣能　那須夜伊多斗遠　淤曽夫良比　和何多々勢礼婆　比許豆良比　和何多々勢礼婆　阿遠夜麻

迩　奴延波那伎奴　佐怒都登理　岐藝*斯波登与牟　尓波都登理　迦祁*波那久　宇礼多久母　那久那*留登理加　許能登理母　宇
知夜米許世泥　伊斯多布夜　阿麻波勢豆加比　許登能　加多理其登母　許遠婆

〔巫曰く〕八千矛の神の命様は、ご自分が支配なさるすべての国の中から妻を求められましたが、すぐれた妻を得ることが出来なくて、遠い遠い高志の国に、賢い女がいますよとお聞きになって、美しい女がいますよとお聞きになって、そこで妻を求めるためにご出発され、妻を求めてそこへとお通いになられました。ようやく高志の国にお着きになられた八千矛の神様は、まだ大刀の紐も解かないうちに、外套もまだ脱がないうちに、あわただしくお嬢さんの寝ていらっしゃる家の板戸を、何度も何度も手で押し揺らかして、〔男神曰く〕「こうして私が家の戸の前に立っていらっしゃれば、また、板戸を何度も何度も押したり引いたりしながら、こうして私がお立ちになっていると、黒々とした青山に鵼鳥が鳴き始めた。さらに、野の鳥である雉が鳴き声を響かせている。今度は、近くの庭にいる鶏さえが鳴いたではないか。何とまあ私の心も知らないで、ひどく鳴き騒ぐ鳥どもであることか。これらの鳥を、みんな打ち叩いて鳴き止めさせてくれ」と叫ばれた。——〔巫曰く〕さてもさても、天を行く鳥の使いよ、八千矛の神様の妻問いのお話は、このようなことでありますよ。

**○八千矛の　神の命は**　八千矛の神の命様は。第三者による神の紹介。八千矛の神は諸国を巡遊するまれびと神。当該歌謡は、八千矛の神の信仰圏に伝えられた、八千矛の神を主人公とする大歌。**○八島国**　神の領知するすべての国。八島国は古事記の国生み神話によると、瀬戸内海の淡島、四国（伊予国、讃岐国、阿波国、土佐国）、隠岐、九州（筑紫国、豊国、肥国、熊曽国）、壱岐、対馬、佐渡、大和の島を指す。八島国と言ったのは、聖数意識によるものと思われるが、古代中国では全国を「八州」と考える。**○妻娶きかねて**　妻を求め得ずに。「かね」は「～することが出来ない」。八島の国内に、妻とすべき女性が居なかったことをいう。

おそらく、この神は〈まれびと〉としてやって来る神であることが想定され、この詞章はまれびと神が多くの国を巡行し、妻問いをしている姿を描いたのである。しかし、それらの国からすぐれた妻を求め得なかったというのは、次に訪れる国を最良とする考えによる。このような表現は、万葉集に「大和には　群山あれど　とりよろふ　天の香具山」（一・二）のように、香具山が他から選別された特別な山であるというのに等しい褒め言葉である。**○遠々し　高志の国に**　遠い遠い高志の国に。「高志の国」は高志に住む人々の国。「高志の国」は八島国の外の国で、必ずしも「越国」とは限らない。「遠々し」は、まれびと神として遠い道のりを風雨にさらされ、苦労しながらやって来たことを意味する。その遠い土地が高志の国であるというのは、高志の国が八島国に属さない国であることによる。「高志」は八島国とは異なる民族の居住する国であったのであろう。**○賢し女を　有りと聞かして**　賢い女性がいるとお聞きになり。「賢し女」は神を迎えることの出来る女性。賢婦が八島国には居ないため、高志の国にまで来たというのは、高志を特別な国とする意識による。次句と共に、高志にはそうした女神がいることを示し、神による祝福がなされている。肥前国風土記（佐嘉郡）では巫祝の女性が「賢女」といわれている。「聞かし」は聞くの尊敬。**○麗し女を　有りと聞こして**　麗しい女性が居るとお聞きになり。「麗し女」は神に選ばれる美しい女性。「賢し女」と共に神の妻としての資質を備えている女性の条件。「聞こし」は聞くの尊敬。**○さ婚ひに　あり立たし**　妻を求めるために、出発された。「さ」は神聖を意味する接頭語。「婚ひ」は求婚。「あり」は継続を意味し、語調を整えてもいる。**○婚ひに　あり通はせ**　妻を求めに、お通いになる。「通はせ」は厚顔抄に「有往来」とする。ここでは出かけること。**○大刀が緒も　いまだ解かずて**　大刀の紐もまだ解かないで。求婚の折には、大刀を解くのが作法であったのであろう。男神の焦る気持ちが描かれている。**○襲をも　いまだ解かねば**　外套もまだ脱がないで。「襲」は服の上に着る裾まで垂れた上着。万葉集に「手弱女の　おすひ取り懸け」（三・三七九）とある。ここでは、男神の旅の装い。大刀と同様、襲を脱ぐことも求婚の作法であった。**○嬢子の　寝すや板戸を**　お嬢さんの寝ていらっしゃる家の戸を。「寝すや板戸」は万葉集に「吾を待つと　寝すらむ妹を」（十七・三九七八）、「少女らが　さ寝す板戸を」（五・八〇四）とある。記伝は戸を開閉するに音ある故に、戸を閉すことを鳴すというとする。婚姻の折の最初の困難は、女神の家の厳重な板戸を開けてもらうところから始まる。「す」は尊敬。ここから人称が転換する。**〇押そぶらひ　我が立たせれば**　何度も繰り返し押しては、私が板戸の前に立っていらっしゃると。厚顔抄は「押振也」とする。神の来訪を男神の側から描いている。万葉集に「誰そこの屋の戸押そぶる」(十四・三四六〇)とある。次句と併せて男神の焦りと時間が経過している様子を述べている。「せ」は男神自身に対する敬語だが、語り手の意識による。ここから三人称から一人称の歌唱法へと展開する。**〇引こづらひ　我が立たせれば**　板戸を手前に何度も引っぱっては、私が立っていらっしゃると。**〇青山に　鵼は鳴きぬ**　青山に鵼鳥が鳴いた。「青山」は、夜中に見える黒ずんだ影として映る山。「鵼」はトラツグミ。暗い山の中で真夜中に鳴く鳥。夜中の時間を表す。**〇さ野つ鳥　雉はとよむ**　野の鳥である雉の鳴き声が響く。「さ野」の「さ」は接頭語。雉は夜明け頃に野で鳴き始める。夜明けの時間を表す。**〇庭つ鳥　鶏は鳴く**　庭の鳥である鶏が鳴く。「庭つ鳥」は鶏に掛かる枕詞。「庭」は平らな場所。庭で飼われている鳥の意から、庭鳥と呼ばれた。鶏の鳴き声は、人が起きる時を示し、神の退散する時を示した。ここでは間もなく夜が明ける時間を指している。**〇心痛くも　鳴くなる鳥か**　腹立たしくも鳴く鳥であることか。「宇礼」は裏で心。記伝は「慨も」とする。「心痛し」は激しい憤りの表現。その憤りは最後に鳴いた鶏の鳴き声による。神々はこの鶏の鳴き声によって立ち去らねばならなかった。古代の祭りの神上げは鶏鳴の時とされていたため、鶏への怨みとなるのである。**〇この鳥も　打ち止めこせね**　この鳥め、叩きのめして鳴き止めさせてくれ。「も」は詠嘆。「打ち」は打ち叩く。「こせ」は願望。「ね」は希望。厚顔抄は「打止乞」とする。まれびと神の求婚は、多くの困難を抱えていたが、その最大の困難は求婚が受け入れられないまま、夜明けを迎えることである。そのため、夜明けを告げる鳥たちの鳴き声を止めさせて欲しいというのである。ここには、神の失敗譚が語られている。**〇いしたふや　天馳使**　いしたふや天を駆ける鳥の使いよ。「伊斯多布」は「いしたふ」と訓むことが出来るが、記伝は「未思得ず」とする。言別は「急飛也天馳使」とする。何らかの呼びかけ、あるいは枕詞、囃子詞とも考えられる。鼇頭古事記の傍書では「慕」の字をあてている。全注釈では「い下経や」とする。「阿麻波勢豆加比」は、厚顔抄で天馳使かとし、記伝では「虚空飛鳥」に譬えたとし、全注釈では折口説を受けて、伊勢の海部出身の宮廷の「駈使丁」とする。当該歌謡が鳥をテーマとしていることから考えるならば、天上を飛び行く鳥を使いに見立てているのであろう。鳥は霊物として、時空を超えた交往が可能であった。神の事績を鳥の使いが伝えたというのも、語り言の重要な要素であったのだろう。**〇事の　語り言も　是をば**　神の求婚の故事は、このようであります。言別は「事之談辞毛」という。「事」は事柄、事績。神の行いをいう。「語り言」は主に神や偉人を主人公とした故事。「是」は指示語、「をば」は強めで、「このようである」の意と考えられる。記伝は「即此妻問の事を云」とする。なお、「事の　語り言も　是をば」は、叙事歌謡（大歌）における歌の終わりを示す時の定型と思われる。記3‐1・3‐2・4‐2番歌謡などにも見える。

**【諸説】**

〔言別〕本楽府に用ひし換歌の、紛入たるならん。〔全講〕八千矛の神とその妃たちとの唱和の歌は、神語の歌曲として、あまはせづかいを以てみずから任ずる人たちによって伝えられた。〔全註解〕八千矛神と沼河比売との唱和の歌は、上代人の恋愛生活を極めて精細に描写したものとして貴重な文学資料である。〔評釈〕この歌謡には、主人公の仕方をあらわす箇所が少なくないので、もとは手ぶりを伴ったものらしく、あるいは掛け合いの形式で謡われたものかも知れない。

**【解説】**

この歌謡は、八千矛の神の求婚歌であり、その妻問いが失敗に終わったことが歌われている。歌い手は祭りを仕切る巫師であり、その途中に主人公の言葉が入る。途中に主人公の言葉が入るのは、中国少数民族の故事歌に、歌の筋を三人称で歌い、本人の言葉を一人称で歌う形式があり、歌謡の歌唱法の一つと思われる。ここに八千矛の神の命という固有名詞が登場するのは、当該歌謡が、この神の信仰圏において重要な始祖神の業績を語る、大歌として歌われ伝承されていたことを示している。このことは八千矛の神のように固有の神を語らずとも、当該歌謡と類似した内容の妻問い歌が、他にも種々に現れることによって認められよう。当該歌謡における神の求婚は、神が遠くから妻問いに来るという信仰と祭祀に基づいて語られているものである。それはおそらく、異郷からやってくる〈まれびと〉の神（折口信夫の言う遠処の神）の求婚伝承と一体であろう。八島国に優れた女神が居なかったと男神が歌うのは、男神を迎える側の論理である。しかし、当該歌謡において、高志の国に優れた賢し女や麗し女である女神がいると歌われていることは、高志の国の始祖を語るものであり、そこに民族の存在の正統性が主張されているのである。当該歌謡は男神の妻問い歌として歌われているが、それは神迎えにおける一つの形式を示すものであろう。男神は土地の女神を得て一夜妻とし、その土地を祝福して帰るのであり、その時の神の求婚の事情を祭祀の中で巫師が歌劇風に語るのがこの叙事歌謡である。それは高志の国に住む人々の祖先神に関わる叙事歌謡であり、自らの民族の原初における神の来訪と、高志の国の女神との婚姻による始祖の物語を、この歌謡を通して理解したのであろう。当該歌謡では、八千矛の神は遠くから高志の国にやって来たのだが、女神の家の門前で戸を押したり引いたりしているうちに、青山では鵼が、野では雉が鳴き、ついには近くの庭の鶏までが鳴いたことで、激しく憤ることが表現されている。当該歌謡では、求婚においては、女神の家の門前で歌を歌い掛けることが習わしであったことと、妻問いが夜のうちに行われ、鶏が鳴く夜明けには男神は立ち去らねばならないという、神々の契約が存在していることが知られる。鶏鳴は、神々でさえも退散しなければならない、神上げの契約の中にあったのである。神楽歌にも「鶏は　かけろと鳴きぬなり　起きよ　起きよ　我が門に　夜の夫　人もこそ見れ」（酒殿歌）とある。鶏が鳴くと、妻問いをした神も男も退散しなければならないのである。さらに、男神が妻問いの折に戸を押したり引いたりしているのは、神迎えの側から見れば神の訪れを示すものであるが、神の側からすれば早く女神の部屋へ招かれたいという思いからである。ただ、門前での歌から見ると、これは〈門前唱歌〉という妻問い習俗に類似するものであることが注目される。万葉集にも「娘子の門に到りて作れる歌」と題して「かくしてやなほや退らむ近からぬ道の間をなづみ参来て」（四・七〇〇）とあるように、門前で恋歌を掛け合うことが行われている。神もまた女神の家の前で戸を叩き、訪れてきた理由をここで訴えなければならないのである。その理由が冒頭の「八千矛の　神の命は」から「さ婚ひに　あり通はせ」までである。万葉集に「隠口の　泊瀬の国に　さ結婚に　わが来れば　たな曇り　雪は降り来　さ曇り　雨は降り来　野つ鳥　雉はとよむ　家つ鳥　鶏も鳴く　さ夜は明け　この夜は明けぬ　入りてかつ寝む　この戸開かせ」（十三・三三一〇）とある。また、沓掛良彦訳『ピエリアの薔薇』（ギリシャ古典詞）にも「戸口の前での嘆きの歌」があり、「いつまでも続く嵐の夜に、昴星もはや傾きかける頃まで、雨にそぼ濡れてこの俺は、裏切られた女の姿を狂おしく求めて、あの女の戸口の前をひとりうろつくのだ」と歌われていて、難渋する求婚の様子が描かれている。こうした神の妻問いの話は、どのようにして生まれたのか。そこにはいくつかの段階が考えられる。一つには、遠処から訪れる異類の神が、土地の少女を生け贄として求める祭祀の中にあったことである。異類の神は、年ごとに生け贄を求めて訪れるが、それが古層の神の妻問いであったのであろう。二つには、人格神である神が登場することにより、異類の神は人を苦しめる妖怪へと変質した。そして、新たな人格神に退治されることで神の文化的な交替が行われたものと思われる。その人格神は異類の仮面を脱いだ神であり、あらためて土地の少女を娶り、村の始祖神となったという経緯が考えられる。その始祖神の妻問いを祭祀として繰り返すことにより、村の起源の話としての神語りが成立したものと思われる。八千矛の神が武器を象徴する名前であるのは、妖怪や邪神から生け贄の少女を救う英雄神としての象徴であったからに違いない。当該歌謡の末尾に、「いしたふや　天馳使　事の　語り言も　是をば」とあるのは、叙事歌謡の末尾に置かれる定型句と思われるが、その意味は必ずしも明確ではない。この「天馳使」は、「海部馳使丁」のこととも解釈されているが、当該歌謡を含む前後の歌謡が、鳥をテーマとして成立していることからみれば、やはり空ゆく鳥と考えられるのであり、「空ゆく鳥の使いよ、神の妻問いの話はこのような事であるよ」という、第三者の語りの形式の中に存在したのではないかと思われる。この「天馳使」である鳥の使いは、「天の鳥船」のように天空を行く鳥船や、天照大神から命を受けた雉の使い、あるいは葬送にも奉仕する鳥たちの様子を見ると、特殊な存在であったことは確かである。また万葉集では、雁や鶴が恋人の想いを伝える使者として登場する。たとえば、天若日子のもとに使わされた鳴女は雉であり、それは高天原から葦原中国に使わされた鳥である。鳥が時空間を超えて使者となるという伝承から、神代の始祖の物語においても、今の我々に語り伝え得る存在として、その役割を負わせたものと思われる。なお、古代北欧歌謡の『エッダ』によれば、叙事歌謡の語りは巫女により行われ、「すべての尊い氏族、身分の高下を問わず、ヘイダルの子らに、よく聴いてもらいたい。戦士の父よ、あなたは、わたしに、思い出せる限り古い昔の話を、見事語ってみよと、望んでおられる」と語り出される。これを語る巫女は、予言者や賢女を意味するとされる。

## 3 - 1 ― 八千矛の神の命

八千矛《やちほこ》の　神《かみ》の命《みこと》　萎《ぬ》え草《くさ》の　女《め》にしあれば　我《わ》が心《こころ》　浦渚《うらす》の鳥《とり》ぞ　今《いま》こそば　我鳥《わどり》にあらめ　後《のち》
は　汝鳥《などり》にあらむを　命《いのち》は　な殺《し》せたまひそ　いしたふや　天馳使《あまはせづかひ》　事《こと》の　語《かた》り言《ごと》も　是《こ》をば

夜知冨許能　迦微能美許等　奴延久佐能　賣迩志阿礼婆*　和何許々呂　宇良須能登理叙**　伊麻許曽婆　和杼理迩阿良米　能知
波　那杼理尓阿良牟遠　伊能知波　那志勢多麻比曽　伊斯多布夜　阿麻波世豆迦比　許登能　加多理碁登母　許遠婆*

〔女神曰く〕「八千矛の神の命様よ。私はなよなよとした若草のような女でありますので、私の心はあの入江にいる千鳥のようですから、大きな鳥を恐れています。どうか、今ばかりはか弱い鳥のような我が心でありたいのです。後にはあなた様の鳥になりましょう。ですから、か弱い鳥の命を殺すようなことは、どうかなさらないでください」といわれた。――〔巫曰く〕さてもさても、天をゆく鳥の使いよ、八千矛の神様の妻問いのお話は、このようなことでありますよ。

**○八千矛の　神の命**　八千矛の神の命様よ。八千矛の神は諸国を巡遊するまれびと神。「命」は神や高貴な者への尊称。当該歌謡は、八千矛の神の信仰圏に伝えられた、英雄神である八千矛の神を主人公とする叙事歌謡。**○萎え草の　女にしあれば**　私はなよなよとした若草のような女であるので。「萎え草」は、生え出たばかりの若草で、たおやかな様、或いはそのような女性を形容する。「萎え草」に寄せて自らの処女性や、か弱さを主張している。記伝は賣と云うことの枕詞とする。**○我が心　浦渚の鳥ぞ**　私の心は、入江の千鳥のようなものです。浦渚には千鳥が多く住んでおり、その千鳥は小さくか弱い鳥であるため、「千鳥のような、繊細な我が心」と言う意味が暗示されている。「萎え草」と併せて女神自身の繊細な処女性を強調している。**○今こそば　我鳥にあらめ**　今ばかりは、千鳥のような繊細な心の女でありたい。言別は次句も含め「最難義也」とする。この表現の背後には、この女神の処女性の価値を説きつつ、求婚を断る理由としている。**○後は　汝鳥にあらむを**　その後は、あなたの鳥になりましょう。先の句と併せて、ここには女の断り歌と誘い歌の方法が用いられており、男の要求を直ちに受け入れない、淫らな女ではないという女神の意志表示がある。「汝鳥にあらむ」は男神のものになること、すなわち妻になることを意味する。記伝は「平和（ナドリ）」とする。**○命は　な殺せたまひそ**　どうか私の命は、奪うようなことはなさらないで下さい。厚顔抄は「勿殺賜ソナリ」という。男神の苛立ちに対して、恐れおののく言葉。「な～そ」は禁止。女神が千鳥に仮託されていることからすれば、男神は鷹や隼のように、鋭い目で千鳥を睨んでいる様子を言ったもの。「殺せ」の「殺」は、必ずしも「殺す」といった強い意味はない。「せ」は尊敬。言別は「勿令死賜」で、御身を過ち給ふ事勿れと云う意とする。全講は、「シセ」は下二段活用の動詞死スの連用形で、死なせる（殺す）の意の動詞とし、相手に命を大事にせよの意とする。**○いしたふや　天馳使**　いしたふや天を駆ける鳥の使いよ。「いしたふや」は不明の語で諸説ある。何らかの呼びかけ、あるいは囃子詞。「天馳使」は海人馳使丁という説もあるが、当該歌謡が鳥をテーマとしていることからすれば、天上を飛び行く鳥を使いに見立てているのであろう。前歌謡参照。**〇事の　語り言も　是をば**　神々の求婚のお話は、このようでありますよ。「事」は事柄、事績。神の行いはこのようであった、の意。「語り言」は神を主人公としたその事績の物語。神の事績を語ることは、その神を賛美すること。「をば」は強め。「是をば」は、このようでございますの意と考えられる。なお、「事の　語り言も　是をば」は、叙事歌謡（大歌）における歌の終わりを示す時の定型と思われる。記2・4 - 2番歌謡参照。

**【諸説】**

〔言別〕前文あるべきになきは楽府より出せるまゝに載られたるゆゑなるべし。〔全講〕はやし詞があるので、以上をもって一首と見る。ただし古歌においては、歌一首の限界は明確なものでなく、自由に結びついても歌われたらしい。

〔全註解〕上代女性の精神愛のよくあらわれた歌である。

**【解説】**

この歌謡は、まれびと神として訪れてきた八千矛の神の求婚に対する、女神の「断り歌」である。八千矛の神が登場するのは、八千矛の神の信仰圏において伝承された祭祀歌謡（大歌）であったことによる。女神がこのように歌うのは、この歌謡の以前に八千矛の神からの求婚が想定されるためであり、それを断るのは、然るべき理由に基づくのであろう。ここでは「萎え草の女」であること、また「浦渚の鳥」の心であることが断りの理由である。「萎え草の」は「若草の」と等しく、しなやかで柔らかい身体や心の様を指し、「浦渚の鳥」は千鳥のような小さくか弱い鳥の姿が想起される。すなわち、一つめの断りの理由は、女神が自身を「萎え草」であるとすることから、男を知らない未通女（処女）であることに価値を置くことを示しており、加えてまだ恋や愛などを知らない女であることを主張しているのである。もう一つの断りの理由は、我が心が「浦渚の鳥」のようであることにある。「浦渚の鳥」は、千鳥のような干潟にたくさん集まって餌を啄む小さな鳥を指すのであろう。そのような鳥の心とは、おそらく、外敵の鷹や隼などに襲われた時の驚き怯える心を意味し、常に外敵に恐れを抱いて細心の注意をしている浦渚の鳥の心の様を我が心として比喩したものであろう。それゆえに、いま私はそのような細やかな心を大切にしていたい、つまり男を知らない初々しい女の心をもう少し大切にしたいというのであろう。そこには処女性の価値が示されている。その上で後はあなたの鳥になりましょうと、求婚を受諾する方向へと向かうのである。ここには神の訪れに対して、それを拒否できない女神の立場がある。女神は神の訪れを待ち、その神と結婚して民族や村を開かなければならない。にもかかわらず、訪れた神に対して、どうかいま少しは「浦渚の鳥」のような「我鳥」（処女なる女）を殺すようなことはしないで下さいと懇願するのは、女神の立場の問題であり、そこにおいて男神と女神の愛の交感が成立する状況がある。ここでの「殺す」は、命を奪うという意味ではなく、たとえば「味を殺す」のような意味での「殺」で、その力を発揮できないようにすることであり、ここでは夫に従う妻となることである。「いしたふや」以下の句は、叙事歌謡における語りの中の類型句として成立していたことが想定できる。「いしたふ」は不明の語であるが、「天馳使」については、当該歌謡およびその前後の歌謡が鳥を主題として成立していることからみれば、空を駆けゆく鳥の使いの意味であろう。記85番歌謡には「天飛ぶ　鳥も使ひそ」と見られ、また万葉集において恋人への伝言を鳥に託そうとする歌が見られるのは、鳥への観念がそのように存在したことを物語っている。従って、この叙事歌謡は、神の来歴はこのような内容でありますよ、と鳥の使いに伝言を託したのであろう。つまり、この天行く鳥の使いは霊鳥として時空を超え、始祖神の求婚の様子を〈今〉の我々に伝える存在であり、古の神の物語が今このように伝えられていると歌い収められるのである。

## 3 - 2 — 青山に日が隠らば

青山《あをやま》に　日《ひ》が隠《かく》らば　ぬばたまの　夜《よ》は出《い》でなむ　朝日《あさひ》の　笑《ゑ》み栄《さか》え来《き》て　栲綱《たくづの》の　白《しろ》き腕《ただむき》　沫雪《あわゆき》の　若《わか》やる胸《むね》を　そ叩《だた》き　叩《たた》きまながり　ま玉手《たまで》　玉手《たまで》さし巻《ま》き　股長《ももなが》に　寝《い》は寝《な》さむを　あやに　な恋《こ》ひ聞《き》こし　八千矛《やちほこ》の　神《かみ》の命《みこと》　事《こと》の　語《かた》り言《ごと》も　是《こ》をば

阿遠**夜麻迩　比賀迦久良婆　奴婆多麻能　用波伊傳那牟　阿佐比能　恵美佐加延岐弖　多久豆怒**能　斯路岐多陀牟岐　阿和由岐能　和加夜流牟泥遠　曽陀多岐**　多々岐麻那賀理　麻多麻傳　多麻傳佐斯麻岐　毛々那賀尓　伊波那佐牟遠　阿夜尓　那古*斐支許志　夜知冨許能　迦微能美許登　許登**能　迦多理碁登母　許遠婆

〔女神曰く〕「青山に日が隠れたならば、ぬばたまの夜になりましょう。その時、あなた様は朝日のような、にこやかな笑みをたたえてお出でになり、私たちは栲綱のように白い腕、沫雪のようにやわらかで若々しい胸を、そっと抱擁して愛しあい、美しい玉のような手を差し交わして枕にし、足をゆったりと延ばしてお休みになるのです。ですから、むやみに恋しがることはおっしゃらないでください」といわれた。――〔巫曰く〕さてもさても、八千矛の神の命の妻問いのお話は、このようなことでありますよ。

**○青山に　日が隠らば**　青山の向こうに日が落ちたならば。**○ぬばたまの　夜は出でなむ**　真っ暗な夜がやって参りましょう。

「ぬばたま」は黒や夜にかかる枕詞。「出でなむ」はその時間が来ること。**○朝日の　笑み栄え来て**　真っ暗な闇の中に、まるで朝日の輝きのような笑みをたたえてお出でになってください。厚顔抄は「笑栄来而」とする。**○栲綱の　白き腕**　栲の綱のような白い腕を。「栲綱の」は栲の繊維が白いことから「白」に、また綱が長いことから「長」に掛かる枕詞。栲から白い繊維が取れるので、「白き腕」が導かれている。万葉集には「栲綱の　新羅の国ゆ」（三・四六〇）とある。**○沫雪の　若やる胸を**　沫雪のような若々しい胸を。「沫雪」は降り始めたばかりのやわらかな雪。降り始めたところから「若い」という意を導き、雪の白さから白い肌を示唆している。万葉集に「沫雪のほどろほどろに降り敷けば」（八・一六三九）とある。**○そ叩き　叩きまながり**　互いに体を叩きながら愛撫して。愛撫を繰り返す様子。ここでは「そ」は、やさしさを指す接頭語。記伝はそっと叩くこととする。言別は素肌の須と同じく、衣などの隔てもない様で、手抱（タダキ）とする。「まながり」は未詳の語。愛撫する様子をいうか。或いは「叩き」を繰り返す様子か。厚顔抄は遊仙窟の「拍搦奶房間」を挙げる。記伝は「胸を叩つゝ交に抱を云」とする。言別は「手も足も刺貫交す」こととする。いずれにしても男女が愛撫する様子の表現。全注釈は紀96番歌謡の「タダキアザハリ」から、抱擁する意とする。**○ま玉手　玉手さし巻き**　白珠のような美しい手を、その玉の手を互いに差し交えて枕にする。「ま玉」は真珠。「巻き」は男女共寝の様。万葉集に「真玉手の　玉手さし交へ」（五・八〇四）とある。**○股長に　寝は寝さむを**　互いに脚を長々と伸ばして、ゆったりと眠りましょう。「寝は」は目を瞑ること。記伝は「伊波那佐牟」は「寐はなさむ」とする。**○あやに　な恋ひ聞こし**　ひどく恋しがるようなことはおっしゃらないで下さい。男神のはやる心を押しとどめる表現。「あやに」は「とても」。万葉集に「言はまくも　あやに畏き」（二・一九九）とある。「な」は禁止。「聞こし」は「言う」の敬語。**○八千矛の　神の命**　八千矛の神の命様よ。当該歌謡は、八千矛の神の信仰圏に伝えられた、八千矛の神と土地の女神を主人公とする叙事歌謡。**○事の　語り言も　是をば**　求婚のお話は、このようでありますよ。前歌謡参照。

**【諸説】**

〔言別〕かばかり長き歌どもを、閨の内外に立て唱和し給はんには、側の人も聞つけずと云事有べからず。（中略）是はうたまひの俳優、かれは其かへ歌にもあらんとは云なり。〔全講〕美しい詞句で、婚姻の成立する夜の情景をえがいている。朝日の譬喩も美しいが、夜の場面であるから、内容的には不適当である。〔全注釈〕母系制社会における婚俗が父系制社会に残存しながら形式化したものと見ることができよう。

**【解説】**

この歌謡は、神迎えの歌であり、大歌として伝承されているものであろう。いわば、女神が男神を迎えるにあたり、その神を讃美し、訪れた男神と共に過ごす閨房の様子を歌うことによって、来訪する神を迎えようとするのである。このように女神が共寝の様子を詳細に歌うのは、来訪神への最高のご馳走が、いわば白い女体だったからである。しかし、当該歌謡は男神との共寝へと向かうことを示唆するのみで、歌の主意は女神の断り歌である。その断りの意志は、「な恋ひ聞こし」というように、男神のはやる心を鎮めようとする歌い方に表れている。なぜ男神を誘うような内容を示唆しながら、断りの歌が歌われるのであろうか。おそらく、ここには訪れた神と女神とはそれぞれが求愛と断りという形を取りながら、互いに歌を掛け合うという形式が存在したからであろう。当該の歌謡が対詠により成立しているのは、そのことを示している。これは折口が説くところの〈まれびと〉の神と、土地の少女との歌による問答として説明可能な内容である。男神は女神との掛け合いを通して相手をいかに負かすか、それに対して女神はいかに相手の問いかけに切り返すか、という応酬が想定されるであろう。当該歌謡においては、男神の求婚に対して女神が、「青山に　日が隠らば」と返すのは、男神が求婚した時が、共寝をすべき時間に至っていないために拒否したと推測される。一方、次に女神が「ぬばたまの　夜は出でなむ」と言うのは、夜の時間になれば求婚を受け入れるという意志表示であろう。このことからみれば、男神は鶏の鳴く男女の別れの時間に訪れたのであり、男神は妻問いの方法を知らなかったのである。それに対して女神は妻問いのあるべき姿を、夜の闇の中に求めたのである。これは、おそらく来訪神の失敗譚を語るものであろう。しかし、女神はなぜ閨房の場面において女性の官能的な身体美を示す必要があったのか。早くに西洋においては、こうした女体の美しさが裸婦像として描かれるが、その中でもアレクサンドル・カバネルの「ビーナスの誕生」は、天使たちに祝福される裸婦像である。そうした裸婦像を絵画に求めるのは、そこに古代的な美の誕生を求める以前に、女体の豊かさを描くことにあったのではないか。その豊かさは豊穣を示すものであり、美しさの根源とは女体の豊かさにあった。縄文期の土偶に見られるビーナスも、そうした肉体の豊かさが象徴的に表現されている。当該歌謡に登場する女神も、豊かな肉体を持った、ビーナスの性格を持っているものと思われる。その豊かで白い女体こそが、異類婚の時代から神に捧げられるご馳走であった。また、ギリシャ古典詞の『ピエリアの薔薇』（沓掛良彦訳）に見える「娶りたき女」では「閨の園生で摘みとりたきは、顔いともうるわしく、手枕交わすにふさわしき、みごとに熟れた年齢の女」だと歌う。また、「抱擁」では「胸と胸とを、胸乳と胸乳とを合わせて、わが唇をアンティゴネーの、甘やかな唇に固く押しつけ、肌と肌とをぴたりと触れ合つて、……それから先はもう言うまい。一部始終を見守つていた、燈火が語つてくれようから」と歌う。同じく「抱擁」では「愛しい女よ、さ、脱ぎすてようよ、長衣も何もかも。生まれたままの姿になつて、ぴつたりと寄りそい、手と足を固く組み合わせ、しつかりと抱き合おうよ。二人の間を隔てるものは、何ひとつ残しちやいけないよ」と歌う。ギリシャ古典詞においては男の誘い歌であるが、日本古典詞においては女性の誘いであることが注目される。このように、当該歌謡は女神の誘い歌であり、いわば男神を妻屋に招き入れる機能を果たすが、それ以上に、この歌謡は結婚というものが神々の世界においていかなるものであるかを示していると思われる。おそらく、始祖起源譚を語る際には、その始祖神の愛の世界を具体的に描くことが重要であったからに違いない。神々はいかにして求婚し、どのような状態で交わり、そして今の我々が居るのか、という始祖起源に関わる重要な内容が当該歌謡によって示されたということであろう。しかも、訪れた神とただちに共寝をするというのではなく、それを拒否し断るというところに、この世の男女の恋の駆け引き、いわゆる愛の成立する状況をも抱え込んでいる。「事の　語り言も　是をば」というのは、そうした民族の始祖神である神々の愛の一夜を起源として語る歌謡であることを示す言葉であったと思われる。

## 4 - 1 ― ぬばたまの黒き衣服を

ぬばたまの　黒《くろ》き衣服《みけし》を　まつぶさに　取《と》り装《よそ》ひ　沖《おき》つ鳥《とり》　胸見《むなみ》る時《とき》　羽叩《はたた》ぎも　これは相応《ふさ》はず　辺《へ》つ波《なみ》　そに脱《ぬ》き棄《う》て　そに鳥《どり》の　青《あを》き衣服《みけし》を　まつぶさに　取《と》り装《よそ》ひ　沖《おき》つ鳥《とり》　胸見《むなみ》る時《とき》　羽叩《はたた》ぎも　こも相応《ふさ》はず　辺《へ》つ波《なみ》　そに脱《ぬ》き棄《う》て　山県《やまがた》に　蒔《ま》きし　阿多々《あたた》△舂《つ》き　染《そ》め木《き》が汁《しる》に　染《し》め衣《ころも》を　まつぶさに　取《と》り装《よそ》ひ　沖《おき》つ鳥《とり》　胸見《むなみ》る時《とき》　羽叩《はたた》ぎも　こし宜《よろ》し

奴婆多麻能　久路岐美祁斯遠　麻都夫佐尓　登理与曽比　淤岐都登理　牟那美流登岐　波多々藝母　許礼婆布佐波受　弊都那美　曽迩奴岐宇弖　蘇迩杼理能　阿遠岐美祁斯遠　麻都夫佐迩　登理与曽比　淤岐都登理　牟那美流登岐　波多々藝母　許母布佐波受　弊都那美　曽迩奴棄宇弖　夜麻賀多尓　麻岐斯　阿*多*々*△*都岐　曽米紀賀斯流迩　斯米許呂母遠　麻都夫佐迩　登理与曽比　淤岐都登理　牟那美流登岐　波多々藝母　許*斯与呂志

〔巫曰く〕あのお方は、真っ黒なお召し物を、きちんと身につけられて、沖の鳥が胸を見る時のように、首を上げ下げされ、ばたばたと羽ばたきを何度もされて、〔男神曰く〕「これは相応しくない衣装だ」と、それを岸辺に脱ぎ捨てられた。今度は、そに鳥のような青いお召し物を、きちんと身につけられて、沖の鳥が胸を見る時のように、首を上げ下げされ、ばたばたと羽ばたきを何度もされて、〔男神曰く〕「これも相応しくない衣装だ」と、それを岸辺に脱ぎ捨てられた。今度は、山の畑に蒔いた阿多々△春きの、染め木の汁で染めたお召し物を、きちんと身につけられて、沖の鳥が胸を見る時のように、首を上げ下げされ、ばたばたと羽ばたきを何度もされて、〔男神曰く〕「うん、この衣装こそがいちばん相応しい」と、ようやく決められた。

**○ぬばたまの　黒き衣服を**　烏玉のような真っ黒い立派な衣服を。「ぬばたま」は夜や黒に掛かる枕詞。万葉集に「烏玉の黒髪山の」（十一・二四五六）とある。**○まつぶさに　取り装ひ**　しっかりと確かめて、身に着けて飾りたて。「まつぶさに」は「ま具に」で、細部まできちんと確認すること。「装ひ」はこの場合、晴れ着としての衣服を選び取り着飾ること。万葉集に「情ふり起し　とり装ひ　門出をすれば」（二十・四三九八）とある。**○沖つ鳥　胸見る時**　沖の鳥が胸を見る時のように。沖にいる鳥がしきりに首を上下に振る様子が、自らの容姿の美しさを確認している姿に見えたことからいう。万葉集に「沖つ鳥鴨とふ船の還り来ば」（十六・三八六六）とある。**○羽叩ぎも　これは相応はず**　羽をばたつかせてもみて、この服装はふさわしくない。「羽たたぎ」は、鳥がしばしば羽をばたつかせる仕草をいい、自らの容姿を確認する所作に喩えている。「も」は「〜もして」。その上で、ここでは黒い服装は相応しくないと言うのである。「是」は指示語。**○辺つ波　そに脱き棄て**　岸辺に波が打ち寄せるところに、その黒い服を脱ぎ捨てた。「辺つ波」は岸辺に打ち寄せる波。**○そに鳥の　青き衣服を**　そに鳥のような青い立派な衣服を。「そに鳥」は和名抄に「鴗」とあり、「色青翠」とする。カワセミは暗緑色の羽根の色をしている。**○まつぶさに　取り装ひ**　前項参照。**○沖つ鳥　胸見る時**　前項参照。**○羽叩ぎも　こも相応はず**　羽をばたつかせてもみて、これも相応しくない。青色も晴れの装いとしては地味と判断したのだろう。**○辺つ波　そに脱き棄て**　前項参照。**○山県に　蒔きし**　山の畑に蒔いた。「県」は古代日本に定められた御料地。ここでは山間の畑を言う。記54番歌謡に「山県に　蒔ける青菜も」とある。「蒔きし」は、記伝・言別は「求し」とする。**○阿多々**

**△春き**　阿多々△を舂いて。底本に判読不能の文字あり難訓。校異があり、不明の語。但し、これを「蒔きし」というから、染料を取るために特別に植栽された植物である。万葉集で蒔いたという植物は、韓藍・なでしこ・稲・粟・種であり、この中で染料を取るのは韓藍である。韓藍は渡来の植物の鶏頭であり、万葉集に「わが蒔きし韓藍の花を」（七・一三六二）とある。厚顔抄は阿多尼都岐として茜搗かとする。言別は多は加の誤とする。全注釈では「阿多弖」と取り「あゐたて」の「ゐ」の脱落で「藍蓼」、つまり「蓼藍」のこととする。「つき」は「舂き」で、「阿多々△」を臼などで舂いて染め汁を採取したのであろう。**○染め木が汁に　染め衣を**　染め木の汁に、染めた衣を。阿多々△を素材とした木の汁で染めた衣であり、それは黒や青と異なる色である。華やかな赤系統の色か。万葉集に「紅の薄染衣浅らかに」（十二・二九六六）とある。**○まつぶさに　取り装ひ**　前項参照。**○沖つ鳥　胸見る時**　前項参照。**○羽叩ぎも　こし宜し**　羽をばたつかせてもみて、今度はこれこそが最も良い。「是し」は「これこそが」という強め。「宜し」は「相応しい」。この色の服を良いとしたのは、黒や青の地味な色の服ではなく、華やかな色の服で、晴れの衣装に相応しいと判断したからであろう。

**【諸説】**

〔全講〕はじめに、同型の文を重ねて衣服の選択をするのは、古風で、旅よそおいの模様をよく描いている。〔全註解〕上代における八千矛神のような英雄は、理想的典型的男性の姿であり、多くの女性の羨望の的であったが為、一面嫉妬の中心となる立場に置かれたのである。〔評釈〕つづく後半との間に隙間があって、出自を異にする歌謡が結びついたものではないかと疑わせる。

**【解説】**

この歌謡は、二段落に分かれている。末尾の「事の　語り言」の詞章から見ると、大歌として伝承されているものである。前段は冒頭から「はたたぎも　是し宜し」まで、後段は「いとこやの　妹の命」から末尾までである。それは、この歌謡が二つの歌が一つになったことを意味している。歌謡全体からみると、男が女のもとへと妻問いをする時の、妻問い歌であることが知られる。前段の男の行為は、妻問いのための晴れの装いについて、あれこれと悩んでいる様子を、鳥の行為に喩えて詠んだものである。男が妻問いの折に晴れ着を装うのは、もちろん素晴らしい女性を手に入れるための効果を狙ったものであるが、それがなぜ鳥の行為を通して描かれたのであろうか。その理由は、鳥の生態や仕草に、ある装いの姿を見ていたからであろう。ここにも鳥のテーマが窺える。あるいは、これが演劇的な所作を伴うものであったとすれば、男神がさまざまな鳥へと変身して行く過程が想定されるであろう。そこには、俳優（わざおぎ）と呼ばれた集団が、芸能を主とした神事に登場したことが考えられる。おそらく、「沖つ鳥」が「胸見る」というのは、海面に向けて首をしきりに振る海鳥の状態を、「羽叩き」は海鳥が羽をばたばたとさせる行為を模倣したもので、まさにそうした演技がここに展開しているのである。さらに、その「沖つ鳥」の晴れ着がふさわしくないとして脱ぎ捨てたというのは、「沖つ鳥」を海鵜や海鳥のような、黒い鳥としてイメージしたためであろう。「そに鳥」は暗緑色の鳥であるカワセミのことかといわれている。これも相応しくないとしたのは、やはり晴れの装いとしては地味な色であると判断したためであろう。続いて、山の畑に蒔いた「阿多々△」（語義不明）の染め汁の服装が良いというのは、前の二つの鳥の地味な色に対して、明るく華やかな色であったためと思われる。万葉集に見える韓藍（鶏頭）の色は、中国か韓国渡来の藍であり、紅色の呉藍は中国西南の呉国渡来の藍である。万葉集に「紅の　赤裳裾引き」（五・八〇四）とあり、紅は少女たちが好んだ色であり、宮人たちの好んだ色であった。渡来の藍色は、華やかな赤色であったのである。服装の色を何色にするかを迷う男神の態度からは、妻問いの際の男の装いが大切であったことが知られ、このようなところには、蓑笠を着けて訪れるまれびと神とは異なる、神の色好みという問題がみえてくる。上代文献では、男の服装の好みを描くことは極めて稀であるから、ここでの神の装いの表現は貴重である。

## 4 - 2 — 愛子やの妹の命

愛子《いとこ》やの　妹《いも》の命《みこと》　群鳥《むらとり》の　我《わ》が群《む》れ去《い》なば　引《ひ》け鳥《とり》の　我《わ》が引《ひ》け去《い》なば　泣《な》かじとは　汝《な》は言《い》ふとも　山跡《やまと》の　一本薄《ひともとすすき》　項《うな》かぶし　汝《な》が泣《な》かさまく　朝雨《あさあめ》の　霧《きり》に立《た》たむぞ　若草《わかくさ》の　妻《つま》の命《みこと》　事《こと》の語《かた》り言《ごと》も　是《こ》をば

伊刀古夜能　伊毛能美許等　牟良登理能　和賀牟礼伊那婆　比氣登理能　和賀比氣伊那婆　那迦士登波　那波伊布登母　夜麻*登能　比登母登須々岐　宇那加夫斯　那賀那加佐麻久　阿佐阿米能　疑理迩多々牟叙　和加久佐能　都麻能美許登　許登能加多理碁*登母　許遠婆

〔男神曰く〕「愛しい子である、可愛いお嬢さんよ。もし群鳥のように、私がほかの雌鳥たちとここを去ったならば、飛び立とうとしている雌鳥を、私がみんな引き連れてここを去ったならば、あなたはそれでも泣かないと言うだろうけれど、そんなことはない。あの山の辺りの一本薄が、風に吹かれて項垂れているように、あなたは項垂れて泣くに決まっているだろう。しかも、夜明けの雨が霧となって顔に降りかかり濡らすように、顔中を涙に濡らして必ず泣くことになるだろうよ。しとやかな可愛い、妻のおまえさんよ」といわれた。——〔巫曰く〕さてもさても、この男神の求婚のお話は、このようなことでありますよ。

**○愛子やの　妹の命**　愛しい人である、大切なあなた。「愛子」は「愛しいあの子」。記伝は妹の枕詞とし、言別は解釈は「甚難義也」とする。万葉集に「愛子　汝背の君」(十六・三八八五)とある。「や」は詠嘆。「妹」は男の愛する女性に対する呼称。「命」は神や尊貴な者および大切な人にいう。万葉集に「汝が恋ふる妹の命は」(十・二〇〇九)とある。**○群鳥の　我が群れ去なば**　私に群れ従っている多くの鳥を、私がすべて引き連れてここを去ったならば。鳥は多く集団行動を取ることに寄せていう。万葉集に「朝鳥の朝立ちしつつ　群鳥の　群立ち行けば」(九・一七八五)とある。記伝は「群鳥の」を枕詞とする。**○引け鳥の　我が引け去なば**　率いられて飛び行く群鳥のように、私がすべてを引き連れて、ここから去ってしまうならば。「去なば」は仮定。上句と合わせて、妹のもとには誰も残らないことを意味する。鳥は先頭の鳥に従って群れ飛ぶ習性がある。記伝は「引け鳥の」を枕詞とする。**○泣かじとは　汝は言ふとも**　それでも泣かないと、お前が言うとしても。「とも」は仮定。**○山跡の　一本薄**　山の辺りの一本だけの薄。独り身で寂しく過ごす様を表す。記64番歌謡に「八田の　一本菅は　子持たず　立ちか荒れなむ」とある。**○項かぶし　汝が泣かさまく**　薄が風に揺れて首を傾けるように、項垂れてお前さんは泣くに違いないだろう。「項」は「うなじ」。「かぶ」は傾く。**○朝雨の　霧に立たむぞ**　朝の雨が、霧となって降りかかるように、顔一面を濡らすような涙を流すだろう。なお「疑理」は「ギリ」だが、清音で訓む。厚顔抄は朝雨とし霧は嘆きの息が霧になることとする。言別は浅雨として霧の枕詞とし、新編日本古典文学全集本は「朝天」であるとする。「立つ」は涙が顔に目立って現れること。万葉集に「泣く涙　霈霖に降り」(二・二三〇)とある。**○若草の　妻の命**　若草のような、妻となるべきあなたよ。「若草」は妻に掛かる枕詞。なよやかな様を指す。万葉集に「若草の妻がりといはば」(十一・二三六一)とある。「命」は前項参照。**○事の　語り言も　是をば**　この男神と女神に関わるお話は、このような事であります。叙事歌謡(大歌)を歌い納める、第三者の語りの定型句であろう。

**【諸説】**

〔全注解〕(「事の　語り言も　是をば」に関して)伝誦歌謡であることは事実で、語部の語り伝えた歌謡である、という由来をば歌謡自体が証明しているものと見て差支えないものである。

**【解説】**

この歌謡は、男神が自分に心を寄せようとしない女神を棄てようとする時に、本当に自分に靡かないならば、女神はこのように悲しむことになるであろうという女神の姿を詠んだ歌である。ただ、この歌謡は前段（4 - 1番歌謡）と脈絡が続かず、突如「愛子やの　妹の命」と始まり、前段との関係からみれば違和感がある。これは求婚をめぐる対詠歌の流れの中から、その一部が切り取られたことによろう。この歌謡へと至るまでの歌謡のストーリーを想定するならば、おそらく男は妻問いのために用意した晴れの装いをして、遠い道を難渋しながら妻を求めてやって来たということが前段の終わりにあったはずである。そして、男神は女神の門の前で「門前の歌」を歌うのであり、その門前の歌が、女神に家の戸を早く開けよという内容であったと推測される。しかし、女神はこの男神の妻問いを断り、部屋に入ることを拒否した歌が展開したものと思われる。このような経緯があって、はじめて当該歌謡の男神の歌が始まると考えるのが妥当である。女神の断りにより、男神は何としても女神を屈服させようとするのである。その屈服させる方法は、女神への脅しであった。そのため、自分はたくさんの雌鳥を率いていると歌うのであり、この時の雌鳥は男神に従うたくさんの女性を示唆する。そのように男神は、私がたくさんの雌鳥をそのまま引き連れて去ったならば、お前一人がここに残されることになるのだぞ、という脅迫の言葉を発するのである。そのとき一人残された女が、いかに悲しい思いをしなければならないのか、ということを具体的に描いたのが「山跡の」以下の部分である。

ここには、訪れ神が土地の女神を屈服させる内容が描かれていて、それに対する女神の応答が待たれるのである。このようにして、4 - 1番歌謡と当該歌謡の間には、男神の妻問い歌と女神の断り歌が組み込まれていたことが想定され、そこに男女神の愛の駆け引きが対詠の方法を通しながら展開していたということが考えられる。なお、この歌謡の最後に「事の　語り言も　是をば」とあることからみると、あるまとまった神の語り事の後に、第三者の語りの定型句で歌い納めたことが考えられよう。これが神の物語を語る、叙事歌謡（大歌）の断片であったと理解できる。しかも、このように男女対詠による大歌が存在することは、古代歌謡を考える上で注目すべき資料である。

## 5―八千矛の神の命や

八千矛《やちほこ》の　神《かみ》の命《みこと》や　吾《あ》が大国主《おほくにぬし》　汝《な》こそは　男《を》にいませば　うち廻《み》る　島《しま》の崎崎《さきざき》　かき廻《み》る　磯《いそ》の崎《さき》落《お》ちず　若草《わかくさ》の　妻持《つまも》たせらめ　吾《あ》はもよ　女《め》にしあれば　汝《な》を置《き》て　男《を》はなし　汝《な》を置《き》て　夫《つま》はなし　綾垣《あやかき》の　ふはやが下《した》に　むし衾《ぶすま》　にこやが下《した》に　栲衾《たくぶすま》　さやぐが下《した》に　沫雪《あわゆき》の　若《わか》やる胸《むね》を　栲《たく》綱《づの》の　白《しろ》き　腕《ただむき》　そ叩《だた》き　叩《たた》きまながり　ま玉手《たまで》　玉手《たまで》さし巻《ま》き　股長《ももなが》に　寝《い》をし寝《な》せ　豊御酒《とよみき》　奉《たてまつ》らせ

夜知冨許能　加微能美許登夜　阿賀淤冨久迩奴斯　那許曽波　遠迩伊麻世婆　宇知微流　斯麻能佐岐耶岐　加岐微流　伊蘇能佐岐淤知受　和加久佐能　都麻母多勢良米　阿波母与　賣迩斯阿礼婆　那遠岐弖　遠波那志　那遠岐弖　都麻波那斯　阿夜加岐能　布波夜賀斯多尔　牟斯夫須麻　尔古夜賀斯多尔　多久*夫須麻　佐夜具賀斯多尔　阿和由岐能　和加夜流牟泥遠　多久豆怒能　斯路岐多陀牟岐　曽陀多岐　多々岐麻那賀理　麻多麻傳　多麻傳佐斯麻岐　毛毛*那賀迩　伊遠斯那世　登与美岐　多弖麻都良世

〔女神曰く〕「八千矛の神の命よ、私の大切な偉大なる国の主よ。あなたこそは立派な立派な男でいらっしゃいますので、あなたが巡るすべての島の崎の先に至るまで、あちらこちらと巡られる磯のすべての端に至るまで、一つも漏らさずに若い奥さんをお持ちなのでございましょう。私は女でありますので、あなたを除いては、ほかに男はいないのです。あなたを除いては、ほかに夫はいないのです。ですから、綾垣の美しい織物の帷の下で、苧麻織りの布団のその柔らかな下で、栲の夜具のさらさらとする音のもとで、淡雪がふわふわとしているような、この若く柔らかな胸を、栲の綱のような白い腕で、やさしく叩き、そっと叩き撫でながら、玉のように美しい手を差し巻いて、そのようにして私と共に足を長く伸ばして、ゆっくりとお休みになって下さい。ですから、さあどうぞ、この芳醇なお酒をお飲み下さいませ」といわれた。

**○八千矛の　神の命や**　八千矛の神の命よ。「や」は相手に呼びかけてこちらに目を向かせる用法。「命」は神や高貴な者、あるいは大切な人に対する尊称。記2・3‐1番歌謡参照。**○吾が大国主**　私の大切な大国主様。大国主は八千矛の神の別名であり、国土の支配者をいう。**○汝こそは　男にいませば**　あなたこそは誠の男でいらっしゃるので。**○うち廻る　島の崎崎**　巡行する島のすべての崎の先端まで。「うち」は接頭語。「廻る」は巡ること。ここは次の句と併せて神の巡行を表す。**○かき廻る　磯の崎落ちず**　巡行をする磯の崎を一つも漏らさずに。「かき」は接頭語。「落ちず」は漏らさないこと。**○若草の　妻持たせらめ**　若々しい奥さんをお持ちでしょう。「若草」はなよなよとした様の比喩。「妻」にかかる。ここの「妻」は女神の立場からみれば愛人。万葉集に「若草の妻がりといはば」（十一・二三六一）とある。「らめ」は推量。「持たせらめ」には、女神の嫉妬の心が含まれている。**○吾はもよ　女にしあれば**　私はね、か弱い女でありますので。「もよ」は、ここでは自らのか弱さを表す詠嘆。「ば」は順接確定条件で、確信的な発言であることを示す。**○汝を置て　男はなし**　あなたを除いては、他に男の人はいません。「置て」は、他を差し置いての意。**○汝を置て　夫はなし**　あなたを除いて夫はいません。この「夫」は、夫となる男。古代で「つま」は夫にも用いる。

万葉集に「若草の　夫の　思ふ鳥立つ」（三・一五三）とある。**○綾垣の　ふはやが下に**　綾織りの帷の夜具のもとで。「綾垣」は綾で織られた帷。「ふはや」は不明。記伝は「ふわり」「ふわふわ」の意とする。「綾垣」からみると、布団のような夜具があるのだろう。「下」は「～のもと」。**○むし衾　にこやが下に**　苧麻織りの柔らかな夜具のもとで。「苧衾」はカラムシの繊維で織った夜具。万葉集に「むしぶすま柔やが下に」（四・五二四）とある。**○栲衾　さやぐが下に**　栲の織物の夜具の、さやさやと音のするもとで。「栲衾」は、楮の繊維で織った布で作った衾。その音から「さやぐ」に掛かり、漂白した色が白いことから「白」に掛かる。万葉集に「栲衾白山風の」（十四・三五〇九）とある。厚顔抄は「清之下ニ」とする。**○沫雪の　若やる胸を**　沫雪のような、若々しい胸を。「沫雪（淡雪）」は、泡のように淡く空から流れ来る雪。雪の降り始めにみられるもので、柔らかさの比喩。万葉集に「小松が末ゆ沫雪流る」（十・二三一四）とある。**○栲綱の　白き腕**　栲で綯った綱のような白い腕。「栲綱」は記3－2番歌謡参照。**○そ叩き　叩きまながり**　優しく叩き、叩きつつ愛撫する。「そ」は優しさを示す接頭語。「まながり」は語義不明だが、愛撫の様をいうか。記伝は「互に手を差交し抱く由なり」とする。記3－2番歌謡参照。**○ま玉手　玉手さし巻き**　きれいな玉のような手で、美しい玉のような手を身に絡ませて。「枕」は、男女が互いに手を巻いて共寝する様子。万葉集に「真玉手の　玉手さし交へ」（五・八〇四）とある。**○股長に　寝をし寝せ**　足をしっかりと伸ばして、ゆったりと目を瞑りお休み下さい。「股」は足。「股長に」は男女が足を伸ばして寝る様。「寝を」は目を瞑ること。「寝せ」はその様子で横たわって下さいと勧める尊敬語。**○豊御酒　奉らせ**　美酒をお飲み下さいませ。「奉る」は飲むの尊敬語。「せ」は「す」の尊敬。この語は男神と女神の結婚への約束が成立したことを誓約する酒として、互いに酌み交わされたのである。酒は常世の神が醸造したことから、「クシ」（不思議なもの）とも言われ、異質なものを合わせ和楽させるという、霊的な力があった。万葉集に「禱く豊御酒にわれ酔ひにけり」（六・九八九）とある。

## 【諸説】

〔全講〕こういう歌詞は、歌曲として人々の前で演奏されるものであり、その人々の中には、男子が強い存在として臨んでいることを考慮に入れなければならない。後半は、例の官能的な叙述があり、これは特に好まれてしばしば繰り返されたらしい。〔全註解〕男性の地位が自由で、優れていることを歌い、自分等弱い女性の立場と対比し、半ば羨望の心情を以って、対手の同情に訴えている。

**【解説】**

この歌謡は、訪れてきた神が色好みの神であったことによって、棄てられることを恐れた女神が、相手を引き留めるために歌った歌謡である。八千矛の神の信仰圏における叙事歌謡として伝承されて来た大歌の一つである。女神の考えによれば、この神は実に立派な男神で、あらゆるところに若い妻を持っているという。そこには男神を褒め称える心もあるが、むしろ男神への嫉妬の心が歌われていると見るべきであろう。しかし、女神は訪れてくる男神を待つという、神々の世界の結婚の契約に従っており、そのような女神の運命が語られているのが、以下の「吾はもよ　女にしあれば」の表現である。つまり、「汝を置て　男は無し　汝を置て　夫は無し」と女神が男神に訴えるのは、女が棄てられることは人の世だけでなく、神の世においても起こり得ることを語っているのである。神の妻は、古くは異類の神のご馳走として美味しい女体が求められたのだが、その女体に神が寄り付かなければ神迎えは失敗となる。棄てられる女という問題が現れるのは、そうした生贄における処女選別の残存であろう。しかし、人格神の登場により神のご馳走としての女体は、愛されるべき美しい女体へと変質したのである。それでは、棄てられる女神はいかにして男の心を得ようとするのか。それが以下の「苧衾　柔やが下に」から「寝をし寝せ」の表現である。この閨房の場面は、男神に愛というものを教え諭すものとなっている（記3－2番歌謡参照）。女神は男神が様々な女神を妻として持つことを歌い、その色好みに対して批難めいた歌いぶりで対応する。しかし、その後にこの女神は、男神に男女の愛の姿を歌によって教えるのであり、閨房における男女の営みの喜びの中に、本当の愛があることを示すのである。従って、多くの女神を得ていることが男神の偉大さの象徴ではなく、一人の女神との関係でのみ愛の営みを達成できることが、偉大なる大国主たる資質であることを女神は諭すのであろう。翻せば、男神は女神との真の愛の喜びを知らずに、島や磯をあちこちと巡り、妻問いを繰り返していたのであった。いわばこの歌謡は、神々の世界における愛の起源の歌謡と位置付けられるであろう。そしてこの男神と女神が真の愛の喜びを知ることによって永遠の愛を誓いあったことが、次の「豊御酒　奉らせ」で表されている。酒は異質なものを一つにする能力があり、服属の証も酒を酌み交わすことにより行われる。ここにおいては男神と女神という異質なもの同士の繋がりを、酒の力によって確かなものにしてゆくのであり、男女の愛の契約はこの豊御酒によって確定される。

## 6　天なるや弟棚機の――〈紀2〉

天《あめ》なるや　弟棚機《おとたなばた》の　頸《うな》がせる　玉《たま》のみすまる　みすまるに　あな玉《たま》はや　み谷《たに》　二渡《ふたわた》らす　阿治志貴《あじしき》
多迦比古泥《たかひこね》の神《かみ》そ　や

阿米那流夜　淤登多那婆多能　宇那賀世流　多麻能美須麻流　美須麻流*迩　阿那陀麻波夜　美多迩　布多和多良須　阿治志貴
多迦比古泥能迦微曽　也

〔巫曰く〕天上にあって機を織られる弟棚機姫が首に掛けていらっしゃる、あの美しい玉を繋いだ玉垂れ。その玉垂れに、ああ、何と美しく輝く玉であることよ。その玉の輝きのように、大きな谷を二つも照り輝かしていらっしゃるようなこの偉大な神様は、わが阿治志貴多迦比古泥の神様でございますよ。実にご立派な神様でございます。

**○天なるや　弟棚機の**　天上にあって、機を織る棚機姫が。「なる」は「〜にある」の約。「や」は詠嘆。万葉集に「天なるや月日の如く」（十三・三二四六）とある。「弟」は下の子を指す。万葉集に「住吉の弟日娘」（一・六五）とある。「棚機」は、織機だがここでは機を織る織女を指す。万葉集に「彦星と織女と今夜逢ふ」（十・二〇四〇）とあるように七夕伝説にもみえるが、ここの棚機は神代紀上に「天照大神、方織神衣、居斎服殿」（第六段・本文）とあるように、神衣を織る姫神であろう。全注釈は、中国の七夕説話との混淆も考えられるが、あまり現実的な意味を持たせないほうがよいと述べる。**○頸がせる**　首に掛けている。「頸」は「うなじ」。「せ」は尊敬。**○玉のみすまる**　玉の美しいみすまるですよ。「みすまる」は神代紀上に「八坂瓊之五百箇御統」（第六段・本文）とあり、その訓注に「御統、此云美須磨屢」とある。紐にたくさんの玉を通した「玉垂れ」と思われる。**○みすまるに**　前項参照。「に」は「〜にあって」の意で所在を表す。全注釈では「に」を不可解とし、歌経標式により「美須麻呂能」とする。**○あな玉はや**　ああ、美しく輝く玉よ。「あな」は厚顔抄は穴とし、折口は感動詞（「律文学の根底」全集7）とし、中村啓信は足玉（「あなだま考」国語と国文学68-7）とする。「陀麻」は玉。「陀」は呉音がダ、漢音がタ。ここでは漢音を取る。「はや」は詠嘆。**○み谷　二渡らす**　大きな谷を二つも照り輝かしていらっしゃる。「み谷」は深い大きな谷。「深山」の類。**○阿治志貴多迦比古泥の神そ**　阿治志貴多迦比古泥の神さまでありますよ。「そ」は強め。この神の本性は、「志貴」にあり、その他は美称であろう。「志貴」は鋤と思われ、国土を耕す農耕神と考えられる。この神を祭る信仰圏の神名。類似の神名に阿遅鉏高日子根神（記・大国主系譜）、味耜高彦根神（神代紀下・第九段・本文）がある。**○や**　底本に「也」とあり、強めを表す置き字。諸注では訓読していない。神を自慢した言い方。万葉集に文末に「也」を置く用法として「情無　雲乃　隠障倍之也」（一・一八）があり、強調する用法として「吾者毛也　安見児得有」（二・九五）とある。神楽歌には「伊奈川支加に乃　也」（細波）、「奈に毛せす志て　也」（総角）と見える。この神楽歌は歌いものとして歌われたことから見ると、内容を強めたり、語調を整えたりする用法である。当該歌謡も、歌いものとして内容を強調したり、語調を整えるために「也」が用いられたと思われる。

**【解説】**

この歌謡は、天上の弟棚機が頸に掛けている玉垂れの玉が輝くような、阿治志貴多迦比古泥という神を褒め称えた歌である。おそらく、評釈が説くように阿治志貴多迦比古泥の神を祖先神と仰ぐ集団の祖神讃歌で、その信仰圏に伝承された神招きの歌であろう。神の来訪には、自ずから訪れる神と、招かれて来る神とがある。当該歌謡のように神名を挙げて神を称える歌は、神の素性を知る者によって歌われるのであり、それは招かれる神であることを意味している。いかなる神か、どのように素晴らしい神かを明らかにすることで、神招きが行われるのである。それは、祭式中において今まさに神が降ろされようとしている歌謡であることが知られる。おそらく、神を招き、神を褒め称える者は、神の妻となるべき巫女を置いてはいないであろう。玉は神の依り付くものであり、前半に玉がくり返し歌われるのは、依り付く神と神の妻となるべき女性が身に付けるにふさわしい物であるところに理由があると思われる。このことは、次の記7番歌謡からも窺える。このような歌い方は、神楽歌に見える「この杖は　いづこの杖ぞ　天にます　豊岡姫の　宮の杖なり　宮の杖なり」（杖）、「この鉾は　いづこの鉾ぞ　天に坐す　豊岡姫の　宮の御鉾ぞ　宮の御鉾ぞ」（鉾）のような問答形式の関係にあると思われ、招いた神と問答で名を顕すものであったのだろう。当該歌謡もまた「このみすまるは、いづこのみすまるぞ」という問いがあったと想定すれば、「天なるや　弟棚機の　頸がせる　玉のみすまるぞ」と答える形式を踏んでいると理解できる。

## 7　赤玉は緒さへ光れど――〈紀6〉

赤玉《あかだま》は　緒《を》さへ光《ひか》れど　白玉《しらたま》の　君《きみ》が装《よそひ》し　貴《たふと》くありけり

阿加陀*麻波　袁佐閇比迦礼杼　斯良多麻能　岐美何**余曽比斯　多布斗久阿理祁理

〔巫曰く〕赤玉は、その紐の緒までも美しく照り輝かしているけれど、やはり、白玉のように真っ白に輝くあなた様の装いは、まことに貴いことでありますよ。

**○赤玉は**　赤い玉は。「赤玉」は赤味を帯びた宝玉で、瑪瑙・赤珊瑚・琥珀などが想定される。外来の宝玉で、高価であったと思われる。**○緒さへ光れど**　緒までもが照り輝くが。言別は「玉の玲瓏て、貫る緒までも耀くよしなり」という。「緒」は、玉に穴を開けて通す紐。玉の緒。「さへ」は添加。赤玉の輝きのみではなく、それを通す紐さえも赤々と光り輝いている様。「ど」は逆接の助詞。赤玉を持つ、高貴な誰かを想定している。**○白玉の**　白い宝玉の。「白玉」は万葉集の用例からみると、海の玉である「鮑玉」と考えられ、真珠を指すと思われる。真珠は鮑のほかにアコヤ貝からも採れる。いずれも日本列島に広く分布しており、日本では貴重な玉とされた。万葉集に「海神の持てる白玉」（七・一三〇二）とあり、海神の持っている玉とされる。**○君が装し**　あなたが身繕いされているお姿。「装ひ」は晴れ着で身を包むこと。万葉集には「君なくはなぞ身装餝はむ」（九・一七七七）のように、特別な折に身繕いをする。さらに人以外では「船艤ひ　真楫繁貫き」（十・二〇八九）など、美しく彩られ飾られた七夕の船にも用いられる。神楽歌に「宮人の　疎衣　膝とほし」、「膝とほし　着の宜しもよ　疎衣」（宮人）とあるのは、宮人の晴れの日の服装への褒め歌である。**○貴くありけり**　貴いことでありますよ。貴いという褒め言葉は、父母に用いられる例もあるが（五・八〇〇、十八・四一〇六）、基本的には天皇や皇族に用いられる。「春花の　貴からむと」（二・一六七）は皇子の例である。人以外では優れた山や島、美酒にも用いられる。「ありけり」は、そのようにあったことへの発見による詠嘆。

【解説】

この歌謡は、赤玉よりも白玉を良しとし、その白玉のような男神の姿が最も貴いのだと褒める歌である。赤玉は、古代の日本文献にそれほど多く登場することはない。むしろ、古事記中巻・応神天皇条の天の日矛の話にみえる「赤玉」は稀な例であるが、これは新羅の国における赤玉の話である。また、古代中国において天子は孟夏の四月、仲夏の五月、季夏の六月に「朱衣を衣、赤玉を服し」（『礼記』月令）とあり、これは五行思想によって夏を指す朱が天子の衣装として定められていたことによる。いわば、赤玉は外国の高価な宝玉であり、それを持つ者が次の白玉の君と比較されている。もっとも、古代日本では、白玉を最も美しく貴いものだと考えた。その白玉は真珠であろうと思われ、海に取り囲まれた日本列島の中で得られた宝玉の中で、極めて珍奇なものとされている。しかも、その白玉は「海神の持てる白玉見まく欲り千遍そ告りし潜する海人」（七・一三〇二）とあるように、海神の持ち物であり神の許しを得てはじめて手に入る宝玉であったことが知られる。日本列島の各地の古墳から真珠が発掘されているように、当時の支配者たちは、殊更に真珠を求めたと思われるのである。当該歌謡において白玉のような装いの神を貴いと褒めるのは、一つには神を招いた際にそれを迎える巫が、その神を褒め讃える歌の様式であったことが考えられる。この歌謡では記6番歌謡のように、巫による神賛美が行われたのであろう。神が衣装を吟味して、妻問いのために出かけたことは記4－1番歌謡に見える。二つには、ここに歌の掛け合いが存在したことを窺わせる。その掛け合いは赤玉と白玉とが詠まれているように、女が二人の男から求婚されて、赤玉の男よりも白玉の男が良いと選択する時に歌う歌垣の時の方法でもあったと思われる。当該歌謡は、神迎えの折の神賛美の歌としても、歌垣の折の男選びの歌としても適応可能である。

## 8 — 沖つ鳥鴨著く島に —— 〈紀5〉

沖《おき》つ鳥《とり》　鴨著《かもど》く島《しま》に　我《わ》が率寝《ゐね》し　妹《いも》は忘《わす》れじ　世《よ》のことごとに

意岐都登理　加毛度久斯麻迩　和賀韋*泥斯　伊毛波和須礼士　余能許登碁*登迩

沖の鳥である鴨が集まるこの島に、私が引き連れて一緒にこうして寝たが、あなたのことは決して忘れはしないよ。たとえ、この世が終わることがあったとしても。

**○沖つ鳥**　沖の鳥。海岸から離れた所にいる鳥。次句の「鴨」を指している。万葉集に「沖つ鳥鴨とふ船は」（十六・三八六七）とある。言別は鴨の枕詞とする。**○鴨著く島に**　鴨がたくさん群れている島に。ここの「鴨」は鴨類のマガモ・コガモ・オナガガモ等の総称。ここで「鴨著く」とあるのは、「鴨すらも　妻と副ひて」（十五・三六二五）のように、鴨が鴛鴦のごとく夫婦和合の象徴であることによる。さらに、そのような鴨のすだく島は、人が寄りつかない離れ小島であることも指している。**○我が率寝し**　私が共寝をした。「率寝」は女性を率いて一緒に寝ること。万葉集に「橘の寺の長屋にわが率寝し」（十六・三八二二）とある。**○妹は忘れじ**　あなたのことは決して忘れはしない。男が女を得た後の誓約の言葉。万葉集に「妹は忘れじ直に逢ふまでに」（十二・三一八九）とある。**○世のことごとに**　この世がたとえ終わろうとも。「世」はこの世。「ことごとに」は世の限り、一生涯の意とされるが、おそらくこの世の果てまで、つまり、この世に終わりが来る時までの意と思われる。万葉集に「夜はも　夜のことごと　昼はも　日のことごと」（二・一五五）とある「ことごと」は、夜の時間も昼の時間もすべて尽くすその終わりまでの意である。この世の終わりは信じがたいが、あり得ないことを比喩として男は堅い約束をしたのである。

【諸説】

〔全講〕これはむしろ荒涼たる海辺である。〔評釈〕これももと海辺で歌われた民謡が、宮廷内の大歌として定着し、それが、「ウガヤフキアヘズの命誕生物語」に融合したものであろう。〔全注釈〕一般に歌垣といわれる性的婚約行事には、この種の誓約の歌が一つの型として存在したらしいのである。

【解説】

この歌謡は、「沖つ鳥　鴨著く島」の句によって、鴨が夫婦仲良く寄り添い共寝をするように、男が女と共寝をしたことを詠んだ歌である。この「鴨著く島」というのは、おそらく人の寄りつかない、鴨ばかりの住む離れ小島を想像させ、そこは男女の逢い引きの島であることも予想させる。従って、「鴨著く島」が「我が率寝し」に繋がるのは、自分たちがあたかも仲の良い鴨のような関係であることを示しながら、さらに人の寄りつかない島で逢い引きをしたことを暗示するものであろう。つまり、男女はそうした密会の場所として沖の離れ小島を選び、男は女を連れて共寝をしたのだと考えられるのである。それに続く「妹は忘れじ　世のことごとに」という表現は、いかにも大仰な言い方である。通常の男女であれば、万葉集の類型では「わが命の全けむかぎり忘れめやいや日に異には思ひ益すとも」（四・五九五）、「黒髪の白髪までと結びてし心ひとつを」（十一・二六〇二）のように、命の限り、共に白髪となるまでと約束する。これは男女の愛が成就したことを確かめる一つの方法であり、「わが命の全けむかぎり忘れめや」という歌い方は、愛の誓約の基本形であろう。それを当該歌謡で「世のことごとに」とまで言い切ったのは、密会をして女と共寝をしたことへの罪の意識が深いからであろう。おそらく、世間に認められない恋だったのである。この「世のことごとに」という言葉は、世のある限り、つまり「この世が終わるまで」の意であると思われ、それはこの言葉をもって女と誓約する、命を賭けた男の愛の言葉であることに注目すべきであろう。万葉集に見える「三諸の神の帯ばせる泊瀬川水脈し絶えずはわれ忘れめや」（九・一七七〇）は、泊瀬川の水が涸れでもすれば二人の恋は終わるが、そんなことはないのだから愛し続けるのだという誓約の歌である。当該歌謡は、男女が恋の約束をしたということ以上に、密会して彼女と共寝をしたことにより、それが露見すれば彼女は社会的な非難や大きな制裁を受けるであろうことが予測されている。しかし、そのような非難や制裁があったとしても、お前のことは絶対に忘れないのだという男の意志が、この「世のことごとに」によって表されているに違いない。つまり、いかなることがあっても自らが責任を負うという、男の強い覚悟の表明でもあるのである。そのことから考えると、当該歌謡は海辺で行われた歌垣の歌であることが想定され、恋が成就したことにより男が女への愛を誓う「定情」の歌であり、それを大袈裟に聴衆に示した自慢の歌であったと思われる。

# 古事記 ― 中巻

## 9 ― 宇陀の高城に ―― 〈紀7〉

宇陀《うだ》の　高城《たかき》に　鴫罠張《しぎわなは》る　我《わ》が待《ま》つや　鴫《しぎ》は障《さや》らず　いすくはし　鯨《くぢら》障《さや》る　前妻《こなみ》が　肴乞《なこ》はさば　立《た》ち蕎麦《そば》の　実《み》の無《な》けくを　こきしひゑね　後妻《うはなり》が　肴乞《なこ》はさば　いちさかき　実《み》の多《おほ》けくを　こきだひゑね　ええ〈音引《おとひ》く〉　しやごしや　こはいのごふそ〈この五字《ごじ》は音《おん》を以《もち》ゐよ〉　ああ〈音引《おとひ》く〉　しやごしや　こは嘲笑《あざわら》ふぞ　や

宇陀能　多加紀尓　志藝和那波留　和賀麻都夜　志藝波佐夜良受　伊須久波斯　久治良佐夜流　古那美賀　那許波佐婆*　多知曽婆能　微能那祁久袁　許紀志斐恵泥　宇波那理賀　那許婆佐婆　伊知佐加紀　微能意富祁久袁　許紀陀斐恵泥　亜々**［音引］志夜胡志夜　此者伊能碁*布曽［此五字以音］　阿々［音引］志夜胡*志夜　此者嘲咲者　也

宇陀の高い砦に、鴫を捕る網を仕掛けて私が待っているとね、鴫は懸からずにね、いすくはし鯨が懸かったよ。前の妻がね食べ物を欲しいといったら、立っている蕎麦の木の実の少ないのをあげるよ。こきしひゑね。後添いがね、食べ物を欲しいといったら、いちさかきの実の多いのをあげるよ。こきだひゑね。ええ〈音を延ばす〉しやごしや。こはいのごふそ〈この五字は音を用いる〉。ああ〈音を延ばす〉しやごしや。これはまあ、こんなことでね、大声上げて馬鹿笑いすることだよ。はい。

**○宇陀の**　宇陀の。地名。奈良県宇陀郡。**○高城に**　高く作られた砦に。「城」は城砦。万葉集に「み吉野の高城の山に」（三・三五三）とある。**○鴫罠張る**　鴫を捕る網を張る。鴫はイソシギ・タシギなどの総称。春秋に日本に来る渡り鳥。**○我が待つや**　私が待っているとね。「や」は強意。**○鴫は障らず**　鴫は網に懸からずに。「障」は障害。**○いすくはし**　未詳。あれまあ、のような意味か。鯨の枕詞か。**○鯨障る**　海の鯨が網に懸かったよ。「鯨」は万葉集に「鯨魚」の表記が五例ほど見え、鯨・鯨魚・勇魚、不知魚・伊佐魚なども書かれる。「伊佐魚」（十七・三八九三）の表記から見るとイサナと訓まれていた。「クヂラ」は方言か日常語であろう。駒を馬という類か。ここでは、まったくあり得ないものが懸かったと面白がっている。全講は「久治良」を新村説により鷹とする。記伝は思いかけぬ大軍が来て、小謀の違えたことだといい、古典集成では、鴫ではなくて鯨（大敵の比喩）だから滑稽なのであり、そこに酒宴での爆笑があると言う。**○前妻が**　最初に娶った妻が。和名抄に「古奈美」とある。**○肴乞はさば**　食べ物が欲しいと言えば。「肴」は菜や魚。**○立ち蕎麦の**　立っている蕎麦の木の。蕎麦の木（稜の木）はブナの古名。団栗の実が成る。言別は実の枕詞とする。**○実の無けくを**　実が入っていないのをね。「無けく」は記伝は長けくかという。**○こきしひゑね**　囃子詞。**○後妻が**　後添いの妻が。和名抄に「宇波奈利」とある。**○肴乞はさば**　前項参照。**○いちさかき**　未詳。サカキは榊・賢木があり黒い実がなるが食用ではない。記伝は田中道麻呂が近江の彦根あたりに知佐加紀という木があると言い、これだろうとする。**○実の多けくを**　実の多い方を。**○こきだひゑね**　囃子詞。**○ええ〈音引く〉しやごしや**　囃子詞。注の「音引く」は音を延ばして歌うという歌唱の方法を示す。「亜亜」の底本は難読。**○こはいのごふそ〈この五字は音を以ゐよ〉**　これはまあ伊能碁布ことだよ。「伊能碁布」は意味不明。注の「伊能碁布曽」の五字は音を用いて訓めとあるから、「イノゴフソ」と訓める。「そ」は強めの助詞。**○ああ〈音引く〉しやごしや**　囃子詞。前項参照。**○こは嘲笑ふそ**　これはまあこんなことで、馬鹿笑いすることだよ。「嘲笑ふ」

は嘲り笑うことであるが、ここではこうしたナンセンスな歌への馬鹿笑いの意味が濃い。○や　はい。諸注は「也」を訓読しないが、これは神楽歌などに見える強めの語。記6番歌謡参照。

【諸説】

〔全講〕はやし詞がついているのは、実際に歌い伝えた状を記すものとして意義が多い。〔評釈〕（後段は）男同志で、女性抜きの遠慮のない酒席での謡物だったろう。〔全注釈〕発想法も、素材も、きわめて民謡的であることからすれば、むしろ久米氏集団の内部で成立した戦いの歌と見るほうがよく、おそらく戦いの前後の酒宴で歌われたものであろうと思う。

【解説】

この歌謡は、前後二段に分かれ、前半は宇陀の地方で猟を生業とする山の民の宴会の歌らしく、後半もそれらの民の祭りなどの宴会に歌われた歌であろうと思われる。もともと二つの歌であったものが、ここでは一つに結合したものと思われる。いずれもナンセンスなことを話題として、周囲から哄笑を誘う歌である。ここでは宇陀の山地で猟を生業とする民が、渡り鳥の来た季節に鴫を捕ろうとして罠を仕掛けたのだが、鴫が懸からずに久治良が懸かったというのである。この久治良（クヂラ）は、一般に鷹のこととされるが、それでは歌の面白味がない。これは海の鯨のことであろう。鯨はイサナと呼ばれ古代では多く人名に用いられるが、これが山における出来事であるため鯨ではないこと、クヂラと訓んだ確証は得られないことなどから、鯨説は避けられている。だが、網に懸かったのは空飛ぶ鳥ではなく海の鯨だということで、そのナンセンスな面白さを歌っていると解すべきである。おそらく鯨をイサナというのは歌語であり、クヂラというのは方言か日常語であろう。また、後半の歌は前妻と後妻とを引き合いに出して、前妻が食べ物を欲しがれば、実のない方を、可愛い後妻が食べ物を欲しがれば、実の多いのをあげるのだとおどけている。そのようなおどけの歌が歌われるのは、おそらく、評釈などが指摘するように、宇陀の山地の民が猟の後に開いた宴会で歌ったり、農民たちが祭りの宴会などで歌った歌謡であったためと思われる。途中に囃子詞や「音引く」という歌唱方法が入るのは、歌所に管理された段階であろう。また「こはいのごふそ」「こは嘲笑ふそ」が入るのは、数人が歌い継いだり合唱したりする方法で歌われたためであるように思われる。

## 10 — 忍坂の大室屋に ——〈紀9〉

忍坂《おさか》の　大室屋《おほむろや》に　人多《ひとさは》に　来入《きい》り居《を》り　人多《ひとさは》に　入《い》り居《を》りとも　みつみつし　久米《くめ》の子《こ》が　頭椎《くぶつつい》　石《いし》
椎《つつい》持《も》ち　撃《う》ちてし止《や》まむ　みつみつし　久米《くめ》の子《こ》らが　頭椎《くぶつつい》　石椎《いしつつい》持《も》ち　今撃《いまう》たば良《よ》らし

意佐賀能　意冨牟盧夜尓　比登佐波尓　岐伊理袁理　比登佐波尓　伊理袁理登母　美都美都斯　久米能古賀　久夫都々伊　々
斯都々伊母知　宇知弖斯*夜麻牟　美都美都斯　久米能古良賀　久夫都々伊　々斯都々伊母知　伊麻宇多婆余良斯

忍坂の大室屋に、人が多く入ってきてたむろしているぞ。人が多く入ってきてたむろしているとしても、勇ましい久米の武人らが、頭椎や石椎を持って、撃ち取ってやっつけてやろう。勇ましい久米の武人らが、頭椎や石椎を持って、今こそ襲撃するのが最も良いぞ。

**○忍坂の**　忍坂の。地名。万葉集に「隠口の　長谷の山　青幡の　忍坂の山は」（十三・三三三一）とあるのは、奈良県桜井にある山。

**〇大室屋に**　大きな建物に。**〇人多に　来入り居り**　人が多く建物に来て入ってたむろして居る。**〇人多に　入り居りとも**　たとえ人が多く入ってたむろして居ても。**〇みつみつし　久米の子が**　誉れ高い勇敢な久米の武人が。「みつみつし」は言別に御稜威という。威力が満ち満ちている様の意で、勇敢な久米集団を褒める枕詞。ただ、氏族名に枕詞が付くのは異例。恐らく久米氏は古くに大きな武勲を立てたことから、王により「みつみつし」という褒め言葉を賜ったものと思われる。「久米の子」は、天孫降臨の折にニニギの命に従って天降って来た軍事集団の久米氏の輩。万葉集に「みつみつし久米の若子が」(三・四三五) とある。「子が」の「が」は主格。**〇頭椎**　頭部の丸い槌で。「久夫」(頭) は「株」の音韻変化、「都々伊 (椎)」は槌。椎は土などを叩く道具だが、これは頭部を丸くした木製武器の木槌。日本書紀景行天皇十二年に海石榴樹で椎を作ったと見える。**〇石椎持ち**　石の槌をもって。石槌は石で作った叩く道具だが、これは頭部を丸くした石製武器の石槌。**〇撃ちてし止まむ**　敵を襲撃してやっつけてしまおう。末尾の定型。**〇みつみつし　久米の子らが**　誉れ高い勇敢な久米の武人らが。前項参照。**〇頭椎**　前項参照。**〇石椎持ち**　前項参照。**〇今撃たば良らし**　いまこそ襲撃するのが最も良い。まさにいま襲撃をするという時の、戦いの詞章。

**【諸説】**
〔全講〕大室屋で酒宴を張り、賊を誘い入れて一挙に撃とうとした、劇的な内容を持った歌である。〔全註解〕士気を鼓舞する為に謡われた、久米部の軍歌と見るのが正しいようである。

**【解説】**
この歌謡は、古代における武人集団である久米氏の戦いの大歌である。ここに久米の子らが登場するのは、軍事集団である久米氏が伝えていた戦いの歌であったことによる。古事記天孫降臨条によると、久米氏は祖神の天津久米命が神代に高天の原からニニギの命に従って天降り、大伴氏の祖神である天忍日命と共にニニギの命を守護したことから、以後は天皇守護の氏族として名を留める。大伴氏は近衛兵的な軍事集団であるのに対して、久米氏は前線において敵と直接戦う軍事集団としての性格を持っていたのであろう。万葉集末期の大伴家持は、氏族の誇りを「賀陸奥国出金詔書歌」において「大伴の　遠つ神祖の　その名をば　大来目主と　負ひ持ちて　仕へし官　海行かば　水浸く屍　山行かば　草生す屍　大君の　辺にこそ死なめ　顧みは　せじと言立て」（十八・四〇九四）と詠んでいる。大伴の遠い神祖の名は、大来目主だと伝えてきたというのである。これは天平勝宝元年四月に出された天皇の出金詔書（続日本紀）の中に見える詞章を受けて詠んだものであるが、この部分は大伴氏集団が伝えて来た戦いの大歌であったに違いない。それと同様に久米集団においても戦いの大歌があり、当該歌謡は過去に忍坂で戦い勝利した時の、記念すべき歌であったと思われる。なお、ここに「みつみつし久米の子が」と歌われるのは、久米氏の武勲を称える戦いの歌として宮廷の大歌所に管理されていたからであろう。宮廷には大伴の武勲の歌を始めとして、いくつもの戦いの歌が存在したと思われる。ただ、「みつみつし久米の子が」には、後掲の歌も含めて挿入句的性格が見られる。むしろ、その呼称を除くと久米氏に限らない戦いの歌として成立するのである。こうした部族の戦いの歌は中国の壮族にも多いが、その中には「劉二打番鬼、越打越好睇。死人也返生、吓死老番鬼」（劉二は鬼畜を打ちのめし、何度も打ちのめして本当に立派な英雄だ。死んだ者も生き返り、死んだ鬼畜を驚かした）とある。部族集団の戦いの歌は、敵を討ちのめすことが主要な内容であったのである。

## 11 ― みつみつし久米の子らが ―― 〈紀13〉

みつみつし　久米《くめ》の子《こ》らが　粟生《あはふ》には　韮一本《かみらひともと》　そ根《ね》が本《もと》　そ根芽繫《ねめつな》ぎて　撃《う》ちてし止《や》まむ

美都美都斯　久米能古良賀　阿波布尓波　賀美良比登母登　曽泥賀母登　曽泥米都那藝弖　宇知弖志夜麻牟

勇ましい久米の武人らが植えた粟、その粟の生えている畑に韮が一本ある。その韮の根本の、その根と茎とを繫ぎ合わせるように、まるごとあの敵どもを撃ち取ってやろうじゃないか。

**〇みつみつし　久米の子らが**　誉れ高い勇敢な久米の武人たちが。「みつみつし」は久米に掛かる枕詞。威力が満ち満ちている立派なという意味だが、ここでは久米氏の高い誉れを意味する。言別に御稜威という。氏族に枕詞が付くのは特別なことで、久米氏は古来から王を守護し大きな武勲を挙げたので、「みつみつし久米」と言う呼称を王から特別に与えられたのであろう。**〇粟生には**　粟の植えてある畑には。**〇韮一本**　韮が一本ある。カミラは香韮。韮は臭味があり群生する。一本は一株の意味。食用とともに食欲増進・解毒・殺虫などの薬用として珍重される。**〇そ根が本**　韮の根本。韮は退化した主根から長い髭根が伸びている単子葉植物。「そ」は接頭語。全注釈は「泥」を代名詞の「其（曽）」に添えた接尾語とする。**〇そ根芽繫ぎて**　その根と茎とを繫ぎ合わせて。記伝は「其根芽繫而」とする。芽は主根から出た茎。その根と茎とを一緒に繫いでというのは、そのように敵を繫ぎ合わせてまるごと絡め取ることの比喩であろう。大系本古事記はネをノの転とする。**〇撃ちてし止まむ**　敵を撃ち取ってやろう。

**【諸説】**

〔全講〕韮を打つことを歌っているのは、饗宴の際の歌のようだ。

**【解説】**

この歌謡も、軍事集団の久米氏に伝えられた戦いの大歌である。おそらく、戦いの前に武人たちの戦意高揚のために歌われたのであろう。ここに登場する韮は、香韮（カミラ）であり、香りの強いのが特徴である。古代から食用として珍重されたが、その根と茎とを繫ぎ合わせて敵を撃ち取ろうというのは理解しがたい。これは韮の強い臭味により戦意高揚の食べ物として珍重されたことを思わせる。その韮を譬えとして根と芽を一つに繋ぎ合わせて、敵を丸ごと絡めてやっつけようという意であろう。韮は邪気を退散させる効能があると考えられ、ヤマトタケルが鹿に化した山の神と出会ったときに、蒜をもって打ち殺したと伝えているのは、蒜の強い臭味により山の神を避けたことによるのである。ただ、韮が敵の邪気を払うという呪術性は、敵も同じ発想をするであろうから、戦いのための効果を望むものではない。むしろ、韮は新陳代謝を促進する作用や食欲増進や滋養強壮など、多くの薬効がある食べ物であり、そうした薬効のために食べた韮を歌謡の素材として用いたのである。戦いに臨むに当たって、その根と芽を繋いで敵を絡め取って撃ち取ろうという、戦いに出発する前の兵士たちの戦意高揚の歌であると思われる。

## 12 ― みつみつし久米の子らが ――〈紀14〉

みつみつし　久米《くめ》の子《こ》らが　垣本《かきもと》に　植《う》ゑしはじかみ　口《くち》ひひく　我《わ》れは忘《わす》れじ　撃《う》ちてし止《や》まむ

美都美都斯　久米能古良賀　加岐母登尓　宇恵志波士加美　久知比々久　和礼波和須礼志　宇知弖斯夜麻牟

勇ましい久米の武人らが、垣根の本に植えた山椒の木。その山椒の実を食べると、口がひりひりと痛む。その痛みを我らは忘れることはない。その痛みのように、決して忘れられないあの敵どもを、今度こそは撃ち取ってやろうじゃないか。

**○みつみつし　久米の子らが**　誉れ高い勇敢な久米の武人らが。久米氏は軍事集団。**○垣本に**　垣根の下に。**○植ゑしはじかみ**

植えた山椒。山椒は山野に自生。若い葉は食用、実は香辛料となり、辛味が強い。果皮は薬用にする。食中毒予防や虫下しに効果がある。言別は蜀椒とする。**○口ひひく**　口がヒリヒリとする。文脈上からは辛酸を意味する。**○我れは忘れじ**　その強い辛さを私は忘れない。かつて敵との戦いで痛い目に合ったことを指す。なお、「和須礼志」の「志」を「じ」と訓むのは「布士（富士）」の「士」と同音とみたか。**○撃ちてし止まむ**　今度こそは、敵を撃ち取ってやろう。「止まむ」は、相手を滅ぼすこと。

**【諸説】**

〔全注釈〕生産と戦闘の実感に裏づけされた譬喩の鋭さが感じられる。

**【解説】**

この歌謡も、軍事集団の久米氏に伝わる戦いの大歌であり、戦いに臨む時に歌われた戦意高揚の歌である。ここでは、韮ではなく山椒が登場する。山椒は日本でも縄文時代から使用されていたようであるが、この独特の辛味は特別な時に食されたものであろう。ここでの山椒は呪的な性格を指すものではなく、薬草として用いられた可能性がある。山椒は食中毒や胃もたれや虫下しなどの多くの薬効のある植物であり、それ故に久米の武人たちも身近に植えていたのである。おそらく、戦の前にはその効能を期待して食すこともあったであろう。その辛さがいつまでも口に痛みを与えるので、その痛さが忘れられないということを比喩として、かつて敵に負けた悔しさがあり、それを忘れないと言うことを導いている。いわば、山椒の強烈なヒリヒリとした痛さが、敵に負けたときの心情を引き起こしているのである。その時の悔しさを忘れないために、こうした大歌として記憶に留めているのである。その痛みを記憶として、今度こそは敵を撃ち取ろうという、兵士たちが戦いに出発する時の歌である。

## 13 ― 神風の伊勢の海の ――〈紀8〉

神風《かむかぜ》の　伊勢《いせ》の海《うみ》の　生《お》ひ石《し》に　這《は》ひ廻《もとほ》ろふ　細螺《しただみ》の　い這《は》ひ廻《もとほ》り　撃《う》ちてし止《や》まむ

加牟加是能　伊勢能宇美能　意斐志尓　波比母登富呂布　志多陀美能　伊波比母登富理　宇知弖志夜麻牟

常世の風が吹く伊勢の海の、荒磯に這い廻っている細螺。その細螺が這い廻っているように、あの敵どもを撃ち取って、這い廻らせてやろうじゃないか。

**○神風の**　常世の神が吹かせる風の。伊勢に掛かる枕詞。伊勢神宮近辺の海に吹く特別な風を指す。逸文伊勢国風土記に「古語に、神風の伊勢の国、常世の浪寄する国と云へる」と見え、常世から吹く風と考えられた。万葉集に「神風の伊勢の浜荻」（四・五〇〇）などと見える。**○伊勢の海の**　伊勢の海の。三重県伊勢の地の太平洋に面する海。伊勢神宮成立以前にも、伊勢神信仰がこの地方に存在した。万葉集に「神風の　伊勢の海の」（十三・三三〇一）とある。**○生ひ石に**　そこに生い立っている石に。言別は大石というが、ヒの仮名違いが生じる。生ひ石は荒磯にある石のこと。**○這ひ廻ろふ**　這い廻っている。「もとほろふ」の「ふ」は動作の継続を表す。記34番歌謡に「なづきの　田の稲幹に　稲幹に　這ひ廻ろふ　野老蔓」とある。敵が敗れて地に這い廻っている様の比喩。**○細螺の**　小さな螺が。螺はニシガイ・タニシなどの巻き貝の総称。食用となる。万葉集に「香島嶺の　机の島の　小螺をい拾ひ持ち来て　石以ち　突き破り」（十六・三八八〇）とあり、螺の磯を這う動作が「撃ち」を導いている。**○い這ひ廻り**　螺貝が石の周囲を這い廻る。ここでは敵が撃たれて這い廻ることの比喩とする。**○撃ちてし止まむ**　敵を撃ち取ってやろう。記11・12番歌謡参照。

【解説】

この歌謡は、伊勢地方の軍事集団による戦いの大歌であろう。神風は常世から吹き寄せる恵みの風であるが、一方では神の加護により敵を吹き惑わす大風ともなる。万葉集で柿本人麻呂は「渡会の　斎の宮ゆ　神風に　い吹き惑はし　天雲を　日の目も見せず　常闇に　覆ひ給ひて」（二・一九九）と詠んでいる。地方の伊勢神を信仰する部族にあって、時に海から吹き寄せる大風は神の怒りと考えられた。それだけ伊勢神は強力な神威を持つ神として、この地で崇拝されたのであろう。それが「神風の伊勢」という定型句となるのであろう。「神風の」とは、伊勢神の信仰圏で固有に称える呪詞である。その伊勢の荒磯の石にはたくさんの巻き貝の螺が這い廻っているのであり、その様子を相手を恐れて這い廻る敵の姿に喩えたものと思われる。記34番歌謡の「野老蔓」は、稲幹に纏わり付く様子を詠んだものであるが、それは、恋の苦しみや死者への悲しみのために匍匐する姿を比喩したのである。万葉集には柿本人麻呂の長皇子の猟の歌で、「猟路の小野に　猪鹿こそば　い匍ひ拝め　鶉こそ　い匍ひ廻ほれ」（三・二三九）と詠んでいる。猟り捕られた禽獣は、みな皇子の前に匍匐し這い廻るというのである。当該歌謡の細螺とは、捕虜となった者たちの姿の比喩である。これも武人たちが戦いに出発する時の戦意高揚の歌であろう。

## 14　盾なめて伊那佐の山の　――〈紀12〉

盾《たた》なめて　伊《い》那《な》佐《さ》の山《やま》の　木《こ》の間《ま》よも　い行《ゆ》き守《まも》らひ　戦《たたか》へば　我《われ》はや飢《ゑ》ぬ　島《しま》つ鳥《とり》　鵜《う》飼《か》ひが徒《とも》　今《いま》

助《す》けに来《こ》ね

多々那米弖　伊那佐能夜麻能　許能麻用母　伊由岐麻毛良比　多多加閇婆　和礼波夜恵奴　志麻都登理　宇［上］加比賀登母　伊麻須氣尓許泥

盾を並べ立てる伊那佐の山の木の間から、あちらこちらと監視しては敵どもの様子を覗い、その敵どもと戦っていると、我らはもう食べ物に飢えてしまった。島の鳥を飼い慣らす鵜飼いの人たちよ、今すぐ助けに来てくれないか。

**○盾なめて**　盾を並べて。並び立つ山に掛かる枕詞。盾は敵の箭や刀を防ぐ道具。万葉集に「もののべの大臣楯立つらしも」（一・七六）とある。**○伊那佐の山の**　伊那佐の山の。奈良県宇陀の伊那佐山。**○木の間よも**　木の間から。「よ」は、～から。**○い行き守らひ**　行き来して警護している。「い」は接頭語で強意を表す。**○戦へば**　戦うので。**○我はや飢ぬ**　食料も尽きて、私はああ飢えてしまった。「はや」は詠嘆。「恵奴」は、「飢えぬ」の約音と思われるが、ここが六音であることから、「恵奴」が古語でこれに「う」が添えられて「飢え」となったか。**○島つ鳥**　沖の島に住む鳥。**○鵜飼ひが徒**　沖に住む鵜を飼う輩。鵜飼いは鵜を飼い馴らして魚を捕る方法。中国南方にも広く見られ、川鵜である。ただ、鵜飼いの鵜は鸕鷀という鳥である。ここでは、戦闘の折に鵜飼いの集団が食料調達の役割を果たしていたか。万葉集に「上つ瀬に　鵜川を立ち」（一・三八）とある。徒は仲間。**○今助けに来ね**　今すぐに助けに来てくれないか。「ね」は希望を表す助詞。

**【諸説】**

〔全講〕久米部が歌ったことにより、来目歌の名を得たとするのである。〔全註解〕右に掲げた詞句は、山の猟夫の行動の描写であり、樹間を行きつ戻りつして、じっと見守っている様子に、狩猟の情景が髣髴として来る。山の狩猟と川の狩猟の歌われているのが注目されるのであり、饗宴歌に相応しい作といえよう。

【解説】

この歌謡は、戦いの場面を詠んだ大歌である。宇陀の伊那佐の山で敵の動向を探るために、あちこちと監視したり警護したりしていたが、その敵と遭遇して戦闘となり、食料が尽きたことを歌っている。ここに鵜飼いの徒が求められたのは、このような折に兵糧の調達をする役割を果たしていたからであろう。古事記によれば神武天皇が東征して吉野河の河尻に入った時に、筌で魚を取る人があり、天皇が誰かと問うと、「僕は国つ神、名は贄持之子と謂ふ」と応えたという。その注によると、この者は「阿陀の鵜養が祖」だという。いわば、鵜飼が天皇に奉仕する贄持となる起源譚であるが、天皇の東征の折には鵜飼集団がその食料を用意したのであろう。当該歌謡から見ると、鵜飼集団は贄持という役割から、ここでも天皇や戦闘の兵士たちの兵糧を調達する役割があったのだろうと思われる。これは武人集団の歌った、戦いの大歌の一部であり、民族の戦いの歴史の一齣として歌い継がれていた歌であったと考えられる。

## 15—大和の多加佐士野を

大和《やまと》の　多加佐士野《たかさじの》を　七行《ななゆ》く　少女《をとめ》ども　誰《たれ》をし巻《ま》かむ

夜麻登能　多加佐士怒袁　那々由久　袁登賣枓母　多礼袁志摩加牟

大和の多加佐士野を、あのように七人の少女たちが出かけて行く、その少女たちの誰を妻として寝ようかね。

**〇大和の**　大和の。ここは奈良県の大和。**〇多加佐士野を**　多加佐士にある野原。多加佐士は所在不明。野は遊行の場所で野遊びが行われた。**〇七行く　少女ども**　七人で連なって行く少女たち。**〇誰をし巻かむ**　誰を妻として寝ようか。「巻く」は男女が共に寝ること。「し」は強意、「む」は意志や願望。万葉集に「児らが手を巻向山は」（七・一二六八）とある。

**【諸説】**

〔全講〕問いかけた会話性の歌であるが、高佐士野を七行く娘子どもの叙述があって、美しい情景を想わしめる。

**【解説】**

この歌謡は、大和の多加佐士野で行われた春の野遊びの歌であろう。野遊びは春の若菜が芽吹く頃に、女性たちが晴れ着を身に装い、仲間を誘って若菜を摘み羹にして食べる行事である。野原のあちこちから羹を煮る煙が上がり、女性たちの華やぐ声が聞かれた。そのような野遊びの場に、男たちもお洒落をして出かけて、女性たちの仲間に何とか加わろうとしたのである。男たちがその場に加わるためには、相手に歌いかける必要があり、そこは歌垣の場ともなったのである。万葉集の「あかねさす紫野行き標野行き野守は見ずや君が袖振る」（一・二〇）の歌は野遊びの歌であり、男から袖を振られて戸惑う女の歌である。「春日野に煙立つ見ゆ少女らし春野のうはぎ採みて煮らしも」（十・一八七九）は、野遊びに女性たちが春菜を摘んで煮ている様子が歌われている。もとより、この野遊びは村の春祭りの中にあったもので、若菜を食べることは生命の再生を意味した。万葉集巻一巻頭の歌は、春の丘辺で若菜を摘む女性に求婚するスメロキ（始祖神）の歌であり、もともと野遊びが神の来訪と求婚にあることを示しており、野遊びが男女の恋愛と結びつくのである。この歌謡は、晴れ着を身に装い、野をあちこちと散歩している女性たちに目を付けた男たちが、女性の品定めをしているのである。このような野遊びは、中国苗族では姉妹節と呼ばれ、旧暦三月十五日から三日間、姑娘たちが姉妹飯と言う手料理を持って群れを作り遊びの場に集まり、若者たちを迎えて歌を歌い、男女が互いに気に入ると手を取り合い、静かなところで一緒に食事をするという。こうした野遊びはまた情人節とも呼ばれ、男女交際のお祭りであり、そこは歌垣の場でもあった。この多加佐士野の野遊びも、そうした情人節の祭りに相当するものであったと思われる。

## 16―かつがつもいや先立てる

かつがつも　いや先立《さきだ》てる　兄《え》をし巻《ま》かむ

賀都賀都母　伊夜佐岐陀弖流　延袁*斯麻加牟

ちょっとばかり、みんなの先を行く、あのお姉さんと一緒に寝たいなあ。

**○かつがつも**　少しばかり。「かつがつ」は、厚顔抄に「且」とする。「かつがつ」は「且つ且つ」で「ともかくも」「不十分」の意であり、一般的に「少しばかり」の意でも用いられる。ただ、ここでは、ちょっとばかりの意。万葉集に「玉主に玉は授けてかつがつも枕とわれはいざ二人寝む」（四・六五二）とある。**○いや先立てる**　一番先を行く。「いや」は厚顔抄に「弥所先」とする。**○兄をし巻かむ**　お姉さんの方と寝よう。「兄」は年上の者を指す。ここでは年長の女性。「巻かむ」は前歌謡参照。

**【解説】**

この歌謡は、男の仲間たちが野遊びに出かけて来て、女性たちの品定めをしている様を歌っている男集団の歌である。男たちは、向こうで野遊びをしている女性たちを眺めながら、どの女性を得たいか物色し、ある男は少しばかり前を行くお姉さん風の女性を得たいというのである。「巻く」は枕などを巻いて寝ることを指すが、万葉集では男女が互いに手枕をすることを巻くという。したがって、ここでの巻くは共寝を意味し、あの子と一緒に寝たいという露骨な表現であることに注意する必要がある。春は野遊びの季節であり、女性たちは美しく着飾り、春菜を摘んで煮炊きし、その場に男たちを迎えるのである。万葉集には春日野の遊楽の場面が巻十・一八七九番歌（前歌謡解説参照）にあり、このような行事は、中国の民族の中では「姉妹飯」などと呼ばれて、ご馳走を用意して男友だちを招き、春の一日を楽しく過ごすのである。こうした野遊びの場には老若男女が集まり、そこでは小さな歌垣の場が出来て、男たちはグループを作り、どの女集団に加わるか好きな女性をそれぞれ品定めをし、歌を掛ける準備をしたのである。歌掛けが始まると、上手なグループのところには聴衆がたくさん集まって歌の場が盛り上がる。この歌が五・七・六で歌われているのは、これが古く歌掛けの場で即興に対応する機能性を有した型式によるもので、古事記の中では「片歌」と呼ばれている。この片歌型式は問答を繰り返すのに用いられ、古事記歌謡には片歌による問答形式の歌がいくつか見られる。ただ、万葉集の時代には片歌は消滅し、片歌を二度繰り返す旋頭歌へと変質した。もちろん、片歌は片歌のみで問答するのではなく、他の形式とも問答を可能としていたことが前歌との関係から知られる。そうした問答形式が歌の中に自問自答を内在させることで、旋頭歌へと向かったのであろう。さらに片歌が自立して独詠歌を生み出したことも知られる。記紀歌謡時代には集団的な歌の場で片歌が機能する状況が存在したのである。当該歌謡もそうした機能性の中にある。

## 17　あめつつ千鳥ましとと

あめつつ　千鳥《ちどり》ましとと　何《な》どさける利目《とめ》

阿米都々　知杼理麻斯登々　那杼佐祁流斗米

あめつつや、千鳥や、ましととなどのように、どうして、あなたはそんなに険しく、鋭い目をしているのですか。

**○あめつつ**　未詳。厚顔抄は阿米は天、都々は千鳥とする。記伝では鳥の名かとし、「あめ」は和名抄に「胡鷰」は「阿万止里」とあり、「つつ」は鶺鴒のこととする。言別は天地という。**○千鳥ましとと**　千鳥やましととのように。「千鳥」は万葉集に「河原の千鳥汝が鳴けば」(三・三七一)とある。「ましとと」は未詳だが、鳥の名と思われる。記伝は日本書紀天武天皇十二年に巫鳥此云芝苔々、和名抄に「鵐」は「之止々」とあり、真鵐であろうとする。言別は千人勝人とする。**○何どさける利目**　どうしてそんなに鋭い目をしているのか。「など」は「なぜに」。「さける」は切り裂いた様。「利」は「利鎌」のように、鋭利なこと。ここでは、切り裂いたような男の鋭い目のこと。

**【諸説】**

〔記伝〕汝の目を見れば、胡鷰鶺鴒千鳥真鵐などの目の如くになむある、何如此は裂たる利目なるぞ、と云るにやあらむ、〔全講〕大部分が意味不明なので何ともしようがない。

【解説】

この歌謡は、男から歌を掛けられた女性が、相手の目が険しく鋭いことから、その理由を聞いた歌である。もちろん、女性にとっては初対面の男である。女は相手の様子を窺い知ろうとして、男の目つきの険しさ（或いは、目つきの悪さ）を取り上げ、男の正体を探っているのである。「あめつつ」も「ましとと」も意味が不明だが、千鳥がいることから、ここも鳥のテーマとして考えると、それらの未詳語は鳥の名を指すと考えられる。いわば、女性たちは鳥のような男の鋭い目を警戒しているのである。もちろん、この歌は男の目が険しいか否かに問題があるのではなく、女たちは知らない男たちが近づいたことに対して警戒しているのであり、相手を知ろうとする時の、「相手を探る」歌であろうと思われる。相手を知るための歌は、相手の家や名前を聞くのが常套であるが、ここでは相手の人相を問題としたのである。そこには男へのからかいも含まれているのであり、「何ど利ける」とあることから、男との対詠が継続されることを示している。当該歌謡も片歌型式であり、ここでは相手に問いを発する方法として機能している。

## 18　少女に直に逢はむと

少女《をとめ》に　直《ただ》に逢《あ》はむと　我《わ》が裂《さ》ける利目《とめ》

袁登賣尓*　多陀尓阿波牟登　和加佐祁流斗米

それはね、お嬢さんに、直接お逢いしようと、そう思うから、わたしはこんなに険しく、鋭い目をしているのですよ。

**〇少女に**　野遊びのお嬢さんに。**〇直に逢はむと**　直接にお逢いしようと思って。「直に」は直接に。古代において男たちが女性に接近するには、仲介者が必要であった。しかし、この男たちは仲介者を入れずに、直接に逢ったのである。万葉集に「われは恋ひむな直に逢ふまでに」（四・五五〇）とある。**〇我が裂ける利目**　私は裂けるような鋭い目をしているのですよ。男は直接に逢うために、このように険しくなったのだという理由を述べている。ここでは、鳥が獲物を探す時の鋭い目に喩えている（記17番歌謡参照）。

**【諸説】**

〔評釈〕いずれも軽口問答とも云うべき、機智を主題としたものである。〔全注釈〕春の初めに行われる山遊び・野遊びは、農作の予祝行事でもあれば、レクリエーションの行事でもあり、また嫁選び・婿選びの行事でもある。

**【解説】**

この歌謡は、前歌謡に対応する歌謡である。鳥のように鋭い目をした男を恐れた女性に対して、いやこれはそうではなく、あなたに直接にお逢いしたかったから、こんなに険しくなったのだという弁解の歌である。しかし、これは単なる弁解ではなく、女性の指摘に対する切り返しの歌ともなる。端麗な女性を懸命に探しているが故に男は目つきが悪くなって、女性に怖がられる人相となり拒否されようとしているのである。しかし、男はそれを逆手にとって、その理由は直接あなたに逢いたかったからだと切り返している。歌掛けでは、相手に切り返す力量がないと、歌の継続は困難になるため、ここに掛け歌の妙がある。ただ、この歌謡では男が「直に逢はむと」と歌うが、女性に直接逢うことがどのような問題を持つのか。それは、歌垣の場で女性に男が逢うためには、その間に人を介在させなければならないという約束があったからであろう。この場合は、そうした仲介者がいないのである。当該歌謡を物語上から見た場合、神武天皇が大久米命を使いとして、伊須気余里比売の意向を伺っているのは、仲介者を介在させるという約束のためである。また中国の少数民族では、歌会の時に男が好きな女性に声を掛ける際に知り合いがいない場合は、

「雀子」という女の子に頼んで、歌で相手の気持ちを伺うという。この歌も男女が「初逢」の段階で、相手の状況を探るやり取りの中で詠まれたことが知られる。当該歌謡は前歌謡の「何ど利ける利目」を受けて「我が裂ける利目」と答えているように、これは対詠における語句の継承を前提とした歌い方である。相手の語句を受け取る形式は、対詠に多く見られ、その形式を踏んでいることが知られる。

## 19―葦原のしけしき小屋に

葦原《あしはら》の　しけしき小屋《をや》に　菅畳《すがたたみ》　いやさや敷《し》きて　我《わ》が二人寝《ふたりね》し

阿斯波良能　志祁志岐袁夜迩　須賀多々美　伊夜佐夜斯岐弖*　和賀布多理泥斯

あの葦原の粗末な小屋に、菅畳を、たくさん重ね綺麗に敷いて、私たちは二人で一緒に寝たよ。

〇**葦原の**　葦の茂った原。「葦」は茅などと同じく家や垣を葺く材料であり、村で管理し共用された。万葉集に「葦原の　瑞穂の国を」（二・一六七）とあり、瑞穂の国に掛かる枕詞としても用いられる。この場合は、葦が生えている水辺を指す。〇**しけしき小屋に**　しけしき小屋に。「しけしき」は未詳。汚い粗末な小屋か、仮小屋なのであろう。厚顔抄は「繁小屋」とし、記伝は「醜小屋」とし、言別は「湿（しけ）なるべし」という。万葉集には男の浮気を嘆く女の歌に「さし焼かむ　小屋の醜屋に　かき棄てむ　破薦を敷きて」（十三・三二七〇）とあり、これからすれば「醜屋」が相応しい。〇**菅畳**　菅で作った畳。この「畳」は刈り取った菅を単に重ねたもの。古代の畳には木綿畳、薦畳、皮畳などがある。〇**いやさや敷きて**　たくさん重ねて清らかに敷いて。「いや」は接頭語「弥」で、程度が甚だしい様子をいう。「さや」は「さやか」で清らかの意。万葉集に「刈薦の一重を敷きて」(十一・二五二〇)とある。**○我が二人寝し**　私たちが二人で一緒に寝た。万葉集に「まさしに知りてわが二人宿し」(二・一〇九)とある。男の自慢歌か、あるいは危険な恋の始まりを示す。

**【諸説】**

〔全講〕初夜の楽しい追憶である。〔全註解〕盛ってある内容は、在りし日の激しい愛慾生活の回想である。〔評釈〕叙事だけで抒情を遂げている異色の作品である。

**【解説】**

この歌謡は、人目を避けた男女が、葦原で密会し共寝をしたことを歌っている歌垣系の小歌である。男女いずれの歌かは不明である。葦は建築などの用材として重要であるから、村により管理されている。ここの葦原は村の共同作業が行われる場であり、そこで男女が知り合いになったことを表していよう。そこのしけしき小屋は、村の葦原を管理する粗末な建物であろうと思われる。そこに菅畳を清らかに敷いたというのは、共寝の場所が粗末な小屋であっても、二人の寝た床は清潔な畳を敷いた床であったと言いたいのである。こうした小屋を男女が逢い引きの場として共に寝たというのは、そこが人目から遠く離れた所だったからである。そうしたことが歌われるのは、これが歌垣の折に男女の愛が成就し、共寝へと進んだことの宣言だからであろう。おそらく村人総出の葦刈り作業の時の労働の歌か、その作業を終えた後の宴会の掛け合い歌の断片であろう。歌垣において愛を得て共寝をすることを歌うのは、愛の勝利を宣言するためであり、聞く者の喝采を得る。なかには「筑波嶺に　廬りて　妻なしに　我が寝む夜ろは　早やも明けぬかも」(常陸国風土記・信太郡)のような、ついに女を得られなかった失敗を歌った男の歌もあるが、歌垣で恋人を得ることは自慢であり、そこから先の展開を聞く者は二人の行く末に固唾を呑んだに違いない。こうした逢い引きで寝ることを歌うのは、万葉集の東歌に「川上の根白高萱あやにあやにさ寝さ寝てこそ言に出にしか」（十四・三四九七）のように多く見られ、歌垣の共寝シリーズ（共寝を共通とした連作）の歌である。歌垣の中で「寝る」という語は、重要な恋歌の鍵語であり、当該歌謡も、そうした段階を示す歌垣の歌と思われる。なお、万葉集において東歌の「寝る」という歌は露骨に詠まれる特徴があり、当該歌謡の「寝る」と近い表現である。東歌は、歌垣の「寝る」の表現を受けている歌と思われる。

## 20 ― 佐韋河よ雲立ち渡り

佐韋河《さゐがは》よ　雲立《くもた》ち渡《わた》り　畝傍山《うねびやま》　木《こ》の葉騒《はさや》ぎぬ　風吹《かぜふ》かむとす

佐韋賀波用　久毛多知和多理　宇泥備夜麻　許能波佐夜藝奴　加是布加牟登須

佐韋河の方から、雲がもくもくと立ちのぼってきて、畝傍山では木の葉がざわざわと騒いでいるよ。そろそろ、風が吹こうとしているのだよ。

**○佐韋河よ**　佐韋河の方から。佐韋河は奈良県三輪の狭井河。「よ」は起点を表す助詞。**○雲立ち渡り**　雲が立ちのぼって来た。万葉集に「石川に雲立ち渡れ」（二・二二五）とある。**○畝傍山**　畝傍山。奈良県橿原にある山。大和三山の一つ。**○木の葉騒ぎぬ**　木の葉が騒いでいる。何かを予測する表現。**○風吹かむとす**　風が吹こうとしている。万葉集に「風吹けば波か立たむと」（六・九四五）とある。

【諸説】

〔全講〕純粋叙景の歌としても見られるものである。天候急変して、山風の襲おうとする情景である。この歌の成立は、おそらくそういう自然観照の作であろう。〔全註解〕畝傍山付近の自然描写の歌である。〔全注釈〕私はこの歌の実体を物語歌、つまり初めから所伝を背景として作られた警告の歌と考える。

【解説】

この歌謡は、橿原地方で歌われた天候を予測する農耕従事者の歌である。北側の三輪の佐韋河から雲が立ちのぼると、急に風が吹き始めるというのである。このような天候の変化を示す言い方は、どの地方にもあったと思われる。現在でも、例えば「山に笠雲がかかれば雨や風」「夕焼けは晴れ、朝焼けは雨」などは一般的であり、土地の天気はその土地の特別な山と結びつくことが多い。したがって、当該の歌謡は第一義的には天候の歌であるが、それを〈風〉の歌として理解するようになると比喩歌となる。いわゆる、詩経の〈風〉の歌であり、諷刺・風諭の歌や風謡〈風俗や予兆などを示す民間の歌謡〉などの類である。そのような歌を日本書紀では「童謡」や「謡歌」と呼び、何らかの予兆を示す歌とされた。童謡は、中国の文献に謡・風謡・謡言などと表記され、漢書五行志に王の即位の時に童女の童謡があり、顔師古の注には「女童謡、閭里之為歌謡也」とある。童謡の例は早くは春秋左氏伝に見え、史記周本紀に「宣王之時童女謡曰」などと見える。また史記魯周公世家に、クヨクという鳥が飛来したことによる童謡があり、「クヨクが巣くっても君は乾侯にあり、クヨクが宮中に入っても君は外にいる」と歌われたという。論衡では「猶世間童謠。非童所為。気導之也」ともいう。童謡は子供の歌ではなく、気が導くものであるとする。いずれもこれから起きるであろう事件などの予兆が示唆されている歌であり、そうした童謡は後漢書に多く見られ、また楽府詩集雑歌謡に多くの童謡がまとめて収録されている。ここの「風吹かむとす」も、第一義的には風が起きて天候が急変し、農事の妨げとなることが教訓となるのだが、それが童謡として理解されると、何らかの事件の予兆を示す〈謡〉の歌へと転用される。「木の葉騒ぎぬ」という内容からすれば、何らかの不穏な事態が起きる予兆として、童謡へと転換することが可能な歌である。一般に風は葉や波のざわめきを起こす。そこから風による予兆性が得られる。

## 21 — 畝傍山昼は雲と居

畝傍山《うねびやま》　昼《ひる》は雲《くも》と居《ゐ》　夕去《ゆふさ》れば　風吹《かぜふ》かむとそ　木《こ》の葉《は》騒《さや》げる

宇泥備夜麻　比流波久毛登韋　由布佐礼婆　加是布加牟登曽　許能波佐夜牙流

あの畝傍山が昼間に雲と一緒に居ると、夕方には必ず風が吹くだろうよ。ほら、木の葉が騒ぎ出している。

**○畝傍山**　畝傍山。奈良県橿原にある大和三山の一つ。**○昼は雲と居**　昼間に山の上の雲と一緒に居る。雲が山の上から離れない様子。**○夕去れば**　夕方になると。去るは古代では来ること。万葉集に「春さり来れば」（一・一六）とある。**○風吹かむとそ**　風が吹くだろう。「む」は推量。「とそ」は強意の助詞か。万葉集に「時つ風吹くべくなりぬ」（六・九五八）とある。**○木の葉騒げる**　木の葉が騒ぎ出している。風の吹く前兆を指す諺であるが、騒ぐ様から何らかの事が起きる前兆をも指す。

**【解説】**

この歌謡は、前歌と同様の性格の歌である。第一に畝傍山近辺に住む農耕従事者たちの、天候を予測する歌であろう。

第二に畝傍山を舞台とした予兆の歌であろう。畝傍山の上に昼間に雲が立ちこめていると、夕方には風が吹くというのが、ここに住む村の老人たちの教えであった。当該歌謡は本来、風が吹くことを予兆するものであるが、その予兆が何か別のことを暗示すると捉えられることから、新たな予兆の解釈が成り立つのである。このような歌は、前歌に見たように童謡や謡歌と呼ばれる歌に見られる。日本書紀には「岩の上に　小猿米焼く　米だにも　食げて通らせ　山羊の老翁」（紀107番歌謡）の歌があり、これを予兆の歌として時の人が「『岩の上に』といふを以ては、上宮に喩ふ。『小猿』といふを以ては、林臣に喩ふ。林臣は入鹿ぞ。『米焼く』といふを以ては、上宮を焼くに喩ふ。『米だにも、食げて通らせ、山羊の老翁』といふを以ては、山背王の頭髪斑雑毛にして山羊に似たるに喩ふ」（皇極天皇二年）と解釈している。いわば流行歌謡に何らかの予兆性が認められると、特定の事件へと結びつけられ、専門的な解釈が施されたのである。詩経の詩が比や興の詩として解釈されるのは、中国の古代詩学の解釈学に基づくが、そのような解釈の方法から童謡や謡歌の解釈学が成立したのである。童謡は、多く意味不明な言葉の結びつきを持つことから、童の謡と名付けられたのであろう。こうした童謡の語が古事記に見えないのは、童謡を大和の歌の歴史の中に取り込もうとしたことによるからだと思われる。そこには、すでに童謡の理解が及んでいたのである。

## 22　美麻紀伊理毗古はや――〈紀18〉

美麻紀伊理毗古《みまきいりびこ》はや　美麻紀伊理毗古《みまきいりびこ》はや　己《おの》が緒《を》を　盗《ぬす》みしせむと　尻《しり》つ戸《と》よ　い行《ゆ》き違《たが》ひ　前《まへ》つ戸《と》
よ　い行《ゆ》き違《たが》ひ　窺《うかか》はく　知《し》らにと　美麻紀伊理毗古《みまきいりびこ》はや

*美麻紀伊理毗古波夜　美麻紀伊理毗古波夜　意能賀袁袁**　奴須美斯勢牟登　斯*理都斗用　伊由岐多賀比　麻幣都斗用　伊由岐
多賀比　宇迦々波久　斯良尓登　*美麻紀伊理毗古波夜

美麻紀伊理毗古よ、ああ、美麻紀伊理毗古よ、ああ。己の緒を盗もうとして、盗人が後ろの戸口から入ろうとしているが、いやそこではない、前の戸口から入ろうとしているが、やはりそこでもないと、あちこち覗っていることを知らないようだよ。美麻紀伊理毗古よ、ああ。

**○美麻紀伊理毗古はや　美麻紀伊理毗古はや**　美麻紀伊理毗古よ、ああ。美麻紀伊理毗古よ、ああ。美麻紀伊理毗古は、この物語の中の主人公。「はや」は詠嘆。言別は「是者也」とする。美麻紀は御牧で大きな牧場を持つ領主であろう。繰り返しによる強調。**○己が緒を**　自分の立派な玉の緒を。「己」というのは、第三者の目を通した主人公。「緒」は立派な玉の連なる緒。「袁袁」は、記伝では「袁を」とし、「袁」は命を云い、生の続いて絶えない間をいうとする。**○盗みしせむと**　盗んでやろうと。「し」は強意。「む」は意志。全注釈では「盗み死せむと」とするが、盗むことと殺すことが一体では意味が通らない。**○尻つ戸よ**　家の裏手の門より。「よ」は「〜から」。**○い行き違ひ**　こっそりと行くがそこはまずい。複数の盗人がいて、互いに行き違いながら様子を覗っている行為。**○前つ戸よ**　前の戸口から。盗人の行為。**○い行き違ひ**　こっそり入ろうとするがそこもまずい。前項参照。**○窺はく**　盗賊が、あちこちと隙を窺っている。**○知らにと**　そのことを予想もせず、知りもしない様子で。**○美麻紀伊理毗古はや**　前項参照。繰り返しは、対象への強意。

**【諸説】**

〔全講〕劇的な構成を持っている歌である。

【解説】

この歌謡は、全講がいうように劇的な構成となっており、ある物語が演じられた時の劇中の歌であろう。主人公に注意を促している内容から見ると、ここはナレーションのような部分であろう。おそらく、これは良く知られた劇で、著名な物語を背景としていたと思われる。歌の内容から見ると、主人公は大切に身につけているべき（玉の）緒を、いま盗賊に盗まれようとしている場面である。盗賊は主人公の隙を窺いながら、建物の裏手の戸や表の戸を行ったり来たりして、その時を狙っているのである。しかし、主人公はそのことをまったく知らずに寝ているか、女性との逢い引きを楽しんでいるのであろう。ナレーションではその主人公の大切な緒が盗られないか、観客の不安を煽りたて、主人公の名を連呼しているのであろう。おそらく、その緒は大切な人から預かった重要な宝であったり、あるいは自らの出生を証明するような大切な宝物が結ばれたものであったに違いない。それを盗もうとして、盗賊達が後ろや前の戸口を行ったり来たりして覗う描写は、観客達が堪えられないほどの、不安に陥れる動作を意図しているようである。主人公の名の連呼は、この主人公が村の英雄であり、或いはメロドラマの色好みなのであろう。日本書紀のこの歌謡の場面を見ると、「御間城入彦はや　己が命を　弑せむと　窃まく知らに　姫遊すも」とある。何らかの暗示の歌であるとされるが、これは御間城入彦は殺されるかも知れないのに、「姫遊び」をすることだという内容であり、愛のドラマ仕立ての歌である。古事記の当該歌謡も、おそらく姫遊びをしている間に、大切なものが盗まれようとしていることに動揺する内容となっているのである。そのようなところに、この歌謡のドラマチックな展開が認められる。美麻紀伊理毗古というのは、定形化された伝承テキスト内の歌謡を利用して古事記の物語に合わせて登場した主人公であろう。天武朝には俳優や倡優や侏儒らが登場し、さまざまな芸能を行っていたことが窺われ、こうした倡優や侏儒らは中国古代からの芸能・雑伎集団の類であり、史記などに見える。天武朝にはこのような芸能集団の類が、すでに宮廷芸能の専門集団として活躍していたのであろう。

## 23―やつめさす出雲建が――〈紀20〉

やつめさす　出雲建《いづもたける》が　佩《は》ける大刀《たち》　黒葛《つづら》さは巻《ま》き　さ身《みな》無しにあはれ

夜都米佐須　伊豆毛多祁流賀　波祁流多知　都豆*良*佐波麻岐　佐味那*志尓阿波礼

やつめさす出雲の建が、その身に帯びている大刀よ。その大刀は黒葛をたくさん巻いて、とても立派には見えるが、大刀の身が無いことが、なんとも可哀想なことだよ。

**○やつめさす**　語義未詳。出雲にかかる枕詞。記伝は八雲立つと同じとする。歌の内容から出雲を見下した表現か。万葉集には「八雲さす出雲の子らが」（三・四三〇）とある。**○出雲建が**　出雲建が。出雲建は出雲地方の英雄。何らかの物語に登場するのであろう。**○佩ける大刀**　身に帯びている大刀。**○黒葛さは巻き**　黒葛をたくさん巻き付けている。黒葛は、黒色の葛の蔓。黒葛で鞘を立派に飾ったのであろう。「さは」は沢山の意。**○さ身無しにあはれ**　大刀の中身が無いのが可哀想だ。「さ」は接頭語。「身」は刀身。言別は「無鏽（さび）可怜」とする。「あはれ」は、何事にも感動・詠嘆に用いる。

**【諸説】**

〔全講〕劇的な物語の歌として、相手を嘲笑する意がつよい。〔全註解〕恐らく霊剣讃美の歌と考えるべきものであろう。

〔評釈〕多くは、どの物語にも無関係な歌謡が、それぞれの物語に結びついたものとすべきであろう。

【解説】

大刀は、宮人にとって身を飾る重要なものであった。神楽歌に「石の上　ふるや壮士の　太刀もがな　組の緒垂でて　宮路通はむ　宮路通はむ」（剣）という。ふるや壮士の太刀は、みんなが欲しがる名剣なのであろう。当該歌謡も大刀自慢を背景として、男同士が歌垣の場面で、大刀を話題に相手を貶めるために詠んだ悪口歌であろう。お前は黒葛で巻いた立派な鞘の大刀を持っているが、ところがその鞘には刀身が無いというではないか、何と可哀想なことよというのである。おそらく、相手の欠点を種々取り上げて相手を愚弄し、相手が怒りで歌えなくなるのを意図しているものと思われる。このような歌垣の歌は、記109番歌謡に「大君の　御子の柴垣　八節締り　締まり廻し　切れむ柴垣　焼けむ柴垣」という挑発に対し、記110番歌謡で「大魚よし　鮪衝く海人よ　しがあれば　うら恋しけむ　鮪衝く志毘」と応酬するところにもみられる。男が一人の女性をめぐって取り合いを行うのに、相手の欠点を愚弄し、相手を挑発して言い勝つことが求められたのである。当該歌謡は、そうした歌垣における挑発の方法をもとにして、出雲建という地方の英雄の大刀の中身が無いではないかと愚弄した、何らかの歌物語が存在したことが知られる。

## 24―さねさし相模の小野に

さねさし　相模《さがむ》の小野《をの》に　燃《も》ゆる火《ひ》の　火中《ほなか》に立《た》ちて　問《と》ひし君《きみ》はも

佐泥佐斯　佐賀牟能袁怒迩　毛由流肥能　本那迦迩多知弖　斗比斯岐美波母

さねさしの相模の小野に燃える火よ。その火の中に立ち、私にやさしく問いかけてくれたあなたでしたね。

**○さねさし**　相模にかかる枕詞。意味は未詳。**○相模の小野に**　相模の小野に。相模は神奈川県相模。万葉集に「相模路の余綾の浜の」（十四・三三七二）とある。**○燃ゆる火の**　燃えている火の。野焼きの火。万葉集に「春野焼く　野火と見るまで」（二・二三〇）とある。**○火中に立ちて**　火の中に立って。野焼きの火の燃える中での意。**○問ひし君はも**　問いかけてくれたあなたでしたね。「問ふ」は訪れることや、問いかけることを指す。ここの問い掛けは、男による求愛。「し」は過去の助動詞「き」の連体形。この場合は、昔、男が女に歌をもって問いかけた思い出をいう。万葉集に「咲きてありやと問ひし君はも」（三・四五五）とある。「はも」は詠嘆。万葉集に「われはもや安見児得たり」（二・九五）とある。

**【諸説】**

〔全註解〕やはり野火を背景とした恋愛歌と見做さなければならない。春まだ浅き頃、若草の新しい萌芽を生ぜしめる為に、山野における旧年の枯草を焼く風習は、古くから行われたことであった。〔全注釈〕倭建命の火難の物語をふまえた弟橘比売の歌、つまり物語歌として見る時、最も適切である。

**【解説】**

この歌謡は、全註解が言うように春の野焼きを背景とした、東国相模地方の歌掛けの場での恋歌であろう。野焼きは、古草にいる害虫を焼き殺す年中行事である。万葉集に春の野焼きは「春さり来れば　野ごとに　着きてある火の」（三・一九九）、「春野焼く　野火と見るまで」（二・二三〇）などとも見られる。現在でも行われている渡瀬遊水池のヨシズ焼きは、七七〇人の関係する人々によって行われている（二〇一三年三月十八日、朝日新聞記事）。野焼きは村の集団労働であるため、村人総出で行われる。野焼きの後には宴会が開かれ、そこが歌掛けの場にもなったものと思われる。ここでは男女の出会いが野を焼く火中であったこと、その火の燃える中で自分たちの愛が成就したことを歌い、火の燃える様に恋の心が燃えた様を示唆している。これが女性の歌であるのは、男の求愛に対して、この燃える火が女性の心をも燃やしていることによる。万葉集に「わが山に燃ゆる火気の」（十二・三〇三三）とあるのは、山を焼く火を自らの心の燃える様子に比喩したものであり、これも歌垣の掛け歌であろう。「問ひし君」は野焼きの火の中で、男が女に歌をもって求婚の問いかけをしたことを指しているのであるが、それに対して女もまた歌で応えたのが当該歌謡であろう。おそらく、この歌は野焼きの折に歌われる、女性たちの定番の伝承歌（山歌）であろう。喉馴らしにも、あるいは歌の場での誘い歌にもなる歌である。過去形で歌われているのは、好きな相手に対して、過去にそのような事情があったことを提示するためである。もちろん、それは歌垣における架空の設定であろうが、女は不特定の男を歌に導く方法として過去の出会いから歌うのである。男たちが「その時の君とは、私のことだよね」と女性に歌い掛けると、そこから歌掛けが始まることになる。当該歌謡はそうした野焼きでの男女の出会いの場面を歌う、野焼きにおける女たちの中に伝承された誘い歌であったと思われる。村落の年中行事と歌掛けとが、一体であったことを窺わせる歌である。

## 25　新治筑波を過ぎて――〈紀25〉

迩比婆理　都久波*袁須疑弖　伊久用加泥都流

新治《にひばり》　筑波《つくば》を過《す》ぎて　幾夜《いくよ》か寝《ね》つる

新治を通り過ぎて、さらに筑波を通り過ぎて、いったい幾夜寝たことだろうね。

**○新治**　新治郡。茨城県真壁の辺り。万葉集に「新治の　鳥羽の淡海も」（九・一七五七）とある。**○筑波を過ぎて**　筑波郡を通り過ぎて。筑波は茨城県筑波。万葉集に「小筑波の繁き木の間よ」（十四・三三九六）とある。**○幾夜か寝つる**　幾晩寝たことだろうか。「か」は強めの疑問。何泊したかを聞いている。万葉集に「おほほしく幾夜を経てか」（十・二二三九）とある。

**【解説】**

この歌謡は、片歌型式の問いの歌である。新治郡から筑波郡を過ぎて来たが、一体、何泊したのかと歌で問うのである。こうした問いかけは、何日も続く行旅や何日も掛けての猟などで、同行者に対してなされたものと考えられる。しかし、なぜこのような問いが発せられているのか。おそらくこの問いかけの歌は、旅などにおける、常套的な歌であったと考えられる。何よりも、旅にあって日数を知るという方法は、暦が有れば容易であるが、暦を持たない時代には、例えば、木の枝に切り込みを入れたり、紐に結び目を作るなどして、経過した日数を数えたのであろう。しかも、この歌で「幾夜寝たのか」と聞いているのは、夜を基準としており、月の運行から起算する方法によるものである。こうした旅人の道行きの表現は、万葉集に多く見られる所である。例えば、「波の上を　い行きさぐくみ　岩の間を　い行き廻り　稲日都麻　浦廻を過ぎて　鳥じもの　なづさひ行けば」（四・五〇九）や、「漕ぎ廻むる　浦のことごと　行き隠る　島の崎々　隈も置かず　思ひそ吾が来る　旅の日長み」（六・九四二）などのように、その旅は常に何処を経過したかが歌の表現では問題となる。あるいはまた、「ぬばたまの夜渡る月を幾夜経と数みつつ妹はわれ待つらむそ」（十八・四〇七二）のように、日数を読みながら妻は夫の帰りを待ち続けているのである。当該歌謡の片歌による問いかけは、おそらく旅人たちが旅の憂いを慰めるために、旅の途次に旅の仲間や宿舎で出会った他国の人たちと開いた、掛け合いの中で歌われた歌であろう。日数を問うのは、もちろん幾日も掛かる旅への憂いからであろうが、それよりも、これは家で待つ妻や故郷の恋人が日数を数えながら待ち続けているであろうことへの思いからであろう。風俗歌に「小筑波を　越ゆ過ぐり来ぬ　帰り来てや　誰が恋ひ過ぐや　小筑波を　越ゆ過ぐり来ぬ」（小筑波）などとある。そこから、もう幾夜寝たことかという問いが生まれることになるのであろう。それを入り口として、「ふるさと流れ」のような望郷の歌がシリーズ（主題を共通とした連作）として歌われることになるのだと思われる。

## 26　日日並べて夜には九の夜――〈紀26〉

日日並《かがな》べて　夜《よ》には九の夜《ここよ》　日《ひ》には十日《とをか》を

迦賀那倍弖　用迩波許々能用　比迩波登袁*加袁

日々を並べて数えて見ると、夜は九つの夜を、昼は十日を過ごしたことだよ。

**〇日日並べて**　日々を並べて数えて見ると。日を「カ」と言うのは、二日・三日などに残っている。**〇夜には九の夜**　夜は九つの夜を過ごした。九泊の旅をいう。**〇日には十日を**　昼は十日を過ごした。

**【諸説】**

〔全講〕前の歌に答えて巧みに形を整えた機智がもてはやされたのである。〔評釈〕この問答体歌は、おそらく物語の潤色者によって、新たに詠み添えられたものであろう。

【解説】

この歌謡は、前歌の片歌の問いにおける答えの歌で、前歌と対になっている。前歌が旅の日数の経過について「幾夜か寝つる」と問うのに対し当該歌謡は歌掛けの方法によって、すでに九泊十日の旅であることを答えている。片歌は即興的に答えることを可能にする機能を持ち、問答の歌の基本的型式であったと思われる。この「幾日経たか」「幾日目だ」という問答は、長旅の道中を経てきた旅人たちが、他の旅の者と同宿となった時、まず最初に相手に歌いかける旅の歌の定番であったと思われる。この旅の日数は、それぞれの旅に応じて自在に代えられるものであるから、実際の旅に応じた日数で掛け合わされたであろう。しかも、歌の掛け合いが、この往復のみでなされるのではなく、これを元として同宿の者たちと道中の出来事や家の妻のこと、あるいは家族への土産に関することなどの歌が展開したものと考えられる。こうした旅においてシリーズ（主題を共通とした連作）として歌われる歌を、「旅の歌流れ」と呼ぶことが可能である。そこには、通り過ぎて来た道中の土地や風物が連続して詠まれたと思われる。万葉集には、そうした「旅の歌流れ」の歌が多く収められている。

## 27 ― 久方の天の香具山

久方《ひさかた》の　天《あめ》の香具山《かぐやま》　利鎌《とかま》に　さ渡《わた》る久毗《くび》　ひは細《ぼそ》　た弱腕《わやかひな》を　巻《ま》かむとは　吾《あ》れはすれど　さ寝《ね》むとは　吾《あ》れは思《おも》へど　汝《な》が着《け》せる　襲《おすひ》の裾に　月立《つきた》ちにけり

比佐迦多能　阿米能迦具夜麻　斗迦麻迩　佐和多流久毗　比波煩曽　多和夜賀比那袁　麻迦牟登波　阿礼波須礼杼　佐泥牟登

波　阿礼波意母閇杼　那賀祁勢流　意須比能須蘇尓　都紀多知迩祁理

久方の天の香具山よ、その上を利鎌の形に飛び渡って行く久眦、その弱々しい細さ。そのような弱々しい腕を、巻こうと私はするのだが、共に寝ようと私はするのだが、あなたの着ている上着の裾に、月のものが立ってしまいましたね。

**○久方の**　遙か遠いところの。天に掛かる枕詞。万葉集に「ひさかたの　天の原より」（三・三七九）とある。**○天の香具山**　天にある香具山。香具山は天から降ってきたという伝説がある。神聖な山なので天が付く。神祭りが行われた山。万葉集に「天の香具山　登り立ち　国見をすれば」（一・二）とある。**○利鎌に**　鋭い鎌のように。厚顔抄は「利鎌尓」とする。群れ鳥が利鎌のような形になり飛ぶのをいう。**○さ渡る久眦**　空を渡り行く久眦。「久眦」は鳥の種類と思われるが不明。首が長く細い鳥の鶴や鵠の類か。**○ひは細**　ひ弱で細い。「ひは」は未詳だが、次の句から弱さを言うと思われる。**○た弱腕を**　弱々しく若い腕を。「た弱」は撓むように弱い。万葉集に「手弱き女にしあれば」（三・四一九）とある。**○巻かむとは**　互いに手を巻こうとは。「巻く」は男女が手を枕として巻いて寝ること。万葉集に「妹が袖われ枕かむ」（十九・四一六三）とある。**○吾れはすれど**　私はするのだが。万葉集に「見まく欲りわれはすれども」（七・一三九一）とある。**○さ寝むとは**　ゆったりと寝ようとは。「さ」は接頭語。万葉集に「長き夜を独りや寝むと」（三・四六三）とある。**○吾れは思へど**　私は思うのだけれど。万葉集に「在りよしと　われは思へど」（六・一〇五九）とある。**○汝が着せる**　あなたの着ている。**○襲の裾に**　上着の裾に。襲は着物の上に着る裾までのコート。外出用と室内用とがある。ここでは室内用。**○月立ちにけり**　月が立ってしまった。厚顔抄は「月トハ月経也」とする。彼女の襲の裾に月のもの（月経）が付いたことと、月の第一日（その女性との関係での新たな月の始まりの朔）となったことを掛ける。万葉集に「月立ちてただ三日月の」（六・九九三）とあるのは暦。この暦とは別に古代では女性の月経を基準に、女性との関係の月を知ったのではないか。月経は月の周期と関わるので、その二つを合わせて「月」と言ったのであろう。なお、言別は「月立来なり」とし月経説を否定する。

**【諸説】**

〔記伝〕こゝの都紀とある詞に依て、上の月経をツキと訓は、ひがことなり、〔言別〕諸註共に、此時美夜受比賣命の襲の襴に、実に月経の着たるを詔へりと、心得たるこそつきなけれ。後世の婦人だに慙愼て、をさ〳〵然る穢しきわざは為ざるを、況て上古、神に近き人の上におきてをや。〔全講〕今人には下品に感じられるかもしれないが、古人はあかるく興を催したであろう。

**【解説】**

この歌謡は、男女神（男女）相会の叙事歌謡として歌われた大歌であろう。長歌体恋歌で歌われており、八千矛の神の妻問い歌謡を彷彿とさせる。最初に香具山の上を飛び行く細くしなやかな鳥の姿が詠まれ、それを序としてそのような細くしなやかな腕を持つ女との共寝へと向かう。しかし、女は月経のために着物の裾を汚していて共寝が叶わなかったのだと歌うのであり、しかも「月立ち」が月経を暗示することから、この歌謡の特殊さが認められる。この歌の本意が「月立ち（月経・朔）」にあるとすれば、男女の愛における月経による共寝の障害が第一のテーマであり、男女の愛の時が新たな月の始まりであったというのが、第二のテーマであることが知られる。男女の夜は、女性の月経により計られていたのであるが、なぜそのようなことを歌う必然性があったのか。考えられることは、記25・26番歌謡と同様に当該歌謡においても日数が問題となっていることである。訪れた女の月経により女の月の第一日を示すことで、この歌謡は主人公の旅の日数が計られている内容であることが理解されよう。つまり、女の経血が呼び起こしたのは、それが女と逢瀬を迎えた第一日となったことである。これを歌う主人公は、長い旅を経てようやくに美しい女を得たのであったが、女は月経を迎え思いを遂げられなかった。しかも、そのことが新たな月の出発を意味したというのであり、そのために男女の出会いと女の月経という組み合わせが取られたのだと思われる。この大歌は、おそらく遠方から訪れたまれびと神と、まれびと神が訪れた土地の女が月経であったために、その思いが遂げられなかったことに対して非難する内容であったことが推測される。これは、女を訪れたところ鶏が鳴いて夜が明けたことから、思いが遂げられず鶏を非難し呪うこととなる八千矛神の話と等しい、神の失敗談の一つであり、おそらくは、聞く者たちの笑いを誘う話であったと思われる。しかも、ここでは鶏鳴による失敗ではなく、女の月経による失敗であったことへの大きな失笑がある。しかし、その時の月立ちにより新たな月の到来が示されるのは、鶏鳴により去っていった神とは異なり、月経という女の暦により去ることを余儀なくされたということである。このような神の失敗談が大歌としてうたわれるのは、その神の物語が民族の始祖の物語であったからであろう。始祖もまた求婚においては、常に難渋していたと言うのである。

## 28―高光る日の御子

高光《たかひか》る　日《ひ》の御子《みこ》　やすみしし　吾《わ》が大君《おほきみ》　新玉《あらたま》の　年《とし》が来経《きふ》れば　新玉《あらたま》の　月《つき》は来経行《きへゆ》く　諾《うべ》な　諾《うべ》
な　諾《うべ》な　君待《きみま》ち難《がた》に　吾《わ》が着《け》せる　襲《おすひ》の裾《すそ》に　月立《つきた》たなむよ

多迦比迦**流　比能美古　夜須美斯志　和賀意冨岐美　阿良多麻能　登斯賀岐布礼婆　阿良多麻能　都紀***波岐閇由久　宇倍那
宇倍那　宇倍那　岐美麻知賀多尓　和賀祁勢流　意須比能須蘇尓　都紀多々那牟余

高く空に輝く、日の御子よ。安らかにしていらっしゃる、私の尊敬する大君よ。新玉の年がやって来ては去り行きますと、また新玉の月がやって来て去り行きます。そのことは、まったくその通りでございます。それゆえに、私はあなたの訪れが無いままに、こんなに待ち焦がれておりました。ですから、そのために私の着ている上着の裾に、こうして月が立ってしまいましょうよ。

**○高光る　日の御子**　空高く輝く日の御子。スメロキという神霊に対して使用される特殊語。光は高貴・知恵を表す。歴史的には天武・持統朝ころに生じた王権賛美の語。「ヒ」は神霊だが、太陽を神霊と見る段階の表現。万葉集に「高照らす　日の御子」（一・四五）とある。**○やすみしし　吾が大君**　安らかにしていらっしゃる吾が大君。「やすみしし」は安穏であることにより、世が平安であることをいう。垂拱端座と同じ。冠辞考は八方の説を否定し、「安らけく見そなはししろしめし賜ふてふ語をつゞめ」たとする。「大君」は尊敬する偉大な君。万葉集に「やすみしし　わご大君の」（一・三）とある。宮廷寿歌の形式。**○新玉の　年が来経れば**　新しい年がやって来たので。「新玉」は年や月に掛かる枕詞。新たな霊魂。「来経」は厚顔抄に「年之来経」とする。年が来て経過すること。**○新玉の　月は来経行く**　新玉の月がやって来ては去り行く。「来経行く」は来て経過すること。**○諾な　諾な**　実にその通りです。「諾」は「まことに」。繰り返すことで、相手の言葉に強く同意する気持ちがある。**○君待ち難に**　あなたを待つことが困難であったので。「難」は何かをすることが難しいこと。相手を非難している。万葉集に「恋ひつつをり君待ちがてり」（三・三七〇）とある。**○吾が着せる　襲の裾に**　私が身に着けている、上着の裾に。「襲」は裾までの長いコート（記2番歌謡参照）。**○月立たなむよ**　月が立ってしまうことですよ。「月立つ」は女性の月経を指すと共に、女性の新しい月の始まりをも指す。「なむ」は確実性の予測。当然ながらの意。「よ」は詠嘆。万葉集に「あらたまの月立つまでに来まさねば」（八・一六二〇）とある。

【諸説】

〔全注解〕他に類例のない特殊な題材を取っているところが面白い。〔評釈〕我が歌謡史上にも類例をみないような特殊な題材を扱っている。

【解説】

この歌謡は、前歌と対で神々の叙事を歌う大歌である。おそらく、始祖なる神の事績を語る叙事歌謡であろう。前歌で男が「汝が着せる　襲の裾に　月立たなむよ」と答える。いわば、あなたに月が立ったという男に対して、女はその理由として男の訪れが遅かったからだというのであり、そこには男への非難がある。そのことを言うために「高光る　日の御子」から始めるのは、これが大歌における特別な男女を主人公とした対詠の歌であることによる。「日の御子」は霊的存在を意味し、ここでは訪れた男が神霊であることを暗示している。大歌は叙事歌謡の性格を持ち、それは民族の始祖や英雄や愛の歴史を歌うところに特質がある。これが長歌体で歌われる理由であり、男女の出会いが「月立ち」をテーマとして歌われるのは、民族の始祖における妻問いであったからであろう。遠方から訪れた始祖神（まれびと神）は、ようやく女神のもとを訪れながらも、女神に月が立っていたために叶わなかったというのであり、ここに神の失敗譚が語られている。それに対して女神が非難を展開するのが当該歌謡である。神の愛の歴史にもこうした失敗があり、それを聞く子孫たちの失笑の的ともなる。しかも、それは女神から見れば、こんなに待ち焦がれていたのに、男神の訪れが予定通りではなく遅れたからだというのであり、この応酬にも人々の笑いの声が聞こえて来よう。しかも、月経が女神の新たな月の到来を示していることから、男神は本来は月が立つ前に訪れる必要があった。その約束を反故にした男神に対して、女神は非難するのである。ここには、神々の「愛のテーマ」による叙事歌謡が展開していたものと思われる。なお、前歌の「汝が着せる　襲の裾に　月立ちにけり」と当該歌の「吾が着せる　襲の裾に　月立たなむよ」とが一対の関係にあり、これは相手の句を受けて歌い継ぐ方法である。一部の句の「汝が着せる」と「吾が着せる」、「月立ちにけり」と「月立たなむよ」の受け継ぎは、直接対応させる固定の句であるが、それを微妙にずらすことで相手を非難する内容へと変化させて切り返している。いわば月が立ったのは自分のせいではなく、あなたのせいなのだと相手に責任を転嫁させるのであり、いわゆる〈うっちゃり〉による技巧が取られている。もちろん、ここからどのように歌が展開するかはこれのみでは不明である。

## 29 ― 尾張に直に向へる ―― 〈紀27〉

尾張《をはり》に　直《ただ》に向《むか》へる　尾津《をつ》の崎《さき》なる　一《ひと》つ松《まつ》　吾背《あせ》を　一《ひと》つ松《まつ》　人《ひと》にありせば　大刀《たち》佩《は》けましを　衣着《きぬき》せましを　一《ひと》つ松《まつ》　吾背《あせ》を

袁波理迩　多陀迩牟迦弊流　袁都能佐岐那流　比登都麻都　阿勢袁　比登都麻都　比登迩阿理勢婆　多知波氣麻斯袁*　岐奴岐勢麻斯袁　比登都麻都　阿勢袁

尾張に真っ直ぐに向かっている、尾津の岬の一つ松よ。ああ、愛しいあなた。一つ松よ、あなたが人であったなら、大刀を身に付けてあげように、服を着せてあげように。一つ松よ、ああ、愛しいあなた。

**○尾張に　直に向へる**　尾張の方に真っ直ぐに向き合っている。尾張は愛知県の旧国名。万葉集に「背の山に直に向へる」（七・一九三）とある。**○尾津の崎なる**　尾津の岬にある。三重県桑名市。今、尾津神社がある。**○一つ松**　一本松よ。孤松への愛情や懐古や信頼。万葉集に「一つ松幾代か経ぬる」（六・一〇四二）とある。**○吾背を**　ああ、あなたよ。「あせ」は「吾背」。「を」は詠嘆。女が一つ松を愛しい男に見立てている。背への呼び掛け。「吾背を」は記104番歌謡にも見える。**○一つ松**　一本松よ。前項参照。**○人にありせば**　もし人であったならば。「せば」は仮定。**○大刀佩けましを**　大刀を佩かせてあげたいのだが。「まし」は「せば」を受ける反実仮想。立派な男の姿。万葉集に「大夫と思へるものを大刀佩きて」（二十・四四五六）とある。**○衣着せましを**　服を着せてあげたいものを。ここでは、松に対して立派な男子に似合う服装をさせたいという。万葉集に「越ゆらむ君に衣貸さましを」（三・三六二）とある。**○一つ松**　一本松よ。前項参照。**○吾背を**　ああ、あなたよ。前項参照。

**【諸説】**

〔全講〕自然物に対する愛情が歌われている。殊に旅人が、孤独寂寞の感を、自然物に寄せて、人だったならという表現をとることは例が多い。〔全註解〕世間に見る一本松、一本杉等に関する伝説が、偶偶命の説話に組み入れられたものと考えるのである。〔評釈〕この歌謡は上半部を各地各地に適合するように謡い替えることによって、広い地域で謡われた謡物だったらしい。〔全注釈〕独立の木讃めの民謡と推測されるのであり、「衣着せましを」の繰返しとして「大刀佩けましを」の歌詞が成立して後、物語述作者はこの句に注目して、倭建の忘れた大刀が失せずにあったのでこの歌を詠んだという物語を虚構したものと思われる。

**【解説】**

この歌謡は、尾津の岬に立つ一本松を人に見立てて、松への親しみを歌う歌である。古事記ではほとんど松に興味を示さないが、ここに松が描かれるのは注目される。松は季節を通して色を変えることがないので、常磐の松として永遠の貞節や信頼の比喩とされる。また、住の江の松の根は常世の波の寄せる長生の木であり、愛でられる対象でもあった。さらに今木の嶺に生える二つ松は夫婦松であり、雌雄が同棲していることから、夫婦の契りの深いことの比喩ともされ、それは古今集仮名序にいう相生の松へと繋がる。そうした特性の中に松は品格のある木として愛でられるのであるが、ここに詠まれる一つ松は、そうした特質を背景としながらも、孤高の松への哀惜も認められる。そこには、松に関わる物語があり、人々の記憶の中に留められているのである。いわば、追憶の松である。そのような松は、例えば、有間皇子の結び松への追憶の歌として「磐代の岸の松が枝結びけむ人は帰りてまた見けむかも」(二・一四三)など一連の歌がある。このような土地に伝わる伝説は、およそ旅人によって歌にされ、またそこに歌の場が成立する。当該歌謡の詠み手は、この尾津の岬を通過するにあたり、その地の伝説を聞き及び、この歌を詠んでその主人公を追懐したのであろう。なぜなら旅人は、常に土地の伝説に興味を持っていたからである。しかも、岬に立つ一本松は、尾張に真っ直ぐに向かっているという。「直に」というのは、一本松の心情も表現している。それが尾張であるのは、この松には、尾張への強い思いが存在していることを示している。それは、詠み手の理解している松の木への追憶なのであろう。その一本松は擬人化されることで、おそらく尾張に去った誰かを、この尾津の岬で今も待ち続けているのである。あるいは、故郷を見ることなくこの地で亡くなったか。そのような一本の松に詠み手は深い思いを寄せ、その松が人ならば大刀や衣服を付けさせて立派な男子の姿にしてあげたいというのである。大刀を佩かせたいということから見ると、男は宮人か武人なのであろう。ここには、詠み手に深い感銘を与えるような、一本松に関する伝説が存在するのではないか。その一本松の伝説というのは、ある時代に、ある男子に事件があり、ついに男子は一本の松の木に化成し、この尾津の岬で立ち続けている、などということが想定される。そうした伝説が尾津にあり、旅人はその伝説に強い関心を持ったのだと思われる。そのような伝説は、常陸国風土記に若い男女が歌垣の時に出会い、夜明けの時間を忘れて、ついに二本の松の木となったという伝説の類などと重なる。岬の一本松は、尾張に去った誰かをここで待ち続け、そして松の木と化したのであろう。そこには男女の悲しい別れの物語も存在したと思われる。

松がそうした伝説を作り上げる背後には、「松」は「待つ」であるという言葉遊びの繫がりもあろう。こうしたことから見ると、詠み手は旅人として尾津の岬に立ち寄り、一本松の伝説を知り、尾張に去った誰かを待ち続けて、ついに一本松となったという男子に思いを致し、詠み手は男子の愛した女性の立場になり、松に同情し一本松への追憶の歌を詠んだものと思われる。古代の伝説の特徴は、必ずその場に遺跡や記念物が存在し、それを元として語られるところにある。そうした悲恋を素材として、尾津の一本松は人々の関心を示した松として孤高の中に立ち続けている記念物といえる。陸前高田の一本松も、多くの悲劇を忘れないための一本松として復活し、その物語を後の世に伝える記念物として存在するのである。もちろん、伝説や物語がなくとも、一本松の下では人々が集まり、歌垣が行われていたことも考えられる。そのような折に、女性たちは一本松を哀れな身の上の男松として松を恋人に見立てて恋の歌を歌い掛け、刀や良い着物を着せたいと戯れて、一本松への愛情を示したことも考えられる。一本松は、様々な物語性や象徴性をいくつも保持していたのであろう。

## 30―大和は国のまほろば――〈紀22〉

大和《やまと》は　国《くに》のまほろば　たたなづく　青垣《あをかき》　山隠《やまごも》れる　大和《やまと》しうるはし

夜麻登波　久尓能麻本呂婆　多々那豆久　阿袁加岐　夜麻碁母礼流　夜麻登志宇流波斯

大和は、この国のもっとも秀でたところだ。幾重にも重なる、垣根のような緑の山並み。その緑の山並みに抱かれている、この大和こそ、ああ、何とも美しい。

**○大和は　国のまほろば**　この大和の地は、国のすぐれたところだ。大和は奈良県の旧国名。「まほろば」は、「ま＋ほ＋ろ＋ば」で、「ま」は真に、「ほ」は「ほつ国」のように秀でている、「ろ」は「をろち」の「ろ」と等しく情態を表す接尾語、「ば」は処の意。言別は「真区間（まほらま）」という。あるべき土地・場所を賛美する予祝の語。万葉集に「聞し食す　国のまほらぞ」（五・八〇〇）、「筑波嶺を　清に照らし　いふかりし　国のま秀らを」（九・一七五三）などとある。**○たたなづく**　幾重にも重なる。山が畳みのように重なるのを理想郷とした。万葉集に「登り立ち　国見をせせば　畳はる　青垣山」（一・三八）とある。**○青垣**　青々とした山の連なり。山を垣の連なりに比喩している。万葉集に「たたなづく青垣山の」（十二・三一八七）とある。**○山隠れる**　山に囲まれている。あるべき地の姿を褒める語。藤原京以前の理想とするクニの姿。**○大和しうるはし**　この大和の地は美しい。「うるはし」は「麗しい」。万葉集に「浜清く浦うるはしみ」（六・一〇六七）とある。

**【諸説】**

〔全講〕大和の国の讃称の歌として、美しい歌である。〔全註解〕讃国の歌であり、国見の歌である。〔評釈〕本来、支配者の「望国歌」から胚胎したものであろうことを容易に察せしめる。〔全注釈〕歌詞そのものは他にも類例のある国讃め歌である。

**【解説】**

この歌謡は、大和の地を称える国見の歌であり、遠処から訪れたまれびと神が、高所に立ち大和の村を遙望し祝福した託宣の歌であろう。まれびと神は村を訪れて国見を行い、託宣（詔）という方法で村を祝福する。したがって、国見はまれびとが訪れて行うものであり、それが後には天皇の専権的な祭祀となるのもスメロキという神霊の性格によるものである。万葉集の舒明天皇による香具山での国見歌は「うまし国そ　蜻蛉島　大和の国は」（一・二）と歌われながらも、それが舒明天皇の歌だというのは、まれびと神の変質の中で、ある段階でスメロキ（天皇）に仮託されたものである。この天皇の国見へと至る前史を語るのが、例えば、常陸国風土記行方郡に見られる、倭武天皇の国見である。そこでは、巡行して来た倭武天皇が、現原の丘に登り四方を望んで「目を挙げて騁望れば、山の阿・海の曲は、参差ひて委蛇へり。峯の頭に雲を浮かべ、谿の腹に霧を擁きて、物の色可怜く、郷体甚愛らし」といい、そこから「なめかた」（行方）という土地の名が生まれたという。倭武天皇というのは、歴史化されずに天皇という性質を与えられた、巡行する神の霊性を示す存在である。ここには、天皇前史のまれびと神の俤が引き継がれている。万葉集に至れば、舒明天皇以後にも「登り立ち　国見をせせば　畳はる　青垣山」（一・三八）とあるように、吉野の離宮に行幸した時の、天皇の国見へと継承されている。その天皇とはスメロキやスメ神のことであり、それらはスメなる神（祖神や始祖）であり、スメという神霊のことである。その神霊である巡行者は、丘に登り、四方を遙望して祝福の言葉（託宣）を発するのを特徴としており、それを通して地名の起源も語られるのである。こうした事例は、古代の文献に多く記され、この歌の背景を物語っている。各地を巡行する者が村の地名や文化の起源などに関わることは、それが村の始祖神であることを示している。当該歌謡の成立には、始祖神であるスメ神の年ごとの訪れと、その祝福の詞章である大和讃歌の大歌が、大和の国の歌所の伝承の中に大歌として存在したことを語るものである。「まほろば」とは、祝福の言葉であり、これは折口信夫が説く国土への褒め言葉であり、理想の国土への予祝の語である。

## 31　命のまたけむ人は――〈紀23〉

命《いのち》の　またけむ人《ひと》は　畳薦《たたみこも》　平群《へぐり》の山《やま》の　熊樫《くまかし》が葉《は》を　髻華《うず》に挿《さ》せ　その子《こ》

伊能知能　麻多祁牟比登波　多々美許母　幣*具理能夜麻能　久麻加志賀波袁　宇受尓佐勢　曽能古

この命が、いつまでも完全なものであろうと願う人は、畳薦の平群の山の、この立派な熊橿の木の葉を、頭の飾りとして挿しなさい。ここにいられる人たちよ。

**○命の　またけむ人は**　生命が完全なものであろうと願う人は。「またけ」は、形容詞「またし」の未然形で「完全な」の意と思われる。万葉集に「わが命の全けむかぎり忘れめや」(四・五九五)とある。**○畳薦　平群の山の**　畳薦のように隔てる平群の山の。「畳薦」は「平群」に掛かる枕詞。冠辞考は「へ」に続くとする。また万葉集に「畳薦へだて編む数」(十一・二七七七)とあり、「へだて」の「へ」に掛かる。平群は奈良県平群の地。**○熊橿が葉を**　熊橿の木の葉を。「熊」は畏れや強さや立派さを表すため、動物の熊で表された。万葉集に「荒熊の住むといふ山」(十一・二六九六)とある。橿（樫）はアラカシ・シラカシなどの総称。堅牢な木で、生命力のある木。**○髻華に挿せ**　髻華として挿せ。「髻華」は頭の飾り。祭祀儀礼においては巫が頭に付ける呪力の象徴。後には宴席などで、花や葉を頭に指して頭挿とし、風流な行為となる。万葉集に「斎串立て神酒坐ゑ奉る神主部の髻華の玉蔭見れば羨しも」(十三・三二二九)とある。**○その子**　その人たちよ。「子」はそこに集まった人たち。仲間たち。万葉集に「いざ子ども」(一・六三)とある。ただ、万葉集の「厭ひもなしと申せその児に」(十・二三四八)のような例から、好きな女性に対する歌とも考えられる。

**【諸説】**〔全講〕くまかしをうずにさすのは、神祭りをする行事であろう。〔全註解〕この樹には特殊な霊異を認めていたと思って差支えない。〔評釈〕本来は、その逞しい生命力に感染する呪的行為であった。〔全注釈〕本来平群山の山遊びにおける老人の歌で、若者たちに対して青春を楽しみ、活動することを勧め訓す歌であろうと推測される。

【解説】

この歌謡は、人々に長命を促す平群地方の祝福の大歌である。その長命を可能とするのが、平群山に生えている熊樫の葉だという。「くま」はその樫が特別視されたことによる、神聖性を表す語であろう。平群の地は、奈良県の大阪側近くにあり、古くは樫の林が拡がっていたものと思われる。樫は日本列島の中部地域から南に生育する巨木であり、神武天皇が最初に都を置いたのが橿原であった。奈良近辺には樫の林が多くあったものと思われ、今日では春日大社周辺の森に樫の巨木が残されている。おそらく、神武天皇が入植した頃の橿原の地は、樫の巨木の林が拡がっていたことから、そのまま橿原と名付けられたと思われる。また、この歌のように樫の葉が髻華に用いられるのは、樫に特別な呪力が認められたからでもあろう。樫に呪力があると認められたのは、それが巨木へと成長していかにも神聖な木のように見え、しかも頑丈な木であることによるのであろう。樫の木が農具や建築に重要な木材として珍重されたのは、その頑丈さにある。もちろん、自然の力を神聖視する人々には、この樫の生命力に人の生命力を重ねたのだと考えられる。古代において長命は誰もが願うものであり、万葉の歌にも長命への願いが多く詠まれている。当該歌謡も、そうした古代の人々の願いが強く表れている。しかも、それは個人的な願いではなく、「その子」と呼び掛けるように、多くの人々と共にあることを願うのである。そこから見るならば、この歌は平群地方の村の祭りの宴席などで歌われていた、樫の葉を頭に挿して互いに長寿を祈る酒歌であったと思われる。ただ、この歌の「その子」という表現から考えれば、仲間たちに対する勧誘とは別に、平群山の歌垣で恋を成就した男女が、好きな相手に対して生命の長生を祝福した定型の歌と理解することも可能である。万葉集の中には「時つ風吹飯の浜に出で居つつ贖ふ命は妹が為こそ」（十二・三二〇一）という愛しい女のために長生きをしようとする男、「命をし全くしあらばあり衣のありて後にも逢はざらめやも」（十五・三七四一）と命が無事なら後に逢えると言う男の歌、「わが背子が帰り来まさむ時のため命残さむ忘れたまふな」（十五・三七七四）という愛する男のために命を残そうとする女の歌があり、愛する男女は生命の無事を祈りあったのである。当該歌謡は、村人の長生を祝福する歌にも、愛する男女が互いに長生を願う歌にも応用されて伝承されていたのである。

## 32 — はしけやし吾家の方よ

はしけやし　吾家《わぎへ》の方《かた》よ　雲居《くもゐ》立《た》ち来《く》も

波斯祁夜斯　和岐幣能迦多用　久毛韋多知久母

ああ、懐かしいことよ。我が家の方から、雲がもくもくと立ちのぼって来ることだ。

**○はしけやし**　ああ。「はしけやし」は、何につけ詠嘆・感嘆する語。「はし」は「愛妻（はしづま）」のように、愛すべきものを称賛する語。万葉集に「はしけやし間近き里を雲居にや恋ひつつをらむ」（四・六四〇）とある。**○吾家の方よ**　我が家の方から。「よ」は「〜から」。**○雲居立ち来も**　雲が立ちのぼって来たことよ。「も」は詠嘆。雲は、生命の活動を比喩。万葉集に「巻目の由槻が嶽に雲居立てるらし」（七・一〇八七）とある。

**【諸説】**

〔全註解〕国見の歌は、何時までも国見の行事の俤を見せているとは限っておらず、また国魂を籠めた国讃めの詞に捉われているはずもなかった。威力ある霊魂を繋ぎとめようとすることから、次第に招魂歌の色彩を加えて来るに至るのであり、そうなれば、自然に相聞歌にも移行し、挽歌的にも傾いて来るのである。

【解説】

この歌謡は、我が家の方から雲が立ちのぼって来たことを祝福する、国見歌系統の歌である。雲が立つのは、不安な様子よりも豊穣の予祝と見られた。国見歌に雲や煙が歌われるのは、山川の神の活動が活発であることを表している。しかし、この歌は国見歌からは変質しているように思われる。ここでの雲は瑞祥や予祝の雲ではなく、詠み手はそれが立ちのぼることを感動をもって見ている。雲が我が家の方から立ちのぼると言うのは、詠み手が故郷にいないことを示している。おそらく故郷を離れて旅の途次にあるのであろう。その旅の途次で、懐かしい故郷の方に雲が湧き立っていたのであろう。その雲の下には懐かしい家や家族があり、先頃、それらと悲しみの別れをして来た旅人たちの思いが見える。この歌謡が、故郷を離れた旅人たちの旅の途次で詠んだ歌とすれば、おそらく、懐かしい故郷の山が見えなくなる処で歌う、故郷との最後の別れ歌であろうと思われる。これが片歌型式で歌われているのをみると、そこには片歌による集団詠が存在したのであろう。この歌謡を始まりとして、旅にある仲間たちは宿駅などで歌の場を作り上げていったことが予想されよう。万葉集には妻と別れてきた男が峠にあって、妻が嘆いているだろうことを思い、妻の里を見たいので「靡けこの山」（二・一三八）と歌い、「直の逢ひは逢ひかつましじ石川に雲立ち渡れ見つつ偲はむ」（二・二二五）と、石川に雲が立ち上れば思う人を偲ぶのだと歌う。旅人たちは故郷の見られる最後の峠で別れを歌い、あるいは旅の宿舎で歌の場を設けて、仲間たちや同宿の旅人たちと懐かしい故郷や愛する者を偲んだのである。万葉集の防人歌には「足柄の御坂に立して袖振らば家なる妹は清に見もかも」（二十・四四二三）と夫が歌い、それに答えて「色深く背なが衣は染めましを御坂たばらばま清かに見む」（二十・四四二四）と妻が言う。峠をテーマとする別れ歌が、旅の流れ歌の中にある。

## 33 ― 嬢子の床の辺に

嬢子《をとめ》の　床《とこ》の辺《べ》に　吾《わ》が置《お》きし　剣《つるぎ》の大刀《たち》　その大刀《たち》はや

袁登賣能　登許能弁尓　和賀淤岐斯　都流岐能多知　曽能多知波夜

あのお嬢さんの床の辺りに、私が置いて忘れて来た、剣の大刀よ。その大刀よ、ああ。

**○嬢子の**　お嬢さんの。**○床の辺に**　床の辺りに。「辺」は「あたり」。万葉集に「真澄鏡床の辺去らず」（十一・二五〇一）とある。**○吾が置きし**　私が置いた。大刀を嬢子の床の辺に置いたとは、女性と共寝したことを指す。**○剣の大刀**　剣の大刀。剣は両刃の刀剣だが、ここでは剣も大刀も刀剣の意味で扱っている。**○その大刀はや**　その大刀よ、ああ。「はや」は体言に付く古形の詠嘆。

**【解説】**

この歌謡は、嬢子の床の辺に置き忘れてきた大刀に思いを寄せる歌である。ここで男が嬢子への思いよりも、大刀に思いを寄せているのは、恋の話が中心ではないからであろう。それだけに、この大刀に由来する物語が想定されよう。ただ、嬢子の床の辺というのは、男が嬢子の部屋で過ごしたことを想起させる。おそらく嬢子のもとを訪れた男が、嬢子と夜を過ごした後に、大刀を床の辺に置き忘れたまま帰ってしまったのである。こうした内容からすると、ここには男女の愛のテーマが認められる一方で、男が嬢子よりも大刀に思いを馳せるという点から、男と大刀との関係が極めて緊密であるといえる。そうした大刀を身に帯びて女のもとを訪れるのは、人ばかりではなく神も同様であった。すでに見たように記2番歌謡では、「大刀が緒も　いまだ解かずて」と、慌て者の神は大刀を解かずに、女神の家の戸を叩き続けるのである。そのようにして嬢子の家の戸を叩き続けて、鶏の声とともに、神は思いを残しながら急ぎ帰ったのである。おそらくこの歌謡は、そうした祖神の巡行物語の断片なのであろう。祖神の巡行は、ある段階に入ると大刀や矛を武器とする英雄物語を生み出す。大刀を身に帯びた神の巡行は、倭建命のような英雄神の巡行へと変質することとなる。そのような巡行神から英雄神への変質は、常陸国風土記（行方郡）に見える倭武天皇という天皇が、荒ぶるものの平定と地名起源の物語を残していることから窺い知ることが出来よう。巡行者が嬢子のもとに大刀を置き忘れて来たことは、巡行する英雄神の色好みに現れる姿でありながら、妻問いした女性のもとに大刀を忘れてきたという、愚かな神の姿をも演出する。そのことから、いざ敵との立ち会いという場面で、神は大事な大刀を置き忘れたことに気が付き、この歌を歌うことになる。これが極めてドラマチックな場面であることからも、歌劇風に歌われていたことが想定できる。当該歌謡もまた、神の失敗譚の一つの場面であったに違いない。この神を祖神とする部族の人々には、手に汗する場面であるが、彼女の部屋に大刀を忘れた愚かな神として失笑の的ともなったろう。出雲建という英雄も、記23番歌謡に、大刀合わせの時に佩いていた大刀に身の無かったことから、哀れな英雄だと歌われていた。

## 34 ― なづきの田の稲幹に

なづきの　田《た》の稲幹《いながら》に　稲幹《いながら》に　這《は》ひ廻《もとほ》ろふ　野老蔓《ところづら》

那豆岐能　多能伊那賀良迩　伊那賀良尓　波比母登富呂布　登許呂豆良

ぬかるみの田の稲の幹に、その稲の幹に、這い廻っている野老の蔓よ。

**○なづきの**　難渋する処の。「なづ」は「なづむ」「なづさふ」と同じく、難渋する意。万葉集に「石根さくみて　なづみ来し」（二・二一〇）とある。ここは次の「田」によれば、田圃が泥田であることから難渋するのである。厚顔抄は「なづき」を地名とし、言別は「靡附田（なみつきた）」として、辺りの田とする。**○田の稲幹に**　田圃の稲の幹に。「幹」は草木の茎。**○稲幹に**　前項参照。**○這ひ廻ろふ**　這い廻り纏い付いている。「廻ろふ」は、匍匐する様。万葉集に「鶉なす　い匍ひ廻ほり」（三・二三九）とある。**○野老蔓**　野老の蔓。トコロは本草和名に萆止古侶とあり、ヤマノイモ科の蔓性の芋。「野老」と書くのは、根が老人の鬚のようであることによる。蔓は他のものに巻き付いて生育する植物の茎。

**【諸説】**

〔全講〕はじめから送葬の歌曲として成立したような調子の良さをもっている。〔全注釈〕木や草に這いまつわる蔓草は、恋の姿態の譬喩として、わが国でも、中国でも、民謡系の恋歌によく歌われている。

**【解説】**

この歌謡は、泥田の稲の茎に纏わり付く野老の蔓を詠んだ歌謡である。しかし、これのみでは何を意図した歌なのか不明である。この田が「なづき」と言われているように、何らかに難渋することを表そうとしていることが知られ、詠み手の困難な状況が予想される。さらに、その稲幹に野老が這い回っているというのも、やはり何らかの表現があるのだろう。野老が這い回るのは自然であるが、しかし、それは「なづきの田」との関わりから見れば、這い回る様は野老を比喩として、本来の意味が隠されているのではないかという読みを可能とする。ただし、この歌の主意は「這ひ廻ろふ」ことにあり、その這い回る様は難渋する泥の田と野老の蔓により導かれ、詠み手の苦しみの表現へと至るのである。このような苦しみの歌は、自身の苦しく難渋する時の喩えとして歌われる、決まり文句の伝承歌であろうと思われる。いわば、「この苦しみの様は、泥田の稲幹に這い回る野老のようだ」ということで、その難渋の程度が理解されたということになる。今日風にいえば、「四苦八苦した」や「骨が折れた」に相当するものであろう。したがって、その苦しみは何かに限定されるものではなく、泥田を這うほどの苦しみや匍匐するような難渋に遭遇したとき、歌われることになる。つまり、人の死の悲しみや恋の辛さや労働の苦しみなどが、この歌によって導かれることを可能とする。「這う」は、そうした苦しみを表現する言葉である。もちろん、それのみでもこの歌謡の意義は見出せない。おそらく、これを仲間たちに対して歌い掛けることにより、相手から、どのような難渋をしたのかという問い掛けが生まれ、他の仲間たちも自らの難渋している経験を訴えるに違いない。そうした問題の提示の歌としての機能を当該歌謡は果たしているのであり、この歌謡の内部に難渋の内容が有るわけではない。ここから以下に「難渋の歌」のシリーズ（主題を共通とした連作）が始まるが、それらも当該歌謡と等しく、様々な「難渋」を提示することで集団における「難渋の歌流れ」が予期される歌謡であるといえる。

## 35　浅篠原腰なづむ

浅篠原《あさじのはら》　腰《こし》なづむ　空《そら》は行《ゆ》かず　足《あし》よ行《ゆ》くな

*阿佐士怒波良　許斯那豆牟　蘇良波由賀受　阿斯用由久那

浅篠原では、篠が腰に纏わり付いてひどく難渋することだ。空を飛んで行きたいほどだが、空からは行くことはできない。それで、やはり歩いて行くことだよ。

**〇浅篠原**　浅篠原では。「浅篠原」は、背の低い篠竹が一面に生えている原。篠は小竹。万葉集に「神名火の浅小竹原のうるはしみ」（十一・二七七四）とある。**〇腰なづむ**　腰にひっかかって進むのに難渋する。「なづむ」は難渋すること。万葉集に「夏草を腰になづみ」（十三・三二九五）と見える。**〇空は行かず**　空は行かずに。鳥や雲ではないから空を行くのは不可能の意。**〇足よ行くな**　徒歩で行くことだよ。「よ」は手段を表す。「な」は詠嘆。

**【諸説】**

〔全注釈〕一般的な民謡であったことは、「浅小竹原腰泥む」や「空は行かず足よ行くな」の表現が、普遍的な恋歌のパターンであることに気づけばわかることである。

**【解説】**

この歌謡は浅篠原を行けば進むのに難渋することだという歌で、前歌と同類の難渋を訴える時の歌である。このような歌が歌われるのは、おそらく「難渋の歌」がシリーズ（主題を共通とした連作）として存在したからであろう。ここでは人が篠原を進む時の、困難な状況を歌うように、篠原での実際に難渋した経験を踏まえており、その難渋を訴える歌である。ただ、難渋を訴える方法が、空を行きたいのだがそれも叶わずに歩いて行くことだ、と言っているところに何らかの緊急性が見えてくる。篠原を進むことに難渋するという経験は、他の事件性のある困難な状況へと展開するのであろう。つまり、一義的には、早く行きたいのに行くことの出来ないという、そのもどかしさを表す時の定番の歌であり、二義的には、緊急性の高い事件があり、その折の難渋する様の提示として歌われた、やはり定番の歌であろう。いずれの場合にも歌うことが可能であり、広く伝承されていた難渋の歌シリーズの一つであろう。この歌謡自体には、難渋した内容は歌われてはいない。それは、この歌の次に歌の掛け合いを導くことが期待される歌だからである。なお、これが四句体の六・五・六・六の型式を踏む、特殊な歌体であることが注目される。こうした変体の歌体は民間に広く歌われていたのであろう。神楽歌の早歌には「谷から行かば　尾から行かむ」(本)、「尾から行かば　谷から行かむ」(末)などと見え、民間歌謡に歌われた曲調であったものと思われ参考になる。

## 36　海が行けば腰なづむ

海《うみ》が行《ゆ》けば　腰《こし》なづむ　大川原《おほかはら》の　植草《うゑぐさ》　海《うみ》がはいさよふ

宇美賀由氣婆　許斯那豆牟　意冨迦婆良能　宇恵具佐　宇美賀波伊佐用布

海の中を通って行くと、腰まで水に浸って難渋することだ。あの大川原の植え草がゆらゆらしているように、海の中ではゆらゆらして行き悩むことよ。

**○海が行けば**　海の中を行くと。「が」は処を表す接尾語。**○腰なづむ**　腰まで水に浸って難渋する。前歌参照。**○大川原の　植草**　大きな川原に植えてある草。「植草」は、有用な葦や菅や葱などの類で、自生のものでも人工的に管理されていることをいう。万葉集に「春日の里の植子水葱」(三・四〇七)とある。**○海がはいさよふ**　海の中では行き悩む。「いさよふ」は、留まったり躊躇すること。万葉集に「いさよふ波の行く方知らずも」（三・二六四）とある。

**【諸説】**

〔全註解〕未解決の語が多いので、正解は得られない。しかし大体の内容は、肉身の死別に対する哀傷の感情である。

〔全注釈〕歌垣で歌われたその替え歌的な歌と見ることもできよう。

**【解説】**

この歌謡は、海の中を通ってどこかへ行こうとするのだが、行くことが難渋なのだと訴える歌である。やはり難渋の歌シリーズ（主題を共通とした連作）の一つである。おそらく陸路では時間がかかり、海を通ればすぐに着くほどの短い距離なのであろう。それほどまでに急ぐ用件があり、海を通ってでも行かねばならない緊急の事態なのである。しかし、海辺で詠み手は躊躇し、途方に暮れることになる。それは川原の植え草が水面に漂うのに等しく、ゆらゆらとして進むことが困難であったからである。この歌謡も難渋することを詠んだものであるが、そこにも実際に海を通って早く行きたいが叶わないという意味と、それは初めから叶わないという意味がある。人生にはさまざまな困難や難渋することが多いから、これも人々が難渋する場面に広く伝承されていた、困難や苦しみを訴える定番の歌なのであろう。この歌謡自体には急ぐべき内容は明示されていない。恋人の元へと急ぐ時の、思いの切迫した気持ちの表現としても可能であるし、その他でも可能である。六五六四八といった破調の音数であるのを見ると、短歌型以前の民間歌謡の中に流通していた歌であろうと思われる。

## 37　浜つ千鳥浜よ行かず

浜《はま》つ千鳥《ちとり》　浜《はま》よ行《ゆ》かず　磯伝《いそづた》ふ

波麻都知登理　波麻用由迦受　伊蘇豆多布

浜の千鳥は、浜からは行かないで、磯を伝って行くよ。

**〇浜つ千鳥**　浜の千鳥は。浜で餌を漁る千鳥。千鳥はチドリ科の総称。集団で行動する。**〇浜よ行かず**　浜からは行かないで。「よ」は「～から」。**〇磯伝ふ**　磯を伝って行くよ。磯は岩石が多い波打ち際。

**【諸説】**

〔全講〕葬儀に際して歌われたもので、悲哀のために、歩行もやすらかでないことを叙したものと見るべきである。〔評釈〕葬送の身振の具象化した歌謡であったろう。〔全注釈〕「浜つ千鳥」であるのに、浜を行かないで磯を行く、という秀句ないしナゾと解するのである。

**【解説】**

この歌謡は、浜の千鳥が浜を行かずに磯伝いに行くことを詠んだ歌である。それだけの歌であるが、そこに意味があるとすれば、この歌謡を通して何らかの提示がなされているということである。浜の千鳥なのに磯を伝うということに、この歌の面白さがあったのかも知れない。それは全注釈が示したように、浜千鳥は浜にいるのであり、磯を行けばそれは磯千鳥になるからである。いずれにしても同じ鳥であるが、海辺の生活者には浜と磯とでは大きな違いがある。いわば、磯行く浜千鳥は、浜千鳥なのか磯千鳥なのかということであり、それを話題として笑い合う歌なのであろう。催馬楽に「大芹は　国の禁物　小芹こそ　ゆでても旨し」（大芹）とあるのは、大芹は国が禁止しているが、小芹は茹でて食べると旨いのだと戯れる。同じ芹でも大芹（薬草）と小芹（食用）では異なることから、芹を話題としてその違いを戯れているのである。もちろん、当該の歌謡が何らかの比喩であるとすれば、浜は容易に歩いて行くことも出来るが、磯は歩きにくいことから難渋して磯を行かねばならない者の、困難や苦しみの様が提示されていることになろう。ただ、ここで難渋の内容が示されないのは、これが仲間たちから「難渋」を引き出すための提示の歌だからである。その難渋が恋にあれば、恋の難渋が展開することになろう。そのようであれば、前歌などと同じように、何らかの事情により難渋していることを提示する、一連の「難渋の歌」シリーズの一つということになる。歌がどのように転用されるかは、歌われる場面に対応することとなる。

## 38 ― いざ吾君布流玖麻が ―― 〈紀29〉

いざ吾君《あぎ》　布流玖麻《ふるくま》が　痛手負《いたてお》はずは　鳰鳥《にほどり》の　淡海《あふみ》の海《うみ》に　潜《かづ》きせなわ

伊奢阿藝　布流玖麻賀　伊多弖淤波受波　迩本杼理能*　阿布美能宇美迩　迦豆岐*勢那和

ねえ、吾が君よ。あの布流玖麻が、あのような痛手を負わなければ、鳰鳥のように淡海の海に、潜りたかったなあ。

**○いざ吾君**　ねえ、吾が君よ。「いざ」は呼びかけ。万葉集に「いざ児ども大和へ早く」（三・二八〇）とある。記伝は結句の「迦豆岐勢那」に係るとする。「あぎ」は記伝が「吾君」とする。君に対する尊称。**○布流玖麻が**　布流玖麻が。布流玖麻は人名かそれ以外か未詳。**○痛手負はずは**　もし痛手を負わなかったなら。痛手は大きな傷や傷害。「ずは」は打ち消しの仮定条件。**○鳰鳥の**　鳰鳥のように。鳰鳥はカイツブリ。潜水を得意とする鳥。万葉集に「にほ鳥の潜く池水」（四・七二五）とある。**○淡海の海に**　近江の海に。淡海は淡水の湖。琵琶湖が著名なので、淡海といえば琵琶湖となった。万葉集に「淡海の海夕波千鳥汝が鳴けば」（三・二六六）とある。**○潜きせなわ**　潜りたかったなあ。「せ」は動詞「す」の未然形。「な」は願望、「わ」は感動の助詞。

**【諸説】**

〔全講〕物語中の歌として、人物の意中を独白させたもの。格別の興味は無い。

**【解説】**

この歌謡は、意味が通りにくい歌である。ある者が親しい男に対して、布流玖麻があんな痛手を負うことがなかったら、琵琶湖に潜ったのにと惜しむ内容である。痛手は古事記の神武天皇条に、日に向かって戦うことが良くなかったために日の御子は卑しき奴から痛手を負ってしまったという話に見える。ここでは、死に至る原因となった傷を指す。その痛手を負ったのは、布流玖麻であると思われるが、その布流玖麻とは何者か、また何が痛手なのか不明である。ただ、淡海の海に潜りたかったという願望から推測すると、布流玖麻が何かをすることで、海に潜ることが可能であったという意味であろう。なぜそのように歌われるのか。それは、万葉集に見る琵琶湖の歌が参考になるように思われる。その歌は、「楽浪の志賀津の白水郎はわれ無しに潜はな為そ波立たずとも」（七・一二五三）とあり、また「大船に楫しもあらなむ君無しに潜せめやも波立たずとも」（七・一二五四）とあり、これは一対の歌である。左注に、「白水郎」を詠んだとある。白水郎は、海人のことである。前の歌は、淡海の志賀津の海人に対して、私なしで潜ることはするなといい、後の歌は、君なしで潜ることはしないのだという。そこには何らかの寓意が含まれていると思われるが、そのままに理解すれば、前者は「われ」の指示に従って潜れというのであり、後者は「君」の指示に従って潜るのだということにある。つまり、ここに見える「われ」とは、海に潜ることを指示する者であり、その指示なくしては白水郎であっても海に潜ることは不可能なのである。そうした「われ」とは、天候を予測する人か、海人の頭領か、あるいは大きな船を持つ船主などであろう。そこから考えるならば、当該歌謡の布流玖麻とは、これらに該当する人物なのだと思われる。しかし、その布流玖麻は何かの事情で不慮の痛手を負い、詠み手は海に潜ることが出来なかったということになる。そのことから、当該の歌謡は海人の仲間たちが布流玖麻を称え、彼がいないことで海に潜ることが出来なくなったのだと、それを惜しんでいる歌となる。おそらく、布流玖麻は偉大な海の領導者でありながら、海難事故で没したのであろう。最初の「いざ吾君」は、共に海に潜ることを約束した者であろう。その者に布流玖麻の偉大な功績を歌い、称えているのであろうと思われる。それは、万葉集の白水郎荒雄が対馬への食糧を送る役目を友に代わり、暴風に遭遇して海に没したのを家族たちが悲しみ詠んだという歌（十六・三八六〇〜六九）に見るような、布流玖麻の悲劇を想起させる。

## 39 ― この御酒は我が御酒ならず ―― 〈紀32・琴歌譜〉

この御酒《みき》は　我《わ》が御酒《みき》ならず　奇《くし》の神《かみ》　常世《とこよ》に坐《いま》す　石立《いはた》たす　少御神《すくなみかみ》の　醸《か》む寿《ほ》き　寿《ほ》き狂《くる》ほし　豊《とよ》
寿《ほ》き　寿《ほ》き廻《もとほ》し　献《まつ》り来《こ》し　御酒《みき》ぞ　あさず食《を》せ　ささ

許能美岐波　和賀美岐那良受　久志能加美　登許余迩伊麻須　伊波多々須　々久那美迦微能　加牟菩岐　本岐*玖琉本斯　登余本岐　本岐母登本斯　麻都理許斯　美岐叙　阿佐受袁勢　佐々

このお酒は、私の醸した酒ではない。奇の神であり、常世にいらっしゃる、いま石神像として立っていらっしゃる少御神が、このように醸して祝福され、狂おしいほどに祝福され、たくさんに祝福され、祝福し廻し、そのようにして献じて来たお酒なのです。どうぞ余さずにお呑みなさい。さあさあ。

○**この御酒は**　このお酒は。万葉集に「相飲まむ酒そ　この豊御酒は」（六・九七三）とある。○**我が御酒ならず**　私が醸したお酒ではない。○**奇の神**　不思議な力を持つ神。記伝は「酒之上」とする。「くし（奇）」は「くすし（薬・医）」に同じ。万葉集に「神ながら　神さび坐す　奇魂　今の現に」（五・八一三）とある。○**常世に坐す**　常世にいらっしゃる。常世は海の彼方の楽土。万葉集に「常世の国の天娘子かも」（五・八六五）とある。○**石立たす**　石として立っていらっしゃる。「す」は尊敬。石神として祭られている。石神像は出雲風土記（飯石郡）に「又、石神あり。高さ二丈、周り四丈なり」と見える。記伝は神名帳の大穴持像石神社などを挙げる。○**少御神の**　少御神が。「少」は小さい意。小さな神は、偉大な力を持つと考えられていた。万葉集に「大汝少御神の作らしし妹背の山を」（七・一二四七）とある。○**醸む寿き**　醸しながら褒め称え。古代の醸造法に粟・稗・米などを口で噛んで酒を醸す方法があった。万葉集に「君がため醸みし待酒」（四・五五五）とある。「寿き」は祝福すること。記伝は「神寿（かむほぎ）」とする。○**寿き狂ほし**　狂おしいほどに祝福して。「狂ほし」は狂おしいほどに。言別は寿令廻とする。○**豊寿き**　たくさん褒め称え。「豊」はありあまる様。褒めると美酒になる。万葉集に「大夫の禱く豊御酒にわれ酔ひにけり」（六・九八九）とある。○**寿き廻し**　褒め廻して。何度も褒め称えて美酒にする様。言別は廻すはくり返し寿ぐこととする。○**献り来し　御酒ぞ**　献上して来たお酒です。

「ぞ」は強意。**○あさず食せ**　余さずに飲みなさい。「あさず」は未詳の語であるが、文脈から「余さずに」と取れる。記伝は「涸（あさ）さず」かという。**○ささ**　さあ、どうぞ。何かを勧める時の声。さあさあ。

**【諸説】**

〔全講〕古人、酒を神秘のものとして、つゝしみ愛した情が知られる。以下の二首は、酒坐の歌として、酒宴に愛称《ママ》されたであろう。〔全注釈〕勧酒歌と謝酒歌は、そのような酒宴の目的を歌う儀式的な歌であり、したがって酒宴の初めに歌われる。

**【解説】**

この歌謡は、酒の醸造の由来と、人々への勧酒の大歌である。酒は神が教えてくれたというのは、酒の醸造に関する神話であり、世界に多く見られる。中国の景頗族の水酒は、母なる神の木吉鋭純の子どもが成長しても母親の乳を飲んでいて、息子は山を隔てた対岸まで通っていた。ある時天地を造る神が誤って橋を破壊してしまい困っていた時に、母なる神は不憫に思い水酒の製法を教え、それで景頗人は水酒を飲むようになったという（『中華民俗源流集成』8）。当該の歌謡では酒の醸造を教えてくれたのは、常世神である少御神という小さ子神である。これは少御神を信仰する集団の中に、酒醸造の神話があったことを教えている。ここでの酒の醸造方法は、「噛み酒」であることが知られ、新たな醸造法が出来ても酒は噛み酒として伝えられたのである。噛み酒は、酒に適した穀物や果物類を口で噛んで唾液で発酵させる方法であり、未開社会では現在も継承されている。そうした醸造法を歌いながら酒を勧めるのは、そこが賓客を迎えた重要な酒の席だったからである。歌を大歌と小歌とに分ける民族では、大歌を「酒歌」と呼ぶ例も見られる。これは尊貴な客人を迎えた宴会に、最も大切な酒が振る舞われ、その酒の席には民族の重要な古歌が歌われるからである。その古歌が大歌であり酒歌である。したがって、この重要な酒の席では酒の由来が歌われ、酒を教えてくれた神に感謝するのであり、そのことを前提に人々に酒が振る舞われた。いわば、酒の来歴や醸造法を述べることが、賓客に対する勧酒の大切な内容であった。当該の歌謡はそうした経緯のなかに歌われたものであり、古代の勧酒歌（大歌）の重要な意味を持つ。民族において酒は殊のほか重要であり、当該歌謡もそうした民族の伝統儀礼の中の勧酒歌であることが知られる。

## 40　この御酒を醸みけむ人は——〈紀33・琴歌譜〉

この御酒《みき》を　醸《か》みけむ人《ひと》は　その鼓《つづみ》　臼《うす》に立《た》てて　歌《うた》ひつつ　醸《か》みけれかも　舞《ま》ひつつ　醸《か》みけれかも　この御酒《みき》の　御酒《みき》の　あやに　うた楽《だの》し　ささ

許能美岐袁　迦美祁牟比登波　曽能都豆美　宇須迩多弖々　宇多比都々　迦美祁礼迦母*　麻比都々　迦美祁礼加母　許能美岐能　美岐能　阿夜迩　宇多陀怒斯　佐々

このお酒を醸した人は、その鼓を臼として立てて、歌いながら醸したのであろう、舞いながら醸したのであろう。それゆえに、このお酒の、お酒の、飲むと何とも楽しいことか。さあさあ、どうぞお飲みなさい。

**〇この御酒を**　このお酒を。万葉集に「相飲まむ酒そ　この豊御酒は」（六・九七三）とある。**〇醸みけむ人は**　醸んだであろう人は。「けむ」は推量。この宴会のために特別な酒を醸した人を指す。万葉集に「君がため醸みし待酒」（四・五五五）とある。**〇その鼓　臼**

**に立てて**　その太鼓を臼として立てて。臼は噛んだ材料を入れる酒桶で太鼓に似ていたので言う。また、太鼓を打ち舞いながら醸すことを言う。**○歌ひつつ　醸みけれかも**　歌いながら、醸して来たのであろう。「けれ」は過去に起こった事柄が現在も継続していること。「かも」は詠嘆。**○舞ひつつ　醸みけれかも**　踊り舞いながら、醸して来たのであろう。**○この御酒の　御酒の**　このお酒の、お酒の。後ろの「御酒」は、この酒がいかに美酒であるかの強め。**○あやに**　ああ。感嘆。万葉集に「懸けまくも　あやにかしこし」(三・四七五)とある。**○うた楽し**　何とも楽しい。「うた」は記伝が「転」とする。「転」は「うたた」のことで、状況が進展する様。ますます。**○ささ**　さあさあ、どうぞ。何かを勧める時の声。

**【諸説】**
〔全註解〕この歌の如きは、恐らく神前供酒に歌われた歌であろう。〔評釈〕(注＝39番歌謡は)神供の酒を奉納する場合に謡われた神祭の寿歌で、そうした伝誦歌に、新たに〈41歌〉(注＝40番歌謡)を歌い加えて、酒宴の席における主客それぞれの立場を歌う組歌として、仕立直しを試みたものが、この両歌であったように思われる。

**【解説】**
この歌謡は、特別な宴席が設けられ賓客を迎えた時に、酒を醸す名人が特別に醸した酒であることを歌う、大歌の勧酒歌である。この酒を醸した人は、鼓と臼を並べ立てていたのであろう。これは醸造の方法を言うのではなく、ここで酒を醸す人は酒男(杜氏)に相当する、酒を醸す技を知る頭領であり、鼓は酒を醸す時の音頭のために用いられたと思われる。ここでの酒造は、口噛によるものではなく、新たな技術による醸造と思われる。太鼓の音により酒を醸しているのは、それで幾段階かの酒造りの順序や工程が示され、そのことにより酒が醸造されたのである。この酒造りは、おそらく麹菌を用いた方法であろう。麹菌は古代中国に用いられ、それが古代日本にも入って来た。麹菌を用いる場合は高度な技術が必要とされ、そのためには専門職の技術者を必要としたのである。それがここにいう「醸みけむ人」であり、この人が太鼓を打ち歌い舞いつつ酒を醸しているのは、美酒を醸造するための音頭の役割を果たしていたからと思われる。麹による発酵の状況を知り、それに合わせて作業が進められているのである。現在でも酒蔵では、杜氏たちがそれぞれの作業に合わせて酒造りの歌を歌っているのは、その作業を円滑に進めるための作業歌である。そのようにして醸造された酒は、美酒であったに違いなく、尊貴な客人を歓待する特別な酒となったであろう。当該の歌謡は、賓客を迎えるに当たって優れた職人を求め、その職人がいかようにして酒を醸したのか、この酒の醸造の由来や方法とその価値を示しながら、これがいかに美酒であるかを主人は客人に自慢し、余さずに飲めと勧めるのである。このことにより、賓客もまた酔うほどに歌い、また舞い始めるような美酒だということになる。

## 41 千葉の葛野を見れば ――〈紀34〉

千葉《ちば》の　葛野《かづの》を見《み》れば　百千足《ももちだ》る　家庭《やには》も見《み》ゆ　国《くに》の秀《ほ》も見《み》ゆ

知婆能　加豆怒袁美礼婆　毛毛*知陀流　夜迩波*母美由　久尓能冨母美由

たくさんの葉が茂る葛、その葛野の方を見ると、十分に満ち足りた家々が見える、国の素晴らしさも見える。

**○千葉の**　多くの葉の茂るところの。千は数の多さ。葉が多いと言うのは祝福の語。次の葛を引き出す。**○葛野を見れば**　葛野を眺めると。葛野は葛の繁茂する野による地名。葛は蔓性の植物で繁殖力が強い。「見れば」は、国見歌の形式。「ば」は「〜すると」。万葉集に「登り立ち　国見をすれば」（一・二）とある。**○百千足る**　十分に満ち足りている。百千は数の多さ。**○家庭も見ゆ**　家も見える。「も」は他にもの意。「家庭」は庭が付設されている家。国見に家が詠まれるのは、新たな王の登場による。**○国の秀も見ゆ** 国の優れたところも見える。「ほ」は秀でたあるべき姿をいう。「ほつま国」や「国のほ」に同じ。万葉集に「聞し食す　国のまほらぞ」（五・八〇〇）とある「まほ」は「真ほ」。「見ゆ」は「見れば」を受ける国見歌の型式。

**【諸説】**

〔全講〕国見の歌として、壮大な気を含んでいる。〔全註解〕望国の歌である。望国とは、眺望の義であって、本来は春の初頭に高処から国土を望見し、威力の籠った神の詞を発することによって、田畑の精霊に豊穣を約束させるものであったが、後には政治的意味が加えられて国状を見、人民の貧富などを察する意味に用いられている。

**【解説】**

この歌謡は、まれびと神が村を訪れ、国見をして村の様子を褒め称える定型的な詞章による歌である。国見はその地を領知する始祖神（まれびと）により行われ、年毎に祭祀として繰り返される。それはやがて王や天皇へと継承される。国見詞章の基本は「見れば〜見ゆ」型にあり、これからいろいろなバリエーションの詞章が成立する。折口によれば、まれびととなる神は春の初めに来訪して、村の一年が安穏であることを祝福するのであるが、一般には高所から村の土地を見ることにより祝福するという。それは村の土地神（地神）を祝福するからであり、土地神はまれびと神との約束により村を守り豊穣をもたらすのである。当該の歌謡は、まれびと神が高所から葛野の地を眺め、そこが十分に満ち足りていて、村人の家も国の様も見えているのだと祝福する。特に「見ゆ」と歌うのは、国（郷土）の土地神に対する褒め言葉であり、まれびと神が「見る」ことは、将来への祝福であり、土地神の生命力を強固にしたのである。そのようにしてまれびと神から称えられた土地神は、また、まれびと神が訪れるまでの一年を、その約束に従って大切な役割を果たすことになる。万葉集が載せる舒明天皇の国見歌において「国原は　煙立つ立つ　海原は　鷗立つ立つ」と褒められているのは、大地の神や海の神の活力に対してである。そこには、あるべき姿があたかも眼前の景のように叙述されていて、やがて叙景への道を歩むことになる。

## 42―この蟹や何処の蟹

この蟹《かに》や　何処《いづく》の蟹《かに》　百伝《ももつた》ふ　角鹿《つぬが》の蟹《かに》　横去《よこさ》らふ　何処《いづく》に到《いた》る　伊知遅島《いちぢしま》　美島《みしま》に着《と》き　美本鳥《みほどり》の
潜《かづ》き息《いき》づき　しなだゆふ　楽浪路《ささなみぢ》を　すくすくと　我《わ》が行《い》ませばや　木幡《こはた》の道《みち》に　遇《あ》はしし少女《をとめ》　後手《うしろで》
は　小楯《をだて》ろかも　歯並《はな》みは　椎菱《しひひし》なす　櫟井《いちひゐ》の　和迩佐《わにさ》の土《に》を　初土《はつに》は　肌赤《はだあか》らけみ　しは土《に》は　丹黒《にぐろ》
きゆゑ　三栗《みつぐり》の　その中《なか》つ土《に》を　かぶつく　まひにはあてず　眉描《まよか》き　濃《こ》に描《か》き垂《た》れ　遇《あ》はしし女《をみな》　か
もがと　吾《わ》が見《み》し子《こ》ら　かくもがと　吾《あ》が見《み》し子《こ》に　うたたけだに　向《むか》ひ居《を》るかも　い添《そ》ひ居《を》るかも

許能迦迩夜　伊豆久能迦迩　毛々豆多布　都奴賀能迦迩　余許佐良布　伊豆久迩伊多流　伊知遅志麻　美志麻迩斗岐　美本杼
理能　迦豆伎伊岐豆岐　志那陀由布　佐々那美遅袁　須*久須*久登　和賀伊麻勢婆夜　許波多能美知迩　阿波志斯袁登賣　宇斯
呂傳波　袁陀弓呂迦母　波那美波　志比比斯那須　伊知比*韋能　和迩佐能迩*袁　波都迩波　々陀阿可良氣美　志婆迩波*　迩具
漏岐由恵　美都具理能　曽**能那迦都迩袁　加夫都久　麻肥迩波阿弖受　麻用賀岐　許迩加岐多礼　阿波*志斯袁美那　迦母賀
登　和賀美斯古良　迦久母賀登　阿賀美斯古迩　宇多々氣陀迩　牟迦比袁流迦母　伊蘇比袁流迦母

〔問う〕「これこれ、そこ行く蟹は、何処の蟹ですか」。〔蟹曰く〕「はいはい、百へと伝わる、角鹿の蟹ですよ」。〔問う〕「横を這いながら、いったい何処へ行こうとするのですか」。〔蟹曰く〕「はい、伊知遅島から美島に着き、美本鳥のように潜き息づきしながら、しなだゆふの楽浪の路を、すいすいと私は行かれます。すると、木幡の道でばったりと、少女にお遇いになりましたよ。彼女の後ろ姿は、まるで小盾のようにスラリとしているではないですか。彼女の歯並びは、まるで椎の実や菱の実のようです。その上に、あの櫟井の和迩佐の美しい土を見るようです。まず最初に掘る土は赤色ですが、その上肌は赤味を帯びています。下の方の土は、丹黒の色ですので、三栗のその真ん中の土を細かく衝いて、まひには当てずに眉を描き、濃い目に描き垂れている、そのような容姿の女性にお遇いしました。こうありたいなあと思うような、私が見た女の子でした。こうあって欲しいなあと願うような、私が見た女の子に、ますます心は躍り、彼女に向かい合って居たことでした。胸をときめかせて、一緒に寄り添いつつ居たことでしたよ、はい」といいました。

**○この蟹や　何処の蟹**　この蟹は何処の蟹ですか。蟹への問いかけ。歌謡の歌い方の一つ。神楽歌に「この杖は　いづこの杖ぞ」（杖）とあり、下句でその由来を歌う。**○百伝ふ**　百へと伝わるところの。普通は下に百未満の五十や八十などの数字が来る。ここでは、多くの土地を伝っての意。万葉集に「百づたふ八十の島廻を漕ぐ船に」（七・一三九九）とある。**○角鹿の蟹**　角鹿の蟹です。角鹿は北陸の敦賀のこと。万葉集に「越の海の　角鹿の浜ゆ」（三・三六六）とある。**○横去らふ**　横歩きで行く。蟹の歩き方。**○何処に到る**　何処へ行くのですか。**○伊知遅島**　伊知遅の島。所在は未詳。**○美島に着き**　美島に着いた。所在は未詳。厚顔抄は「三嶋ニ速欤、見シ間ニ速欤」とする。「斗岐」は記伝に「速く行むといそぎて来たる意なり」とある。**○美本鳥の**　美本鳥の。厚顔抄は「尓保鳥」とする。**○潜き息づき**　水に潜り水面に出て息つぎをしている。万葉集に「磯の浦廻に潜するかも」（七・一三〇一）とある。**○しなだゆふ**　未詳の語。佐々に掛かる枕詞か。厚顔抄は「サヽナミノ枕詞」とし、冠辞考は「しなやかにたゆぶ」意とし、記伝は「上り下りのある坂路」とする。○**楽浪路を**　楽浪の路を。楽浪は角鹿に至る琵琶湖西岸一帯の地。○**すくすくと**　すいすいと。記伝は「速に行貌」という。言別は「物に障らず拘らず、一向に心ざす方へゆく意」かとする。○**我が行ませばや**　私が行かれますとね。「行ます」は行くの尊敬語。ここは自敬表現の用法。自分に敬語を用いるのは、本来は神の行為。ここでは自らを尊貴とした笑いを意図する。「や」は詠嘆。○**木幡の道に**　木幡の道で。木幡は未詳。○**遇はしし少女**　お逢いなされました少女。「遇はす」は自敬敬語。下の「し」は過去。特別な少女であることを示す。○**後手は**　後ろ姿。「手」は姿。○**小楯ろかも**　立派な盾のようにすらりとしていることだ。「小」は盾に対する美称。「ろ」は接尾語。「かも」は詠嘆。厚顔抄は後ろ姿のすなおに良いのを小盾を立たる如しといったとする。○**歯並みは**　歯並びは。記伝は「歯並喙」とする。○**椎菱なす**　椎や菱の実のようだ。厚顔抄は「如椎」かという。「なす」は「～のようだ」。実が白いことから女性の歯の美しさを比喩する。○**櫟井の**　櫟井の。天理市の櫟井。○**和迩佐の土を**　和迩佐の土を。和迩佐は未詳の地。○**初土は**　最初に掘った上の土は。厚顔抄は「地ヲ掘時ノ上土」のことであるとする。○**肌赤らけみ**　土肌は赤みを帯びている。土の色の赤味。○**しは土は**　下の土は。「しは」は未詳だが「下」の意と思われる。記伝は志波は物の終わりのことという。○**丹黒きゆゑ**　赤色を帯びた黒色であるので。「ゆゑ」は理由。○**三栗の**　三栗の。中に掛かる枕詞。栗の実は殻に三つ入っていて、その真ん中の栗の実を指す。万葉集に「三栗の那賀に向へる曝井の」（九・一七四五）とある。○**その中つ土を**　その中の真ん中の土を。○**かぶつく**　未詳の語。細かに衝き砕くことか。厚顔抄は「頭衝」とする。言別は照る日に向かいまぶしくて頭をかたむけることとする。○**まひにはあてず**　まひには当てないで。「まひ」は未詳。厚顔抄は「真日ニハ不当」という。「あてず」は、相当させないこと。○**眉描き**　眉根を描いて。厚顔抄は「眉作ノ事」とする。万葉集に「眉根掻き日長く恋ひし」（六・九九三）とある。○**濃に描き垂れ**　色濃く描いて。厚顔抄は「濃丹画垂」とする。○**遇はしし女**　お遇いなされた女の子。「しし」は尊敬で「～なされた」。○**かもがと**　このように有りたいと。厚顔抄は「鴨欤トナリ」という。「か」は「このように」。「もが」は願望。○**吾が見し子ら**　私が出会った女の子。「見る」は会うこと。「ら」は接尾語。○**かくもがと**　このように有りたいと。「かもがと」に同じ。○**吾が見し子に**　私が出会った女の子に。万葉集に「わが見し子らが目見は著しも」(七・一二六六)とある。○**うたたけだに**　未詳の語。厚顔抄は「宇多気多陥迹」の誤りで「宴直ニ欤」とする。「うたたけ」は「転け」で物事が進むことか。「だに」はその状態の限定か。ますます心躍る意と思われる。記伝は「転宴」かとする。○**向ひ居るかも**　顔を合わせて向かい合って居ることだ。万葉集に「向ひゐて見れども飽かぬ」(四・六六五)とある。「かも」は感動。○**い添ひ居るかも**　離れずに添い居ることだ。厚顔抄は「副居哉」とする。少女と一緒であることの喜び。

**【諸説】**

〔全講〕蟹の身になって歌うことは、酒宴の席に、蟹や鹿の舞を演ずる、その歌詞の流れを汲むものと解せられる。〔全註解〕単に歌われるというのではなく、劇的所作までを髣髴せしめるに足るものといえよう。〔評釈〕この歌謡も亦、ワニ氏の伝承にもとづくものであったろう。〔全注釈〕この物語歌は口頭で伝承されただけではなく、演劇的所作をも伴ったということになる。

**【解説】**

この歌謡は、主人公である蟹が旅の道中で美しい女の子に出会い、その子を手に入れたことを自慢する内容の歌である。いわば、蟹を主人公とした講談風の芸能であるが、これは角鹿の地から王へと贄を献上する時の途次に起きた事柄を描写した場面であろう。蟹が主人公となる道行き歌謡は、万葉集にも「乞食者の詠」の中に「蟹の為に痛を述べて作れり」(十六・三八八六)と注記される歌がある。この乞食者の歌は芸能集団(ほかひ人)らの伝承した歌らしく、歌によると難波の小江に住む蟹が大君から召されて都へと出かけて行く理由は、蟹が料理されるためであるという。そこに蟹料理の工程が詳しく歌われ、ついに蟹は食べられ、大君が「腊賞すも　腊賞すも」と、その蟹が美味であることを賞したという、蟹の独り語りとして歌われている。その旅の道行きにおける表現も「今日今日と　飛鳥に到り　立てれども　置勿に到り　策かねども　都久野に到り」などと、言葉の洒落を楽しみながら大君のもとへと到るのである。いわば蟹がこのようにして大君に奉仕したことを「かまけ」として歌うものであり、これが乞食者の歌というように、「ほかひ」(寿祝)という「乞食」(ほかひ人)による芸能の一つであったことが知られる。これもまた王への贄を献上する時の寿詞であったと思われる。当該の歌謡も、そうした乞食者の芸能であろうと思われる。しかも、この蟹は旅の途中で美女と出会い、それと仲良くなったことを歌うことで終わるのは、蟹による自慢歌でしかない。しかし、この蟹が旅の途中で美人に出逢ったということに注目する必要がある。その理由は一に、この蟹はまれびと神としての面影を持つことがある。それは、万葉集に見る「竹取の翁」の歌を想起させるからである。この翁は、季春の節に丘に登り遠くを望むと羹を煮る九人の娘子に出会い、ある娘子から火を吹くように頼まれたが、他の娘子から誰がこの翁を呼んだのかと糺され、翁が謝りながら詠んだ教訓歌に娘子らは感動して、「われも寄りなむ」と言って翁に寄り添ったというのである(十六・三七九一〜三八〇二)。この翁は春に来訪するまれびと神の面影を持ち、九人の娘子らは仙女とされるが、神を迎える巫女たちであろう。おそらく、翁と娘子らとの「かまけ」(感化)が春の到来を祝福するのであり、そのような「かまけ」は、同じく万葉集に見える春の丘辺で求婚する天皇の歌(一・一)とも重なるであろう。二に、この蟹が旅の途次で美人を得たというのは、旅の道行きの中での出来事を描いたものであり、笠金村が旅の道中を描いた万葉集の歌を想起させる。その歌は、天皇の行幸の途次に美しい女性と出会うが、しかし言葉を掛ける余裕もなく通り過ぎたのだが、神様の思し召しでその女性を得て、秋の一夜を過ごすこととなり、この夜は明けないで欲しいと願う内容であり、行きずりの恋を歌うのである。反歌においても「天雲の外に見しより吾妹子に心も身さへ寄りにしものを」(四・五四七)と、その女性との出会いを喜ぶのである。当該の歌謡がそのいずれの性格を持つかは分からないが、主人公が蟹であること、その蟹が道の出来事を語ることを考えると、ここには贄を献上する集団の寿詞が想定されるであろう。そうした寿詞は乞食集団(ほかひ人)へと継承されて、芸能的性格の強い戯れ歌の叙事歌謡をも成立させたものと思われる。当該の歌謡も、そうした乞食の芸能として成立したものと思われる。

## 43―いざ子ども野蒜摘みに――〈紀35〉

いざ子《こ》ども　野蒜《のびる》摘《つ》みに　蒜《ひる》摘《つ》みに　吾《わ》が行《ゆ》く道《みち》の　香《か》ぐはし　花橘《はなたちばな》は　上《ほ》つ枝《え》は　鳥《とり》ゐ枯《か》らし　下《し》づ枝《え》は　人《ひと》取《と》り枯《か》らし　三栗《みつぐり》の　中《なか》つ枝《え》の　ほつもり　あから少女《をとめ》を　いざささば　良《よ》らしな

伊耶古杼母　怒毘流都美迩　比流都美迩　和賀由久美知能　迦具波斯　波那多知婆那波　本都延波　登理韋賀良斯　志*豆延波*　比*登々理賀良斯　美都具理能　那迦都延能　本都毛理　阿加良袁登賣袁　伊耶佐佐婆　余良斯那

さあ、みなさん、野蒜を摘みに、蒜を摘みに行きましょう。こうして、私がとことこと行く道の傍らの香しい花橘は、上の枝はもう鳥が食い枯らし、下の枝ももう人が取り枯らしています。三つ栗の、その真ん中の枝の花橘の、お上品な赤ら顔の、あの可愛い少女を、一緒に誘って行くとほんとに良いだろうになあ。

**○いざ子ども**　さあ、皆さん方。「いざ」は相手を誘うかけ声。「子ども」は仲間への呼びかけ。万葉集に「いざ子ども早く日本へ」（一・六三）とある。**○野蒜摘みに　蒜摘みに**　野蒜を摘みに、蒜を摘みに行きましょうよ。蒜は葱や韮などの野生の食用植物。強い臭味がある。野蒜摘みは野遊びを指す。万葉集に「醤酢に蒜搗き合てて」（十六・三八二九）とある。**○吾が行く道の**　私が出かけて行く道の。万葉集に「妹許とわが行く道の」（八・一五四六）とある。**○香ぐはし　花橘は**　香りよい花橘は。花橘はミカンの花。美しい女性の比喩。万葉集に「阿婆の野の花橘の珠に拾ひつ」（七・一四〇四）とある。**○上つ枝は　鳥ゐ枯らし**　上の枝はすでに鳥が食べて枯らしている。枯らすは枝のみの状態になっていること。万葉集に「あり立てる　花橘を　末枝に　黐引き懸け　中つ枝に　斑鳩懸け　下つ枝に　ひめを懸け」（十三・三二三九）とある。**〇下づ枝は　人取り枯らし**　下の枝は人が摘んで枯らしている。**〇三栗の中つ枝の**　三つ栗の中の枝の。栗はイガの中に実が三つあることから、「中」を導く枕詞。万葉集に「三栗の那賀に向へる」（九・一七四五）とある。**〇ほつもり**　未詳の語。「ほつ」は上枝と同じく上を指すか。次に続く少女の様子を指すことから、「お上品な」のような意味か。記伝は「布本美都煩麻里」の約とする。全講ではホツを「すぐれた」、モリを「守」として「上方の番人」もしくは「最上の見もの」とする。**〇あから少女を**　あかるく輝く顔の少女を。花橘の白い輝きを言うのであろう。**〇いざささば**　未詳の語。「いざ」は勧誘、「ば」は「～ならば」であるから、「ささ」は少女を一緒に誘って行くことを指すか。記伝は「人を誘ひ起るを、伊邪佐須と云」とする。**〇良らしな**　良いだろうにな。「余良斯那」は「宜しい」の意であろう。「な」は願望。

**【諸説】**

〔全講〕酒宴に女子を贈与することは、当時の風習であったらしく、こういう内容の歌が、好んで再演されたのだろう。〔全註解〕紅顔の美しい嬢子を誘って蒜摘みに郊外に遊びたい、そういうことを勧める目的の歌の中に、忘れ難い嘗ての記憶を想起して歌ったのである。

**【解説】**

この歌謡は、仲間と共に野蒜を摘みに行くことを主旨としながら、道の途中で出会った少女を誘おうとする内容の歌である。野蒜は初夏の頃に野一面に生じる臭気のある薬味の植物で、滋養強壮のある食べ物として珍重されたと思われる。この野蒜摘みは女性の遊楽の行事で、おそらく女性たちは美しく着飾り仲間たちと手料理を持ちより、野蒜を摘む行事において、初夏の一日を楽しんだのだろう。「いざ子ども」というのは、そうした野蒜を摘む女性たちと交わろうとする男が仲間に呼びかけているのである。女性集団に交わるには、男たちも集団になることが必要であったのであろう。男たちには野蒜摘みが重要なのではなく、野蒜を摘んでいる女性たちがお目当てなのである。その道中での浮き浮きとした気持ちが、野蒜摘みに行くことの繰り返しの中に現れている。さらに道行きの途中に咲いていた香しい花橘が、香しい少女の形容を導いている。花橘は行楽の時に頭に飾るカザシとなるものであるが、それは美しい少女を意味したのであろう。さらに橘の木の上下中の枝の提示は、女性を選別する方法であり、上も下もすでに他の男のものとなり、残されているのは中の枝の女性であることを比喩し、その女性は橘の花のように白く輝く可愛い子だというのである。その女の子と一緒に野蒜を摘むことができたら良いのになあと歌うのは、野遊びに向かう道中で女性らに向けて歌われた道行きの誘い歌であろう。男たちはそうした可愛い花橘のような少女を誘って、一緒に野蒜摘みをするなら楽しいだろうなというのである。野蒜摘みは、春の若菜摘みと等しい、女性たちの娯楽活動であり、男たちはその女性たちの仲間となるために、野蒜摘みを装うのである。しかし、男たちの目的は少女たちに交わり、一緒に野蒜を摘みながら恋の歌を歌い合うことにあったと思われ、そこは歌垣の場ともなったに違いない。そうした面影は、万葉集に端午に行われた薬狩りの折の額田王と大海人皇子の贈答の歌に見られる。中国の民族には「姉妹飯」という行事があり、少女たちが料理を持参して野遊びに出かけ、男たちを招いてご馳走するものである。もちろん、そこは男女の歌の交流の場ともなるのであり、当該歌謡もそうした行事を想定させる。当該歌謡の本旨は、最後の「ほつもり　赤ら少女を　いざささば　良らしな」と、女性たちを勧誘することにある。男からの勧誘に女性が応答すれば、そこからは女性たちとの楽しい行楽が期待されるのである。

## 44 — 水溜まる余佐美の池の ——〈紀36〉

水溜《みづた》まる　余佐美《よさみ》の池《いけ》の　ゐ杙打《ぐひう》ちが　刺《さ》しける知《し》らに　蓴繰《ぬなはく》り　延《は》へけく知《し》らに　吾《わ》が心《こころ》しぞ　い

や袁許《をこ》にして　今《いま》ぞ悔《くや》しき

美豆多麻流　余佐美能伊氣能　韋具比宇知賀　佐斯祁流斯良迩　奴那波久理　波閇祁久斯良迩　和賀許々呂志叙　伊夜袁許迩斯弖　伊麻叙*久夜斯岐

水が溜まる余佐美の池の、その池に杙を打つ人が杙を刺して自分の場所に標をしていたなどとは、まったく知らずにいたことだよ。しかも、その上に蓴を手繰る人が縄を張って自分の場所を占有していたなどとは、まったく知らずにいたことだ。私のこの心は、何とも愚かにして、いやはや、今ほどこんな悔しい思いをしたことはなかったね。

**○水溜まる　余佐美の池の**　水が蓄えられている余佐美の池の。「水溜まる」は「池」に掛かる枕詞。余佐美は地名。万葉集に「水たまる池田の朝臣が」（十六・三八四一）とある。**○ゐ杙打ちが**　この池に水をせき止めるための杙を打つ人が。「ゐ」は「井」で、水をせき止めること。「ゐ杙」は水をせき止めるための杭を指すが、「杙」は、他と区別するための標識でもある。「打ち」は「打つ」の名詞化で、打つことを仕事とする人。**○刺しける知らに**　杙を打っていたことを知らないで。「に」は上代に用いられる打ち消し。他に占有されていることの比喩。万葉集に「山守のありける知らに」（三・四〇一）とある。杙が串であるから刺すと言った。**○蓴繰り**　蓴を手繰り寄せる。蓴は池に生じるスイレン科の茎が長く延びる植物。初夏に若芽を食用とするジュンサイ。万葉集に「ゆたにたゆたに浮蓴」（七・一三五二）とある。**○延へけく知らに**　縄を張って占有しているのを知らなかった。「延へ」は他へと延ばすこと。万葉集に「縄延へて守らまく欲しき」（十・一八五八）とある。「けく」の「け」は過去の助動詞。「く」は体言化する接尾語。**○吾が心しぞ**　私の心は（いやはや）。「しぞ」は強め。**○いや袁許にして**　何とも愚かにして。「いや」は感嘆。「袁許」は痴・烏滸・尾籠などとも書き、馬鹿げていること、愚かなこと。**○今ぞ悔しき**　今となっては悔しいことだ。

【諸説】

〔全講〕依網の池のありさまを譬喩に使っている。宴席の歌としては、それでよかったのだろう。〔全注釈〕独立歌謡が物語に結びつけられたものと見られるのであり、それは依網地方の歌垣の歌ではなかったかと思う。

【解説】

この歌謡は、池に打たれた杙や、池の蓴を取るのに縄を張ることを比喩として何かを訴えようとしている歌である。池に杙が打たれているのは、澪標のような役割があると思われるが、ここでは何かの標識として打たれているのであろう。その標識というのは、そこがすでに占有されていることの標であり、立ち入りが禁止されているのである。また、蓴繰りの人が比喩とされたのは、その人が蓴を占有するために、その場所に縄を張っていたのを知らなかったということによるのであろう。そうしたことから考えるならば、いくつかの推測は成り立つが、これは恐らく詠み手が手に入れようとしていた女性が、すでに他の男のものとなり、一歩遅れを取ったことの悔しさを歌ったものと思われる。そのような歌は万葉集にも、「山守のありける知らにその山に標結ひ立てて結ひの恥しつ」（三・四〇一）という歌があり、山に番人がいるのを知らずに、その山に標を張ったことを恥じているのである。山守りは女を手に入れた男であり、詠み手はすでに女に番人がいるのを知らずに求婚したのである。当該歌謡の詠み手も、すでに彼女には決った男が居たのを知らないで求婚し、その事実を知って自らの愚かさと悔しさを嘆いているのである。当該の歌謡はそうした恋の失敗譚を歌ったものであるが、この歌謡の鍵となる語は「袁許」にあり、これが袁許物語の源流にあることを示唆している。折口信夫は、作り物語には誣物語の系統で尾籠物語と呼ぶべきものがあり、馬鹿らしい振舞いをする人の物語を言うとする（「笑ふ民族文学」全集4）。尾籠は「ヲコ」を漢字に直したものであるが、袁許はまた烏滸とも書き、烏滸は後漢書南蛮伝に、南蛮の風俗に男女が共に川で水浴びをしたり、生首を食べたり、妻を兄弟で譲り合ったりすることがあり、今の烏滸人はこれだと言う。こうした南蛮の風俗を愚かな俗と見て、そうした愚かな行為を烏滸と呼ぶことになったものと思われる。和語の「ヲコ」が「ヲソ」と同じとすれば、万葉集に「遊士とわれは聞けるを屋戸貸さずわれを還せりおそ（於曽）の風流士」（二・一二六）の「於曽」があり、これは風流（色好み）な男だと聞いていた女が、その男に共寝を求めたところ断られ、それで男を於曽と罵った歌である。この於曽は「間抜け」や「愚か」の意味であろう。こうした話も袁許に関するものであり、当該歌謡も袁許話の一つと思われる。おそらくこうした袁許話を語る場があり、愚かな話を楽しむ人々がいたのであろう。そこには、袁許をテーマとする「袁許シリーズ」（主題を共通とする連作）が存在したものと思われ、後世に烏滸物語や尾籠物語を作り上げたものといえる。

## 45―道の後古波陀少女を――〈紀37〉

道《みち》の後《しり》　古波陀少女《こはだをとめ》を　雷《かみ》のごと　聞《き》こえしかども　相枕《あひまくら》巻《ま》く

美知能斯理　古波陀袁登賣袁　迦微*能碁登　岐許延斯迦杼母　阿比麻久良麻久

道の奥の方に住んでいる、古波陀の少女のことを、まるで雷の轟きのように、その名が聞こえていたけれども、なんと枕を巻いて一緒に寝ちゃったよ。

**〇道の後**　道の奥。道の口から遠い場所をいう。万葉集に「路の後深津島山暫くも」（十一・二四二三）とある。**〇古波陀少女を**　古波陀の女の子を。古波陀は地名と思われる。美人で著名な少女か、伝説の女性か。**〇雷のごと**　雷の音が大きく轟くように。少女が著名であることをいう。万葉集に「鳴る神の音のみにやも聞き渡りなむ」（十一・二六五八）とある。言別は如雷とし、遥かに聞く意とする。**○聞こえしかども**　聞こえていたけれども。「しか」は過去を表し、女性の評判を聞いていたことをいう。「ども」は逆接で、美人で評判が高かったため、手に入れ難いと思われたがの意。**○相枕巻く**　お互いに合意の上で一緒に寝たことだ。「相枕」は、男女が一緒に手を巻いて寝ること。「巻く」は、二人が手を巻きあうことで、共寝をいう。万葉集に「薦枕相纏きし児もあらばこそ」（七・一四一四）とある。

**【解説】**

この歌謡は、古波陀という田舎の地に住む少女と共寝をしたことを自慢する内容の歌である。その少女との共寝を自慢する理由は、この少女が田舎に住みながらも、その噂は遠くまで轟き、誰もが知っている大変な美人だったからである。したがって、その少女を手に入れることは殆ど不可能であり、せいぜい噂を耳にする程度でしかなかった。ところが、当該歌謡の詠み手は、そんな少女と合意の上で共寝したというのである。それがこの自慢歌である。このような歌は、万葉集に「葛飾の真間の手児奈をまことかもわれに寄すとふ真間の手児奈を」（十四・三三八四）とあり、真間の手児奈が自分に心を寄せたという噂に大騒ぎしている男の姿と等しいであろう。真間の手児奈は美女であることから、多くの男性の求婚により身の置き所を失い、ついに自殺をするという伝説の女性である。そのことを承知で真間の手児奈が自分に恋をしたと歌うのは、それが歌垣の場において、伝説の少女を主人公として歌を掛け合う場が存在したからであろう。伝説の女性は、歌の名手であることを条件とする。そのような女性をモデルとしながら、歌垣における歌姫の像が作られてゆくのである。当該歌謡の男の自慢も、同様の類のものであり、その背後には古波陀少女という伝説の歌姫を主人公とする歌垣の場が存在したものと思われる。歌垣の場では、かつての著名な歌姫が男たちの話題となり、歌を掛け合う相手の女性をその伝説の歌姫に仕立てて歌を掛け合うことが行われたのであろう。中国の壮族には劉三姐という伝説の歌姫がいて、歌垣で男たちは相手の女性を劉三姐ではないかと褒め称える。古波陀の少女は歌会では男たちの憧れの女性であり、その子を手に入れて共寝をしたというのは、共寝シリーズ（主題を共通とした連作）の歌だからである。

## 46　道の後古波陀少女は ――〈紀38〉

道《みち》の後《しり》　古波陀少女《こはだをとめ》は　争《あらそ》はず　寝《ね》しくをしぞも　愛《うるは》しみ思《おも》ふ

美知能斯理　古波陀袁登賣波　阿良蘇波受　泥斯久袁斯叙母　宇流波志美意母*布

道の奥の方に住んでいる、あの古波陀の少女は、拒むこともなく、親しく一緒に寝たことですよ。はい。本当に愛しく思います。

**○道の後　古波陀少女は**　道の奥に住む古波陀の少女は。「道の後」は道の口の反対。前歌参照。**○争はず**　拒むこともなく。他の男と争うことなくの意か、あるいは女性が拒否するのを宥めたりすることもなく、素直にの意か。おそらく後者であろう。**○寝しくをしぞも**　寝たんですよ。「しく」は過去の助動詞「き」の連体形「し」に、名詞をつくる接尾語「く」が接続したもの。「し」「ぞ」は共に深い感動による強調。「も」は詠嘆。「寝しく」は万葉集に「わが背子を何処行かめとさき竹の背向に寝しく今し悔しも」（七・一四一二）とある。**○愛しみ思ふ**　実に可愛いと思うよ。「愛し」は、こよなく愛しいこと。万葉集に「うるはしと吾が思ふ妹を」（十五・三七二九）とある。

【解説】

この歌謡は、前歌の古波陀少女と寝た歌の連作で、田舎で評判の古波陀の少女と寝たのだが、それでもなお一層のこと彼女が愛しく思われるのだという、男の自慢と惚気の内容の歌である。ここで注目されるのは、「争はず」の語である。これは他の男と争うこともなくの意か、あるいは、古波陀少女と争うこともなくの意か、分明ではない。前者であれば評判の美女を得るために男たちが戦ったという型を受けた歌となる。後者であれば古波陀少女の抵抗もなく、すんなりと共寝に到ったことを歌ったことになる。そのいずれであっても少女を手に入れた男の自慢歌となるが、後者に注目するならば、少女を手に入れるために歌を互いに交わしたことが考えられ、彼女が抵抗を示さなかったというのは、男の歌の上手さを認めて男へ心を寄せたためと考えられる。互いの歌のやり取りでは愛情溢れる応答がなされ、そのまま共寝へと及んだのであり、それゆえに寝た後も少女が愛しいのだというのであろう。共寝をしても、それでも愛しいと言うのは、相手の古波陀少女を最高の女性と褒め称える方法である。ここには、古波陀少女を主人公とした、歌垣の場で共寝へと展開する歌の流れが想定できるように思われる。万葉集には「はね縵今する妹がうら若み笑みみいかりみ着けし紐解く」（十一・二六二七）とあり、ここでは成人した若い少女の抵抗にあい、宥め賺してようやく紐を解いたことを喜んでいる。これも歌垣の場の、男の自慢歌であろう。

## 47 — 本牟多の日の御子

本牟多《ほむだ》の　日《ひ》の御子《みこ》　大雀《おほさざき》　大雀《おほさざき》　佩《は》かせる大刀《たち》　本剣《もとつるぎ》　末《すゑ》ふゆ　ふゆきのす　枯《から》がした木《き》の　さや

さや

本牟多能　比能美古　意富佐耶岐　意富佐耶岐　波加勢流多知　母登都流藝　須恵布由　布由*紀能須　加良賀志多紀能　佐夜々々

本牟多の日の御子様よ、大雀よ、大雀よ。身に帯びている大刀よ。本は剣で、末はふゆ。その冬木のように幹の枝の下の木が、さやさやと騒ぐ。

**〇本牟多の　日の御子**　本牟多の日の御子様よ。「本牟多」は土地の名。大系本古代歌謡集には、ホムダを名にしているのは応神天皇だけでなく「品陀の真若王」があることを挙げて、地名であるとする。「日の御子」は太陽のように輝く御子。天武・持統朝頃の語。万葉集に「やすみしし　わご大君　高照らす　日の御子」（一・四五）とある。**〇大雀　大雀**　大雀よ、大雀よ。「大雀」は人名であるが、「雀」は鶺鴒のことでもあり、人名と鳥名の二つを掛けている。**〇佩かせる大刀**　大雀の帯びている大刀よ。万葉集に「大御身に　大刀取り佩かし」（二・一九九）とある。**〇本剣**　本剣。難解の句。刀身の手本の部分か。本と末は一対なので、次句の末と対応する語と見るべきか。**〇末ふゆ**　未詳の語。刀身の刃先の部分か。木末は、木の先端。厚顔抄はみたまのふゆと関わるとし、記伝は末振とする。言別は末氷斎とする。**〇ふゆきのす**　ふゆきなす。上の「ふゆ」から「ふゆ」を導いたか。「のす」は「なす」か。**〇枯がした木の**　冬枯れした木の下。冬に葉を落した木。厚顔抄は「須加良賀志多紀能」とし冬木の葉が落ちた様かとする。**〇さやさや**　さやさやと揺れている。「さや」の畳語。童謡の方法で、木の葉が揺れるのは何らかの予兆を表す。

**【諸説】**

〔全講〕伝来の様式としては、剣の舞の歌詞であろう。

【解説】

この歌謡は、難解の語があり意味が通りにくい。前半では、本牟多の地の日の御子が大雀と呼ばれているので、特定の人物が想定される。その大雀が身に帯びている大刀は、本は剣で末は「ふゆ」だという。この「ふゆ」は「冬」か「殖」か不明であるが、いずれにしてもそれが以下の句を導く序の役割を果たしている。次の「ふゆきのす」以下が、この歌の主意であろうと思われる。「ふゆき」が「冬木」であるとすれば、冬木が枯れているところからカラを導いており、おそらく木枯しが吹いて下の木がさやさやと揺れているということになる。これのみでは意味が通りにくいが、そこには風のさやぎによって、何らかの暗示や予兆が示されているのだと思われる。前半の部分は、大雀を主人公とした物語であるが、むしろ、「さやさや」という木の葉の揺れる音に、この歌が示す不吉な物語性があるように思われる。そこには記21番歌謡にみるように、畝傍山の「木の葉騒ぎぬ」と等しい、予兆が汲み取れる童謡へと展開していることが考えられるのではないか。

## 48 — 樫のふに横臼を造り — 〈紀39〉

樫《かし》のふに　横臼《よくす》を造《つく》り　横臼《よくす》に　醸《か》みし大御酒《おほみき》　うまらに　聞《き》こしもち食《を》せ　麻呂《まろ》が父《ち》

加志能布迩　余久須袁都久理　余久須迩　迦美斯意富美岐　宇麻良尓　岐許志母知袁勢　麻呂賀知

樫の木の切り取った上に横臼を造り、その横臼に醸した貴い御酒。どうぞ、おいしく召し上がってください。わが父上よ。

**○樫のふに**　樫の木の切り取った上に。「ふ」は不明。樫の木を横にしてその上にの意か。樫の木であるのは、この木に強い生命力があり、その臼で醸された酒は生命の水とされたのであろう。**○横臼を造り**　横長に削り掘った臼。「余久須」は横臼の約。この臼は酒を入れる木桶。**○横臼に　醸みし大御酒**　横臼に醸した大切なお酒。万葉集に「相飲まむ酒そ　この豊御酒は」（六・九七三）とある。**○うまらに**　おいしく。「うまら」は「うまし」の意。万葉集に「味酒　三輪の山」（一・一七）とある。**○聞こしもち食せ**　お召し上がりください。勧酒の型。「聞こし」は「聞く」の尊敬語。転じて、「食ふ・飲む」の尊敬の意。「食せ」もまた「食ふ・飲む」の尊敬語。「もち」は「もちて」で、「聞こす」と「食せ」の同義の語を繋ぐ役割を持つ。**○麻呂が父**　私の父なる人よ。麻呂は自称の代名詞。「麻呂賀知」は、内容から「麻呂が父」と思われる。記伝は「吾君」という意とする。

**【諸説】**

〔全講〕これも酒をほめ、酒を勧める歌として、愉快な調子で歌われている。〔全註解〕地方の風俗歌として、少くとも平安朝時代には、大嘗祭などに奏せられた。

**【解説】**

この歌謡は、美酒を目上の長者に勧める勧酒歌である。その酒の醸造過程を歌うことで、これを飲む者に正しい酒であることを保証している。一般に酒は甕で醸されたと思われるので、樫の木の横臼というのは、おそらく貴重な臼なのであろう。樫の木は材質が堅いことから、それを臼に造ることは、古代の技術では容易ではなかったに違いない。しかし、それを横臼に造り酒を醸したので、それは美味しいに違いないというのである。「麻呂が父」ということから、当該歌謡は父親に酒を勧める歌だが、単に父親に酒を勧めたという歌ではなく、この父親は村の長老であり、その長寿を皆が目出度いこととして称賛し、さらに長生きを願うために酒を醸しもてなした時に歌われたのであろう。

村においてこの父は、村人全員の父であったと思われる。いわば、寿老のお祝いの時に歌う定番の大歌であろう。

### 49―須々許理が醸みし御酒に

須々《すす》許理《こり》が　醸《か》みし御酒《みき》に　我《わ》れ酔《ゑ》ひにけり　ことな酒《ぐし》　ゑ酒《ぐし》に　我《わ》れ酔《ゑ》ひにけり

須々許理賀　迦美斯美岐迩　和礼恵比迩祁理　許登那具志　恵具志尓　和礼恵比迩祁理

須々許理が醸した貴い酒に、私は酔ってしまった。事無しの酒、笑顔になる酒に、私はすっかり酔ってしまったことよ。

**○須々許理が**　須々許理が。須々許理は、良い酒を醸造する専門家。本朝月令に「百済人須曽己利〈人命酒公〉参来」とある。**○醸みし御酒に**　醸した貴いお酒に。**○我れ酔ひにけり**　私は酔ってしまった。万葉集に「禱く豊御酒にわれ酔ひにけり」(六・九八九)とある。**○ことな酒**　事無しの酒。記伝は「事和酒」とする。「ことなし」は意味不明であるが、そのまま事無しとする。これを飲むと何事も起きず安泰であることの意か。「具志」は「奇し」で不思議なものを指すが、ここでは不思議な力を持つ酒のこと。酒は不思議な力を持つ飲み物とされた。**○ゑ酒に**　笑顔になる酒に。「ゑ」は笑顔。厚顔抄は「咲苦シキナリ」という。記伝は「咲酒」とする。**○我れ酔ひにけり**　前項参照。すっかり酔ったことを繰り返し言うことで、酒を褒める。

**【諸説】**

〔全講〕酒をほめる歌として、須々許理の子孫の家に伝わったものであろう。〔全註解〕須須許理という帰化人の手で大陸の醸造法が新しく輸入されて、異った造酒法が行われたに相違ないのである。〔評釈〕前歌が、宴の初めに当って、酒を薦める主人側の歌で、この歌が、宴の終りに、美酒の酔い心地を称えて謝意を表する客人側の歌であるという点では、微妙なつながりを持っている。


**【解説】**

この歌謡は、須々許理が醸した美酒への賛美の歌である。須々許理というのは、おそらく酒の醸造の専門家の名前であろう。あるいは、酒を造った外来の神であるとも考えられる。その須々許理が醸した酒は、それを飲むと安穏であり自然と笑顔になるのだという。酒が「くし」と呼ばれる理由がここにある。そのような酒は、常世の酒か特別な技術者により醸造された銘酒であり、それを褒め称えるのである。これも酒歌における儀礼用の大歌で、須々許理という酒造りの伝説上の神か名人の醸した酒がここに用意されて、この宴会が開かれた時に主人の挨拶の歌があったろう。それに対する謝酒が当該歌謡であろう。もちろん、神の酒と言うのは架空のことではあるが、そのような銘酒を主人は醸し用意したということを、この宴席に集った客人に自慢し披露したのであろう。私は酔ったことだというのは、その主人の気遣いに応じた、この宴席に招かれた客人側の、酒褒め・主人褒めの言葉であろうと思われる。常陸国風土記の香島郡にもト氏の同族たちが集会して飲楽歌舞をした時の歌として「あらさかの　神のみ酒を　飲げと　言ひけばかもよ　我が酔ひにけむ」とあり、神の酒に酔ったというのが客人側の定番の歌い方であったことが知られる。当該の歌謡も、酒席における伝統的な酒褒め・主人褒めの酒歌（大歌）であったと考えられる。

## 50　千早振る宇治の渡りに ——〈紀42〉

千早振《ちはやぶ》る　宇治《うぢ》の渡《わた》りに　棹取《さをと》りに　早《はや》けむ人《ひと》し　吾《わ》がもこに来《こ》む

知波夜夫流　宇遅能和多理迩　佐袁斗理迩　波夜祁牟比登斯　和賀毛古迩許牟

荒々しく恐ろしい宇治川の渡り場に、船の棹取りに巧みな人よ、私の許に来てくれないかなあ。

**○千早振る**　速くて荒々しい振る舞い。神に掛かる枕詞。万葉集に「ちはやぶる　神を言向け」(二十・四四六五)とある。ここは勢いある氏族を連想させることから、地名の宇治に掛かる。万葉集に「ちはや人宇治川波を清みかも」(七・一一三九)とある。**○宇治の渡りに**　宇治川の渡り場に。「渡り」は川などの渡し場。ここは宇治川の船着き場。宇治川は奈良から山城へ抜ける街道にあり、交通の要衝である。万葉集に「宇治川を船渡せをと呼ばへども」(七・一一三八)とある。**○棹取りに**　船の楫を取るのに。万葉集に「速き瀬を　竿さし渡り　ちはやぶる　宇治の渡の」(十三・三二四〇)とある。**○早けむ人し**　楫取る動作の巧みな人。「し」は強調。万葉集に「行くさも来さも船は早けむ」(九・一七八四)とある。**○吾がもこに来む**　私の所に来てくれないかなあ。「もこに」は不明の語だが、記伝は「吾許所に来む」とする。「もこ」は「許」の方言か。

**【諸説】**

〔全註解〕恐らく大雨の後等の宇遅川の漁撈の歌と解さなければならない。

【解説】

この歌謡は、流れの速い宇治川の渡りを前に、向こう岸に行こうとする者が、上手な船頭がここに来てくれることを願う歌である。「宇治の渡り」に「千早振る」の枕詞が付いているのは、宇治川が急流であることによって、その川に霊威を感じて、恐ろしい川の神として崇めたのである。古代に奈良から山城へと抜けるには宇治川を渡らねばならず、旅人たちは常に宇治川の急流を恐れ、荒ぶる神の意の「千早振る」という枕詞を付して川の神を鎮めたのである。古代においては、宇治川を渡る旅人の中には急流に呑まれて命を失った者も少なからずいたはずである。このことは近江朝と思われる「宇治橋碑」に、「人馬亡命　従古至今　莫知杭竿」（寧楽遺文）とあるように、人馬を呑み込むような困難を極める渡り瀬だったことが知られる。万葉集にも「宇治川は淀瀬無からし網代人舟呼ばふ声をちこち聞ゆ」（七・一一三五）とあるのは、宇治川を渡る人たちの困難を歌ったものである。当該の歌謡も、そうした宇治川の渡り瀬に立つ旅人らが急流を前にして、船頭の名手が私の所に来てくれないものかと願う歌であろう。川波の立つ宇治川の渡り瀬で無事に通行できるようにと祈る人々によって歌われた、当地の川渡りにおける定番の歌謡であったと思われる。

## 51　千早ひと宇治の渡りに――〈紀43〉

千早《ちはや》ひと　宇治《うぢ》の渡《わた》りに　渡《わた》り瀬《ぜ》に　立《た》てる　梓弓《あづさゆみ》真弓《まゆみ》　い伐《き》らむと　心《こころ》は思《も》へど　い取《と》らむと　心《こころ》は思《も》へど　本辺《もとへ》は　君《きみ》を思《おも》ひ出《で》　末辺《すゑへ》は　妹《いも》を思《おも》ひ出《で》　いらなけく　そこに思《おも》ひ出《で》　かなしけく　ここに思《おも》ひ出《で》　い伐《き》らずそ来《く》る　梓弓《あづさゆみ》真弓《まゆみ》

知波夜比登　宇遅能和多理迩　和多理是迩　多弓流　阿豆佐由美麻由美　伊岐良牟登　許々呂波母閇杼　伊斗良牟登　許々呂波母閇杼　母登幣波　岐美袁淤母比傳　須恵幣波　伊毛袁淤母比傳　伊良那祁久　曽許尓淤母比傳　加那志祁久　許々尓淤母比傳　伊岐良受曽久流　阿豆佐由美麻由美

荒々しく強い氏の人ではないが、宇治川の渡りに、その渡り瀬に立っている、梓弓と真弓の木よ。それをちょっと伐ろうと心には思うのだが、ちょっと切り取ろうと心には思うのだが、本の方を見ると君を思い出し、末の方を見るとあの子を思い出す。心が痛むほどに、そのことを思い出し、悲しい気持ちで、ここに思い出して、ちっとも伐らずに来たことよ。梓弓と真弓の木であるよ。

○**千早ひと**　荒々しく強い氏人。宇治に掛かる枕詞。万葉集に「ちはや人宇治川波を」（七・一一三九）とある。記50番歌謡参照。○**宇治の渡りに**　宇治川の渡り場に。万葉集に「ちはや人宇治の渡の瀬を早み」（十一・二四二八）とある。○**渡り瀬に**　川を渡る瀬に。川の浅瀬の渡場。あるいは船着き場。万葉集に「渡り瀬ごとに守る人はあり」（七・一三〇七）とある。○**立てる**　**梓弓真弓**　立っている梓弓と真弓の木よ。ここでは二本の木によって仲良い恋人関係を示している。「梓」は古く弓材とされた。「真弓」は檀で、ニシキギ属ヤマニシキギ。すぐれた弓材。万葉集に「梓弓　手に取り持ちて　大夫の　得物矢手ばさみ」（二・二三〇）、「陸奥の安太多良真弓」（七・一三二九）とある。「梓弓引きみ弛べみ来ずは来ず」（十一・二六四〇）とあり、「弓」は引くの縁語としても用いられる。○**い伐らむと**　ちょっと伐ろうと。「い」は接頭語。男女の関係を引き裂こうとすることの比喩。○**心は思へど**　心には思うのだが。万葉集に「船寄せかねつ心は思へど」（七・一四〇一）とある。○**い取らむと**　ちょっと切り取ろうと。男女の関係を引き裂こうとすることの比喩。○**心は思へど**　前項参照。○**本辺は**　木の根本の方は。○**君を思ひ出**　君を思い出して。万葉集に「しばしば君を思ふこのころ」（十・一九一九）とある。○**末辺は**　木の末の方は。末は梢で木の上部を指す。○**妹を思ひ出**　心に思うあの子のことを思い出して。万葉集に「妹を思ひ出泣かぬ日は無し」（三・四七三）とある。○いらなけく　苛立つほどに辛く心が痛む。万葉集に「悲しけく　此処に思ひ出　いらなけく　其処に思ひ出　嘆くそら　安けなくに」（十七・三九六九）とあり、同類の表現。○そこに思ひ出　そこにおいて思い出す。万葉集に「いらなけく　其処に思ひ出」（十七・三九六九）とある。○かなしけく　悲しい気持ちで。悲哀にして、可愛く思う様。万葉集に「朝明の姿見れば悲しも」（十二・三〇九五）とある。○ここに思ひ出　ここに思い出して。○い伐らずそ来る　ちっとも伐らずに来たことだ。「い」は接頭語。○梓弓真弓　梓弓と真弓の木よ。仲の良い恋人の比喩。一対の木を恋人とする比喩は、中国の古詩に多くみられる。

## 【諸説】

〔全講〕この歌は、この物語には取ってつけたような内容で、おそらくは別種の物語の歌が結びついたのだろう。

## 【解説】

この歌謡は、宇治川の渡り瀬に立つ梓弓の木と檀の木に寄せて、そのどちらの木も伐ることができなかった思いを歌ったものである。この木が宇治川の渡り場のそばに立っていることからすれば、おそらく、その場所の目印となり人々から親しまれていた木だったのであろう。梓弓の木も檀の木も、弓の材料として優れたものであったらしく、万葉集の歌にもしばしば詠まれており、当該歌謡の「梓弓真弓」も誰もが欲しがる弓の木であったと思われる。このような弓の木を手に入れることで、弓の名手に成り得たのである。そのため、この詠み手はすばらしい弓を手に入るために、この木を伐ろうと思うのである。しかし、その立派な木を伐ろうとすると、君と妹が思われて伐ることができないという。この木が君と妹を想起させる理由は、梓と檀が二本松のように仲の良い夫婦の木として知られていたためであると思われる。しかも、渡り場を行き来する人々の間では、仲睦まじい理想の夫婦の木として我が身を振り返り語られていたのであろう。詩経には「山有榛。隰有苓。云誰之思。西方美人。彼美人兮。西方之人兮」（北風）とあり、榛と苓は互いに仲の良い植物であり、その詞章によって美人を導く前置きとしている。この宇治の渡り場の梓と檀の木も榛と苓のように仲良く、旅人からも親しまれた仲良い夫婦の木であったのである。しかし、詠み手は良い弓欲しさにこの木を伐ろうとしたが、ためらわれた。詠み手は梓弓の木の根元を見ると君を思い出し、檀の木の梢を見ると妹を思い出し、仲の良い夫婦の間を引き裂くことは出来ないと歌うのである。したがって、この君と妹は詠み手にとって関係のある具体的な誰かを指しているのではなく、仲良い睦まじい夫婦としての君と妹ということになる。渡り場の目印となるほどの木であるから、おそらく樹齢を重ねた立派な木であったと思われ、その幹の根元はいかにも男性らしい逞しさがあるであろうし、梢の方は弓がしなるような、女性らしいたおやかさがあるであろう。そのような夫婦の様子が思われて、詠み手は羨ましくも思い、また今ここに居ない自分の妻をも思い出すのである。宇治川の渡りは旅の難所であり、見送りの人々にとっては宇治川は別離する場所でもある。そこには睦まじい夫婦の姿もあったろう。宇治川の瀬は旅人の孤独な旅の始まりであり、いやがおうにも別れてきた妻のことが思われるのである。当該歌謡は、宇治川の渡場で足止めされた旅人や明日の出発を待つ旅人たちが、渡り場の前の梓弓の木と檀の木の二本の木を眺めながら、故郷で待つ妻を思う、宇治川の旅宿で歌われた旅の流れ歌の一つであったのだろう。

# 古事記―下巻

## 52―沖へには小船連らく

沖《おき》へには　小船《をぶね》連《つら》らく　黒鞘《くろざや》の　摩佐豆子《まさづこ》吾妹《わぎも》　国《くに》へ下《くだ》らす

淤岐弊迩波　袁夫泥都羅々玖　*久漏耶夜能　摩佐豆古和藝毛　玖迩幣玖陀良須

沖の辺りには、小船が連なっている。黒鞘の、摩佐豆子ちゃんと呼ぶ我が恋する人よ。あの子が船で故郷へと下って行かれることだ。

**○沖へには**　沖の辺りには。「へ」は「辺り」。万葉集に「鯨魚取り　海辺を指して」（二・一三一）とある。**○小船連らく**　小船が連なっている。万葉集に「大船に小船引き副へ」（十六・三八六九）とある。**○黒鞘の**　黒い刀の鞘の。次の「まさ」に掛かる枕詞。日本書紀に「多智奈羅麼　句禮能摩差比」（紀103番歌謡）とあり、大刀なら呉のまさひだとあり、「摩差比」は「大刀」のことを指すか。次の「摩佐」を導く。記伝は諸本みな久字を文に誤るとして「久漏邪岐能」と改める。ここでは記伝に従い「文漏」を「久漏」とする。**○摩佐豆子吾妹**　摩佐豆子ちゃんと呼ぶ私が愛する人よ。「摩佐豆」は未詳の語。地名か。記伝は人の容貌を称美するかという。**○国へ下らす**　故郷へと下って行かれることよ。「国」は故郷。「す」は尊敬。何らかの事情で、故郷へと帰らなければならないことを示す。尊敬語から見ると、「吾妹」は離れられない極めて大切な人。

【解説】

この歌謡は、愛する女性が船で故郷へと帰るのを、遠くの高台から見送る男の歌である。摩佐豆子というのは、どのような女性か不明であるが、沖の方に小船が連なり、その船のいずれかに摩佐豆子という女性が乗り、やがて故郷へと去っていくのを、男は惜しみながら呆然と見送っているのである。そこには、この男女の別れなければならない悲劇があったのであろう。摩佐豆子が「国へ下らす」というのは、大きな権力によって強制的に国へと返されたことをいうものと思われ、その原因を作ったのが詠み手の男なのであろう。そのような男女の別れは、例えば、万葉集に「安貴王、因幡の八上采女を娶きて、係念極めて甚しく、愛情尤も盛りなりき。時に勅して不敬の罪に断め、本郷に退去らしむ。ここに王、意を悼み怛びていささかこの歌を作れり」（四・五三五）と左注に伝えられるような例を考えるならば、男女は不敬の罪を犯し、女は「本郷に退去」させられるような状況と考えられよう。男は触れてはならない女性を愛し、それが露見したのである。男にはなす術がなく、愛した女性が去りゆくのを惜しみながら見送るしかなかったということであろう。摩佐豆子というのは、地方から召し上げられた采女などの女性を指すのであろうか。そこには、男女の愛の悲劇の物語が伝えられていて、その一片がこの別離の歌なのであろう。

## 53 ― 押し照るや難波の崎よ

押《お》し照《て》るや　難波《なには》の崎《さき》よ　出《い》で立《た》ちて　我《わ》が国見《くにみ》れば　阿婆島《あはしま》　淤能碁呂島《おのごろしま》　阿遅麻佐《あぢまさ》の　島《しま》も見《み》ゆ
佐気都島見《さけつしまみ》ゆ

淤志弖流夜　那迩*波能佐岐用　伊傳多知弖　和賀久迩美礼婆　阿婆志麻　淤能碁呂志摩　阿遅麻佐能　志麻母美由　佐氣都志
麻美由

一面に日が照っている、この難波の崎から出て立って我が国を見ると、阿婆島、淤能碁呂島、阿遅麻佐の島も見える。佐気都島も見える。

**○押し照るや**　一面に照っている。難波に掛かる枕詞。冠辞考は「襲立、浪急之崎」とし、波がおし重なって立つことの意とする。「押す」は一面に行き渡らせること。万葉集に「おしなべて」(一・一)、「春日山おして照らせるこの月は」(七・一〇七四)とある。「や」は詠嘆。**○難波の崎よ**　難波の崎から。難波の崎は大阪湾の岬。「よ」は「〜から」。万葉集に「おし照る　難波の崎に」(十三・三三〇〇)とある。**○出で立ちて**　出て立って。万葉集に「出で立ちて　わが立ち見れば」(十七・四〇〇六)とある。**○我が国見れば**　我が国を見ると。国は大和島根。国見歌の型式。万葉集に「登り立ち　国見をすれば」(一・二)とある。**○阿婆島**　阿婆の島。古事記神話では、イザナキ・イザナミが水蛭子に次いで生んだ島に淡嶋がある。神話世界を幻視した島。**○淤能碁呂島**　淤能碁呂の島。古事記神話では、イザナキ・イザナミが国生みをした時に、矛から滴り落ちた塩で自然に出来たという島。これも阿婆島同様、神話世界を幻視した島。**○阿遅麻佐の　島も見ゆ**　阿遅麻佐の島も見える。「阿遅麻佐」は、植物の名。言別は檳榔の木が多く生えている島の名とし、檳榔は蒲葵のこととする。檳榔は我が国では宮崎県青島に自生しており、神木とされている。ただし、ここは南国を幻視した表現。**○佐気都島見ゆ**　佐気都島も見える。未詳の島。「見ゆ」は自然と見えること。「見れば」を受ける国見歌の形式。

**【諸説】**

〔評釈〕本来は宮廷儀式歌であったように思われる。

**【解説】**

当該歌謡は、難波の崎に立って国を見る王の典型的な国見歌である。国見というのは、神々による信仰圏を形成することを目的とする祭祀・儀礼であり、その内実は、基本的には求婚と土地褒めにある。この歌謡に見える島々は、いずれも神話的な島であり、阿婆島や淤能碁呂島の名が詠まれるのを見ると、おそらくこの国見は、国の起源に関わる内容であろうと思われる。国見という儀礼は、常陸国風土記に登場する倭武天皇のようなまれびと神が巡行して来て、小高い丘に立ち、四方を眺めて国の様を祝福する様式であることが認められる。それによってその土地の形状等の特徴から土地に名前が付与され、村の成立が語られることを起源としている。後に神の代行者としての天皇における国見儀礼へと展開した。当該歌謡が神話的な島を取り上げるのは、村の成立の起源に関わるというよりも、古事記や日本書紀の開闢神話に見られるような、原初の国の成り立ちに回帰することに関わる国見であったからである。クニを形成しなかった中国の多くの少数民族においても、混沌とした天地の始まりを語る開闢神話が存在するのは、神の誕生以前の混沌とした原初への想起にあろう。その原初の天地の成り立ちを国見として行うのは、見ることにより表される始原への回帰にあり、それは王が繰り返さなければならない、天地の混沌から秩序への道筋を示す理念であったからに他ならない。そのことを成し得るのは、まれびと神の性質を受けた神聖なる王の特権であり、やがてこの国見は、「望国」という中国皇帝の特権祭祀の中で理解されてゆくのである。万葉集に見える舒明天皇の香具山での国見は、「望国」と記録されているように、七世紀から八世紀にかけて、古代日本の天皇の行幸儀礼として整えられてゆく。

## 54 ― 山県に蒔ける青菜も

山県《やまがた》に　蒔《ま》ける青菜《あをな》も　吉備人《きびひと》と　共《とも》にし摘《つ》めば　楽《たぬ》しくもあるか

夜麻賀多迩　麻祁流阿袁那母　岐備比登々　等母迩斯都米婆*　多奴斯久母阿流迦

山の畑に蒔いた青菜も、こうして吉備の人と一緒に摘むと、何とも楽しいなあ。

**○山県に**　山の畑に。「県」は古代日本に定められた御料地。ここではその山の畑。記４番歌謡参照。**○蒔ける青菜も**　蒔いた青菜も。青菜は野菜。万葉集に「食薦敷き蔓菁煮持ち来」（十六・三八二五）とある。**○吉備人と**　吉備の人と。吉備出身の女性をいう。美しい女性なのであろう。万葉集に「倭道の吉備の児島を」（六・九六七）とある。**○共にし摘めば**　一緒に摘むと。万葉集に「伎波都久の岡の茎韮われ摘めど籠にものたなふ背なと摘まさね」（十四・三四四四）とある。**○楽しくもあるか**　楽しいことであるよ。「か」は詠嘆。

**【諸説】**
〔全講〕吉備人という説明的な語を使ったのは、吉備の方面の伝来に必要であったのだろう。〔全注釈〕天皇と地方族長の娘との恋物語を、農村的な民俗行事に基づいて構想したことによるものといってよい。

**【解説】**

この歌謡は、山の畑の青菜を、吉備の女性と摘むと楽しいことだと喜ぶ男の歌である。山の畑で労働する民の歌であり、青菜を摘んでいる吉備の女性が近くにいるのであろう。あるいは、伝説の女性かも知れない。吉備の女性は、おそらくよく知られている美人の誉れ高い女と思われる。その吉備の女に、近くにいる女性を見立てていることも考えられる。このような歌は、労働の時の歌掛けの歌と思われる。この青菜摘みは、御料地で集団により行われた労働であったと思われ、長屋王家木簡には各地から送られた野菜等の荷札が見られる。青菜摘みには村の男女が集い、そこは集団労働の場となり、さまざまな歌が労働の中に掛け合わされたであろう。吉備人といわれた女性も、当然それに答える歌を返したものと思われる。催馬楽に「朝菜摘み　夕菜摘み　我が名を　知らまくほしからば　御園生の　御園生の　御園生の　菖蒲の郡の　大領の　愛娘といへ　季娘といへ」（我が門に）とある。菜摘みの折に、男たちから名を聞かれた女たちは、知りたかったら大領家の愛娘さんと言いなさい、季娘さんと言いなさいと、男たちをからかうのである。当該の歌謡からは、そうして戯れあい、掛け合う男女の笑い声が聞こえて来るようである。

## **55 ― 大和辺に西吹き上げて**

大和辺《やまとへ》に　西吹《にしふ》き上《あ》げて　雲離《くもばな》れ　退《そ》き居《を》りとも　吾《わ》れ忘《わす》れめや

夜麻登弊迩　尓斯布岐阿宜弖　玖毛婆那礼　曽岐袁理登母　和礼和*須*礼米夜

大和の方に西風が吹き上げて、雲が離れて行く。そのように遠く大和へと離れて行っても、私は忘れることがあろうか。

**○大和辺に**　大和の方面に。この大和は奈良の大和。大和の近在で歌われたのであろう。**○西吹き上げて**　西風が吹き上げて。西から吹く風を土地では「にし」と呼んだのであろう。厚顔抄は「西ハ西風」とし、記伝は方角を表す「ニシ」は、本来その方から吹く風の名であったものが転じたとする。各地に風の名が見え、風の名で気候や季節を表した。**○雲離れ**　雲が遠くへと流れて行く。男が遠くへ行くことを示唆する。万葉集に「雲離れ　遠き国辺の」（十五・三六九一）とある。**○退き居りとも**　遠くへと去っていっても。「退き」は退出。「とも」は助詞で「～だとしても」。**○吾れ忘れめや**　私は忘れるだろうか、忘れない。「め」は未来への推量。「や」は反語。男女が別れに交わす愛の約束の言葉。反語の表現は、意志の強さを示す。万葉集に「君の御名忘れめや」（二十・四五〇七）とある。

【諸説】

〔評釈〕都の男を恋して、別れ別れになった田舎娘の切ない心を歌ったものがその原歌で、当時としてはきわめて一般性を持った民衆の間での謡いものだったろう。〔全注釈〕ニシは霊力を持った風、または根の国から吹く風の意で、ニの国は西方にあると考えたところから西風をそう呼んだかと思われる。

【解説】

この歌謡は、男が女との別れに際して、忘れないことを約束した歌である。大和の方面へ雲が離れて行くというのは、男が女と別れて大和へと帰ることを示唆していよう。おそらく、男は任務により大和からある土地に来て愛する女性ができたのだが、再び大和へと帰ることになったのである。それは女性から見れば、不本意な悲しい別れであろう。男はこのままいつまでも一緒であることを約束したにも拘わらず、それを反古にしたのである。しかし、そこには男の忸怩たる思いもあり、たとえ雲が風に吹かれて離れて行くように離ればなれになったとしても、私はあなたのことを絶対に忘れないのだと約束するのである。あるいは、しばらくのあいだ大和へと労役にでかける男の歌かも知れない。いずれにしても、今、男は愛する女性のもとを離れるのである。もちろん、この男の約束は、必ずしも信頼できるものではないが、万葉集にも「三諸の神の帯ばせる泊瀬川水脈し絶えずはわれ忘れめや」（九・一七七〇）とあり、これと同様の心境であろう。川の水脈の絶えない限り、私は忘れないのだと誓う。それは、男が女から去る時の約束である。ただ、このような歌い方は、歌垣の終わりに愛の誓いを交わした男女が、いよいよの別れの時に際して歌い合う「別離」の歌であるように思われる。そのような別離にあたって、男女は楽しかった歌垣の思い出とともに、相手を歌垣の間のみの、心の恋人として次の出会いを約束するのである。この歌垣の最後の別離を告げる歌は、広く流伝していたと思われ、丹後国風土記逸文の浦嶼子の物語にも神女との対詠の歌が載り、その中の神女の歌ったという「大和べに　風吹きあげて　雲離れ　退き居りともよ　吾を忘らすな」が見える。嶼子と神女との対詠は歌垣の対詠の形式を踏むものであり、二人が別離を迎えた時における愛を誓う定番の歌がここにも用いられているのである。

## 56 — 大和辺に行くは誰が妻

大和辺《やまとへ》に　行《ゆ》くは誰《た》が妻《つま》　隠水《こもりづ》の　下《した》よ延《は》へつつ　行《ゆ》くは誰《た》が妻《つま》

夜麻登弊迩　由玖波多賀都麻　許母理豆能*　志多用波閇都々*　由久波多賀都麻

大和の方に、行くのは誰の奥さんだろう。地下を流れる水が見えずに流れ行くように、人目をしのんでこっそりと行くのは、いったい誰の奥さんだろう。

**○大和辺に**　大和の方面に。**○行くは誰が妻**　行くのは誰の奥さんだろう。万葉集に「玉裳裾ひき行くは誰が妻」（九・一六七二）とある。「人妻」への関心は男の欲情。**○隠水の**　地下を流れる水の。目に付かないことの比喩。万葉集に「隠沼の下ゆ恋ふれば」（十一・二四四一）ともある。**○下よ延へつつ**　地下を流れながら。隠れて通うことの比喩。「よ」は「〜を通って」。「延へ」は、そこへと延びて行く様子。「つつ」は継続。**○行くは誰が妻**　行くのは誰の奥さんだろう。前項参照。

**【諸説】**

〔全講〕この形式は、万葉集にも比較的に古いものに多く、文筆作品に移行するに及んで、見られなくなる。この歌も、歌いものとして伝来したことを物語っている。〔評釈〕この歌謡は民謡世界のもので、しかも民謡の持つよさを、じゅうぶんに発揮しているものである。

**【解説】**

この歌謡は、人目を忍んで大和の方へと行く人妻を詠んだ歌である。その人目を忍ぶ様子を「隠水の　下よ延へつつ」と表し、いかにも危険な道へと進もうとする人妻の姿を的確に捉えている。人妻が人目を忍んで行くというのは、おそらく愛する男のもとへ向かうことを意味するのであろう。これは、女が男のもとへと出かける忍び逢いのことであり、女は男の訪れを待ちきれずに、危険な道行きを侵すのである。それが家族や人の目に触れるならば、強い叱責を受けるか、自らの命を絶つことにもなろう。そうまでして男のもとへと忍び行く女とは、一途に愛に生きる女であり、愛にしか生きられない、社会の規律に背く女である。かつて男は女との別れに「吾れ忘れめや」（記55番歌謡）と固い約束をし、女に気をもたせたのであろう。しかし男は訪れず、その結果女の不安は男のもとへと走らせたのである。それが、この女の人目を忍ぶ道行きであろう。社会的に柔順に生きる女には、そうした一途な愛は生まれなかった。

なぜなら、若い女は親の指示にしたがって結婚し、子を産み家を継ぐことに専念したからである。愛に生きるということは、特殊なことであり、それは身を滅ぼす悲劇の生き方でもあるため、文学として残されることとなる。それが万葉集に見られる、愛の悲劇の主人公たちである。例えば、但馬皇女は高市皇子の宮にありながらも穂積皇子を愛したという話がある。このことが露見し世間の噂となったときに、皇女は「人言を繁み言痛み己が世にいまだ渡らぬ朝川渡る」（二・一一六）という決意をする。すでに皇女は日常の生活に戻ることが出来ないという選択の中で、男のもとへと駆け落ちをする。その後の皇女の運命は知られないが、それが悲劇のうちに終息したことは予想されよう。当該の女も、そのような運命を覚悟しながら、大和の男のもとへと向かったに違いない。一方では、この歌の詠み手の立場が気に掛かる。この詠み手は一人の不幸な女を見つめる者の態度であり、そうした不幸な愛の運命を語る、物語の語り手であるように思われる。もっとも、当該の歌謡は地方で行われていた歌垣の折の歌であろう。なぜならば、このような人妻への憧れは、歌垣における男たちの恋心を燃え立たせるテーマでもあったからである。そのような人妻への関心から、当該の歌謡は大和の都人に恋する人妻の密会をテーマとして、それを男たちが噂し囃し立てる歌垣の歌であったと思われる。

## 57 ― つぎねふや山背川を ―― 〈紀53〉

つぎねふや　山背川《やましろがは》を　川上《かはのぼ》り　我《わ》が上《のぼ》れば　川《かは》の辺《へ》に　生《お》ひ立《だ》てる　佐斯夫《さしぶ》を　佐斯夫《さしぶ》の木《き》　しが下《した》
に　生《お》ひ立《だ》てる　葉広《はびろ》　斎《ゆ》つ真椿《まつばき》　しが花《はな》の　照《て》り坐《いま》し　しが葉《は》の　広《ひろ》り坐《いま》すは　大君《おほきみ》ろかも

都藝泥布夜　々麻志呂賀波袁　迦波能煩理　和賀能煩礼波　賀波能倍迩　淤斐陀弖流　佐斯夫袁*　佐斯夫能紀　斯賀斯多迩　淤斐陀弖流　波毗呂　由都麻都婆岐　斯賀波那能　弖理伊麻斯　芝賀婆能　比呂理伊麻須波　淤富岐美呂迦母

つぎねふや山背川を川上りして、私がどんどん上って行くと、川の岸辺に生い立っている佐斯夫よ。佐斯夫の木の、その下に生い立っている、葉の広い清らかな椿。その椿の花が照り輝いていらっしゃるように、その葉がゆったりと広がっている様子でいらっしゃるのは、我が大君であることよ。

**○つぎねふや**　山背に掛かる枕詞。継続する意か。冠辞考は「あまたつゞきたる嶺〳〵を経過ていたる故」という。「や」は詠嘆。万葉集に「つぎねふ　山城道を」（十三・三三一四）とある。**○山背川を**　山背川を。「山背」は京都東南部。山城とも書く。川は淀川へ至る。**○川上り**　川を遡り。**○我が上れば**　私が川を遡ると。**○川の辺に**　川の辺りに。「辺」はほとり。万葉集に「紀の川の辺の妹と背の山」（七・一二〇九）とある。**○生ひ立てる**　生い立っている。万葉集に「国も狭に　生ひ立ち栄え」（十八・四一一一）とある。**○佐斯夫を**　佐斯夫よ。佐斯夫は樹種不明。記伝は和名抄などからツツジ科の常緑低木である南燭（烏草樹）を指摘する。しかし、その下に椿があるところから、むしろ佐斯夫は巨木と考えるべきであろう。「を」は詠嘆。**○佐斯夫の木**　佐斯夫の木がある。**○しが下に**　その木の下に。「し」は指示語。**○生ひ立てる**　前項参照。**○葉広**　葉の広い。褒め言葉。**○斎つ真椿**　神聖な立派な椿の木。椿は聖木とされた。「斎」は神聖。「つ」は助詞の「の」。「真」は立派な。**○しが花の**　その椿の花の。「し」は指示語。大君の比喩でもある。**○照り坐し**　照っていらっしゃる。「坐し」は「いる」の尊敬。**○しが葉の**　その葉の。大君の比喩でもある。**○広り坐すは**　広々としていらっしゃるのは。寛大なことを言う。比喩。**○大君ろかも**　大君であられることだ。「ろ」は接尾語。「かも」は詠嘆。大君賛美から見ると、宮廷大歌所の寿詞だが、山背地方の服属の歌であったと思われる。

**【諸説】**

〔全講〕元来天皇讃嘆の意に成立した詞章なのであろう。

**【解説】**

この歌謡は、川辺に生い立つ椿の花と葉を比喩として、大君と呼ばれる者への賛美が歌われている。その大君を褒める方法が、詠み手による道行きの表現により成立しているところに特徴があり、道の辺の清らかな椿の花や葉になぞらえて大君を賛美する。このような表現は、万葉集にある「物思はず　道行く行くも　青山を　ふり放け見れば　つつじ花　香少女　桜花　栄少女　汝をそも　われに寄すとふ　われをもそ　汝に寄すとふ」（十三・三三〇五）のような表現と重なる。これは旅の途次で躑躅の花や桜の花のような汝を思うという内容であり、相手をその花に比喩しているのである。その汝が、当該の歌謡では大君である。おそらく、この道行きが旅を通して描かれることを考えるならば、その原初はまれびと神の道行きの中に現れた表現であろう。まれびと神は村々を過ぎながら土地を祝福する託宣を述べるのであり、それが村の長を褒めるところに結びついているのが当該の大君賛美を成立させていると思われる。いわば、当該の歌謡はまれびと神が道行きの中で、花や木の繁栄を比喩することにより、村の長への祝福へと転化する歌謡であると思われる。それが、やがて恋人への思いや、国の王への服属として成立したことが知られるのである。ここには、まれびと神の祝福を継承した乞食者による寿詞が想定されるのであり、村の長の祝いの席に登場した乞食者の芸が想起される。それが宮廷歌謡に取り込まれる段階において、山背地方の豪族の服属歌として成立したのであろう。ここから山背歌謡のシリーズ（主題を共通とした連作）が始まる。これらは、山背地方の風俗歌が集められたものと思われる。このような歌謡は、吉野の国主歌や東国の東歌のようなものであったか。

## 58　つぎねふや山背川を ――〈紀54〉

つぎねふや　山背川《やましろがは》を　宮上《みやのぼ》り　我《わ》が上《のぼ》れば　あをによし　奈良《なら》を過《す》ぎ　小盾《をだて》　大和《やまと》を過《す》ぎ　我《わ》が見《み》が
ほし国は　葛城高宮《かづらきたかみや》　吾家《わぎへ》の辺《あた》り

都藝泥布夜　々麻斯呂賀波袁　美夜能煩理　和賀能煩礼婆　阿袁迩余志　那良袁須疑　袁陀弖　夜麻登袁須疑　和賀美賀本斯
久迩婆　迦豆良紀多迦美夜　和藝弊能阿多理

つぎねふや山背川を上り、宮へと上り、私が上り行けば、あおによし奈良を過ぎて、小盾の大和を過ぎて、私が見たいと思っていた故郷は、あの葛城の高宮で、そこは私の家の辺りです。

**○つぎねふや**　山背に掛かる枕詞。万葉集に「つぎねふ　山城道を」(十三・三三一四)とある。記57番歌謡参照。**○山背川を**　山背川を上り。山背は山城で京都東南の地。記57番歌謡参照。**○宮上り**　宮へと上り。宮は宮家などの高貴な者の邸宅。**○我が上れば**　私が上って行くと。**○あをによし**　青丹の美しい。奈良に掛かる枕詞。万葉集に「あをによし寧楽の京師は」(三・三二八)とある。**○奈良を過ぎ**　奈良の土地を過ぎて。**○小盾**　小さな盾。記伝は大和に掛かる枕詞とする。盾が立ち並ぶような、大和の山並みを指す。**○大和を過ぎ**　大和の地を過ぎて。大和は奈良の地。万葉集に「秋津島　倭を過ぎて」(十三・三三三三)とある。**○我が見がほし国は**　私が見たいと思っていた故郷は。「ほし」は願望。「国」は育った土地、故郷。**○葛城高宮**　葛城の高宮。葛城は奈良県葛城郡。「高宮」は高台にある王家の宮。**○吾家の辺り**　私の家の辺りである。

**【諸説】**

〔全註解〕道行文の原始形と見られるものであり、一面また国見歌の発想になることも、注意されて然るべきところであろう。〔評釈〕山城川周辺で歌われた民謡（おそらく船曳き歌）の断章であったか、あるいはそれを踏まえてのものであろう。

**【解説】**

この歌謡は、懐かしい故郷への道程を述べて、我が家を称える歌である。このような歌謡が歌われる必然性は、「我が見がほし国は」が葛城の我が家の辺りだというように、懐かしい故郷の家を偲ぶことにある。それは「はしけやし　吾家の方よ　雲居立ち来も」（記32番歌謡）のような、故郷への懐古であろう。しかし、これが道行きの形式を踏んでいることに注目すると、そこにはまれびと神の巡行の形式が認められるが、このような形式を踏まえながらも自らの家を示すことで神の祝福から、個人の懐古へと展開していることが知られる。これは記57番歌謡とも等しいものであり、その対象が大君か我が家かに違いがある。道行きの歌謡は、道中の情景を見た順序に描く、スクロール形式を取りながら展開するが、その展開を通して歌い手の主意へと向かうことを特徴としている。およそ道行き歌謡の形式は、①乞食者の芸能へと引き継がれて道中の情景から村長や大君などへの祝福へ展開する形式、②道行きの道中の情景から恋人への思いへと展開する形式、③葬送の折に土地の経過を描きながら悲しみの心へと展開する形式などが認められる。ただ、当該歌謡はこれらに該当せず、別の展開を示していると思われる。それは「葛城高宮　吾家の辺り」から考えると、歌い手は誰かから「あなたの家は何処か」と問われたのだと思われる。これは、その問い掛けに対する答えの歌であると思われ、初対面の者の集まりにおいて、出身地を問われるという形式があり、詠い手はそれを道行きの方法で答えたのであろう。おそらく地方勤めの役人や外来者が集まった宴会で、出身地を問われることがあり、そうした問答の中で用いられたのがこの道行きの方法であったと思われる。

## 59 山背にい及け鳥山 ――〈紀52〉

山背《やましろ》に　い及《し》け鳥山《とりやま》　い及《し》けい及《し》け　吾《あ》が愛《は》し妻《づま》に　い及《し》き遇《あ》はむかも

夜麻斯呂迩　伊斯祁登理夜麻　伊斯祁伊斯祁　阿賀波斯豆麻迩　伊斯岐阿波牟加母

山背に急いで追いつけ鳥山よ。急いで追いつけ追いつけ。私の愛しい妻に、急いで追いついて、何とか遇えないものかなあ。

**○山背に**　山背に。山背（山城）は京都東南部の地。「山背」シリーズ（主題を共通とした連作）の歌。**○い及け鳥山**　追いつけ、鳥山よ。「い」は、ここでははやる気持ちを表す接頭語。「及け」は相手に追いつくこと。鳥山は鳥を使いとすることから連想した名か、あるいは馬の名か。**○い及けい及け**　追いつけよ、追いつけよ。繰り返しは気持ちの高ぶり。**○吾が愛し妻に**　私の愛する妻に。「はし」は愛しい。万葉集に「わが遠妻の〔一は云はく、はしづまの〕言そ通はぬ」（八・一五二一）とある。**○い及き遇はむかも**　追いついて遇えないものかなあ。「かも」は願望の詠嘆。

**【諸説】**

〔記伝〕速行むことを所念《オモホシ》祷《ネギ》て鳥てふ名の人をしも遣したるにや、【されどさまで謂むは、あまりにやあらむ】〔全講〕第三句が独立文になっているのは、古歌としては、変った形である。

【解説】

この歌謡は、愛する妻が山背へと行ったことで、鳥山を急がせて追いつこうとしている歌である。こうした妻のもとへと急ぐ歌は、万葉集に「遠くありて雲居に見ゆる妹が家に早く至らむ歩め黒駒」（七・一二七一）のように歌われている。あるいは、催馬楽にも「いで我が駒　早く行きこせ　待乳山　あはれ　待乳山　はれ　待乳山　待つらむ人を　行きてはや　あはれ　行きてはや見む」（我が駒）のようにも見える。これらの歌から見ると、当該の歌謡も愛する女性に早く逢うために、馬を急がせているのであろう。鳥山は何か不明であるが、万葉集や催馬楽の歌から考えるならば、鳥山という駒の名であろう。だが、当該の歌謡は妻問いのために、馬で急ぐ様子とは少しばかり事情が異なる。それは「い及けい及け」の語からすれば、妻に追いついて逢おうとしている様子を詠んでいるからである。おそらく、妻は何らかの事情で男のもとを去り、故郷へと帰ったのである。それを知った男は、早足の馬を用意して、妻の後を追っているのであり、「い及け」の繰り返しは、男が大慌てをしているさまと考えられる。かつて男は、妻となる女性に「吾は忘れじ　世のことごとに」（記8番歌謡）のように永遠の愛を約束したのであろうが、その約束を反古とされた女性は、男のもとを去り、悲しみつつ故郷への道を歩んでいるのであろう。そのような光景は、恋歌の中で女性が嘆く主題でもあった。万葉集に「情ゆも我は思はざりきまたさらにわが故郷に還り来むとは」（四・六〇九）や、「初めより長くいひつつたのめずはかかる思に逢はましものか」（四・六二〇）のような女の歌があるのは、頼りとした男の不実により起きたものである。当該の女性も、そうした不実な男のもとを去り、故郷へと帰るのであろう。しかし、なぜこのような歌が歌われたのか。そこに想定されるのは、これが歌垣の場における男女の駆け引きの中の歌だということである。男は歯の浮くような甘い言葉で女を信頼させたが、男にその信頼を失うような態度があり、ついに女は不実な男として拒否し、男のもとを去るのである。しかし、男は不実の汚名を着せられることは不本意であるから、その誠意を見せなければならない。男は去りゆく妻を、必死で追いかけることとなる。当該歌謡は、そうした男女の駆け引きの中の一片であろう。

### 60ー御諸のその高城なる

御諸《みもろ》の　その高城《たかき》なる　意富韋古《おほゐこ》が原《はら》　意富韋古《おほゐこ》が　腹《はら》にある　肝向《きもむ》かふ　心《こころ》をだにか　相思《あひおも》はずあらむ

美母呂能　曽能多迦紀那流　意冨韋古賀波良　意冨韋古賀　波良迩阿流　岐毛牟加布　許々呂*袁陀迩迦　阿比淤母波受阿良牟

御諸の高い砦にある、あの意富韋古の原よ。いやいや、意富韋古とはいっても、実は意富韋子ちゃんの腹のことで、その子のお腹の中にある、肝と向き合っている心臓の、その心の中にだけでも、お互いに思い合っていないなんてことがあろうか。

**○御諸の**　御諸の地の。御諸は奈良県三輪山周辺。万葉集に「三諸の　神名備山に」（三・三二四）とある。**○その高城なる**　その高台の砦にある。厚顔抄は「其高城在也」とする。「城」は城砦。「なる」は「にある」の約。万葉集に「み吉野の高城の山に」（三・三五三）とある。**○意富韋古が原**　意富韋古が原。意富韋古という名の原。「原」は次の「腹」を示唆。**○意富韋古が**　意富韋子という女子の。この名は女の子の名前。**○腹にある**　お腹の中にある。「ハラ」違いを楽しむ。**○肝向かふ**　肝と向き合っている。厚顔抄は「肝向」で心の枕詞とする。「肝」は肝臓などの内臓。その肝が上下で心臓と向き合っているというのである。万葉集に「肝向かふ　心を痛み」（二・一三五）とある。**○心をだにか**　心の中だけでも。底本及び諸本「許々袁」、厚顔抄・記伝は「許々呂袁」とする。これに従う。「だに」は限定。「心」は心臓のことで、心情の動きは、心臓によるものと思われていた。**○相思はずあらむ**　私とのことを思っていない、なんてことがあろうか。「相思はずあらむ」の「相思ふ」は互いに思い合うことだが、「思はずあらむ」は我が身を省みて、確実性に乏しいことを表現している。厚顔抄は「不相念将有也、意ハ相念ヒタマヘトナリ」という。「あらむ」は見えない状況への推量。万葉集に「相思はぬ人を思ふは」（四・六〇八）とある。

【諸説】

〔評釈〕この歌謡の原歌は、おそらくミモロの周辺で歌われた民謡であったろう。

【解説】

この歌謡は、意富韋子という女性が、自分をどのように思っているかを知ろうとする男の歌である。その序に御諸の城砦にある原が意富韋古という名で、その原は意富韋古の原とはいうが、実はそれは意富韋子ちゃんの腹のことで、その子のお腹の肝が向き合っている心臓の、その心の中だけでも私を思ってくれないかというように、これはハラ違いを楽しむ戯れを主とした恋歌である。意富韋古が原というのは、その土地の人々に良く知られた原の名で、その理由は女性の名に転換できたからであろう。しかも、その原から彼女の腹を引き出し、さらに内臓の肝までも引き出すのは、彼女に失礼ではあるが、その面白さを楽しんでいる男たちがいるからである。万葉集にも「肝向かふ　心を痛み」（二・一三五）のようにも見られ、肝は心臓（心）を導く由緒ある語でもある。しかし、当該の歌謡は若く可愛いであろう彼女の内臓までを取り出して、彼女の心の中を窺うのは、周囲の者たちの笑いを誘うためであろうと思われる。

そうした歌の場は、社交の場が想像されよう。もちろん、意富韋子というのは伝説的な女性の名であろうと思われ、意富韋古が原というのは、もともと意富韋子にまつわる伝説から来た原の名なのであろう。意富韋古は真間の手児奈（十四・三三八四〜五）や石井の手児（十四・三三九八）のような伝説の女性であり、当該の歌謡はそうした伝説に登場する女性を引き合いに出して、相手の女性を挑発し、からかい楽しんでいるのである。これが長歌体であるのは、この土地で開催される歌垣などの折の宴会において、その場を盛り上げる酒歌であったからであろう。

## 61―つぎねふ山背女の――〈紀58〉

つぎねふ　山背女《やましろめ》の　小鍬持《こくはも》ち　打《う》ちし大根《おほね》　根白《ねじろ》の　白腕《しろただむき》　巻《ま》かずけばこそ　知《し》らずともいはめ

都藝泥布　夜麻志呂賣能　許久波母知　宇知斯淤富泥*　々士漏能　斯漏多陀牟岐　麻迦受祁婆許曽　斯良受登母伊波米

つぎねふの山背の女がね、小鍬を持って耕し育てた大根。その大根のような、真っ白い腕だったね。それを巻いて寝なかったというなら、あんたは「そんなこと知らない」などと言うこともあるだろうよ。でも白い腕を巻いて、寝たんじゃないか。

**○つぎねふ**　意味未詳。山背に掛かる枕詞。記57番歌謡参照。**○山背女の**　山背の女が。山背（山城）は京都東南部の地。**○小鍬持ち**　小鍬を持って。**○打ちし大根**　耕し育てた大根。「打ち」は鍬で畑を耕すこと。**○根白の**　大根の根が白いのと同じような。女の肌が白いことの比喩。**○白腕**　白い女の腕。白い腕は女のエロチシズムを表す。**○巻かずけばこそ**　共寝をしなかったのなら。

本当は共寝をしたのだの意。「巻く」は、男女が手を巻くことで共寝をいう。「けば」の「け」は過去、「ば」は仮定。○**知らずともいはめ**　知らないわと言うこともあろうよ。「とも」は「と言うことも」の意。「め」は推量。知ってることなのにの意を含む。

**【諸説】**

〔全講〕民謡風の表現を取っている。〔全註解〕耕作に従事している嬢子等の肌色を、実際に眼に見られた体験の御製である。

**【解説】**

この歌謡は、あんたと寝たではないかと主張する男が、そのことを否定する女を非難する歌である。山背の畑で育てた大根の白い根というのが、女の白い腕を導いており、大根のような白い腕を巻いて共寝をしたではないか、というのが男の主張である。それに対する女性は、「そんなことは知らない」と反論するのである。そのいずれが正しいかは、これのみでは分からないが、ここでの関心は、女は男と本当に寝たのか否かという問題に対して、どのように白黒の決着を付けるのかということにある。これは、歌裁判なのである。もちろん、このようなことが二人の間のみで歌われることはない。これは歌垣の場面での、男の挑発の歌である。男が相手の女性と寝たと主張するのは、この女性を手に入れたいからであり、意中の女を手に入れたと宣言することで他の男たちは手を引くからである。このとき女性がこの男の主張を認めるならば、それは愛の成就の歌へと展開するであろう。しかし、この女性は男に「知らない」と言ったのである。そのために、この男女の間で歌裁判が開始されることになる。女性がこの男に好意を持たなければ、いろいろと理由をつけて否定の歌を歌わなければならない。それに失敗すると、周囲の聴衆は女性が嘘をついていると判断することになる。そのような哄笑や雑踏の中に、当該の歌謡は存在したものと思われる。山背の歌シリーズ（主題を共通とした連作）の中にある、対詠の歌の一部である。

## 62　山背の筒木の宮に　──〈紀55〉

山背《やましろ》の　筒木《つつき》の宮《みや》に　物《もの》まをす　吾《あ》が背《せ》の君《きみ》は　涙《なみだ》ぐましも

夜麻志呂能*　都々紀能美夜迩　母能麻袁須　阿賀勢能岐美波　那美多具麻志母

山背の筒木の宮に、物を申します。私の夫の君は、涙ぐましいことです。

**○山背の**　山背の。京都東南部の地。山城とも書く。**○筒木の宮に**　筒木の宮に向かって。筒木の地にある宮家の御殿。**○物まをす**　物を申し上げます。「まをす」は「言ふ」の謙譲語。ただし、尊敬の気持ちが失せている時や、慇懃無礼な言い方にも使う。万葉集に「石麿にわれ物申す」（十六・三八五三）とある。**○吾が背の君は**　私の愛しい人は。「吾が背」は女が愛する男。君は夫。万葉集に「わが背の君は独りか寝らむ」（一・五九）とある。**○涙ぐましも**　涙ぐましいことだよ。喜びの涙ではなく、辛い思いをしていると言うのであろう。万葉集に「妹と来し敏馬の崎を還るさに独りし見れば涙ぐましも」（三・四四九）とある。「も」は詠嘆。

**【諸説】**
〔全講〕事を叙しただけの歌で、物語にはめて作られているらしい。〔評釈〕背景の物語を失って、ただ忠臣の苦衷を示すものとして、この場に定着したもののように思われる。

**【解説】**

この歌謡は、妻が夫の苦しみを筒木の宮の主人に訴えかけた歌である。山背の筒木には宮があり、そこの主人に向かって夫は辛い思いをしているのだという。宮は天皇の御所や離宮あるいは仮宮などを指し、また皇室に関わる者の建物も宮と呼ばれる。ここに見る山背の筒木の宮は、歴史の上では仁徳天皇の皇后である磐姫が天皇の浮気に怒り、難波を去って山背に営んだという筒城の宮のことではあるが、ここの一連の歌謡が山背シリーズ（主題を共通とした連作）の中にあることを考えるならば、この歌謡は山背の御殿のご主人に対する直訴の歌であろうと考えられる。夫が涙ぐましいと訴えるのは、おそらく愛する夫が御殿の建築や労働に駆り出されて苦しんでいるからであろう。もっとも、都人にとっても宮仕えは楽しいものばかりであったわけではなく、万葉集にある川原の草に廻り付く屎葛のように「宮仕」をするのだという歌（十六・三八五五）には、宮仕えへの自虐的な態度が窺える。まして農民たちは自らの労働とは別に、防人や徭役として九州や都へと出かけて行った。催馬楽に「沢田川　袖漬くばかり　や　浅けれど　はれ浅けれど　恭仁の宮人　や　高橋わたす　あはれ　そこよしや　高橋わたす」（沢田川）と歌うのも、浅い川に立派な高橋を渡すような愚かなことのために、人々が労働を強いられていることへの批判や皮肉であろう。しかし、当該歌謡のような内容を歌う意味は何処にあるのか。例えば、防人の歌に「蘆垣の隈処に立ちて吾妹子が袖もしほほに泣きしそ思はゆ」（二十・四三五七）とあるのは、夫との別れにあたって、妻が垣の隅で袖も濡れるほどに泣いていたというのであり、これは、当該歌謡において妻が夫を思う心情と表裏の関係にあるだろう。もちろん、当該の歌謡は権力者に対する直訴の歌ということばかりではないだろう。これは集団の宴会などで歌われた、「物まをす」を織り込む戯歌の一片であると思われる。万葉集に「新室を踏み静む子が手玉鳴らすも　玉の如照らせる君を内にと申せ」（十一・二三五二）や、「石麿にわれ物申す夏痩に良しといふ物そ鰻取り食せ」（十六・三八五三）とあるのは、新築祝いの宴会や祭りの宴楽などでの「物まをす歌」の断片であり、「物まをす歌」がシリーズとして存在したと言える。

## 63―つぎねふ山背女の――〈紀57〉

つぎねふ　山背女《やましろめ》の　小鍬持《こくはも》ち　打《う》ちし大根《おほね》　さわさわに　汝《な》が伊弊勢《いへせ》こそ　打《う》ち渡《わた》す　夜賀波延《やがはえ》なす　来入《きい》り参来《まゐく》れ

都藝泥布　夜麻斯呂賣能　許久波母知　宇知斯意富泥　佐和佐和迩　那賀伊弊勢許曽　宇知*和多須　夜賀波延那須　岐伊理麻韋久礼

つぎねふ山背の女が、小鍬を持って耕し育てた大根は、たくさん取れたよ。そのようにたくさんに汝の伊弊勢こそ打ち渡すことだ。夜賀波延のようにして、入り来て参り来い。

**○つぎねふ**　意味未詳。山背に掛かる枕詞。万葉集に「つぎねふ　山城道を」(十三・三三一四)とある。**○山背女の**　山背の地の女が。特別な仕事に携わる女なので「山背女」というのである。大根作りで知られていたか。「山背」は瓜作りでも著名。**○小鍬持ち**　小鍬を持って。**○打ちし大根**　耕し育てた大根。「打ち」は畑の土を耕す。**○さわさわに**　たくさんに取れた。「さわ」は上代文献中孤例。沢山の意か。記伝は「清々」とする。**○汝が伊弊勢こそ**　あなたがいへせこそ。「伊弊勢」は語義未詳。何かを言う様か。**○打ち渡す**　そっと渡す。「打ち」はここでは、そっとの意。**○夜賀波延なす**　「夜賀波延」は語義未詳。記伝は「弥木栄」とし、木が生い茂ることの意とする。「なす」は「〜の如く」。**○来入り参来れ**　入って来てここにやって来なさい。こちらに入り来ることを強めている。

**【諸説】**

〔評釈〕「山城女」は、性的魅力に富んだ美人系の女性ということになろう。

**【解説】**

この歌謡は、難語があり主意の取れない歌である。前半は記61番歌謡に類似するものであるが、記61番歌謡の場合はその大根の白さを女性の腕の白さへと転換して共寝が歌われ、女と寝たか寝なかったかを争うことが主意である。しかし、当該歌謡は、大根が沢山取れたことまでは理解出来るが、「さわさわに」がどのような転換を示すのか、続く「汝が伊弊勢こそ」「夜賀波延なす」の語が不明のために、正しい理解は困難である。「伊弊勢」は諸説あるが意味は通りにくく、記伝は「夜賀波延なす」を「弥木栄なす」として、木が繁茂するようにと強いて理解している。いずれにしても「さわさわに」からの繋がりの中で一連の意味を理解することは困難である。ただ、この歌謡も山背シリーズ（主題を共通とした連作）の歌であることは確かで、その点から見ると山背の大根は色白であり、そこから導かれるのは色白の可愛い女性ということになる。そのような女性がたくさんいるというのであろう。それを序として「来入り参来れ」は、そうした色白の美しい女に、こっそりとここに入って来いと呼びかけた歌と考えられる。いわば、色白の大根のような白く美しい女性を、共寝へと誘う歌と思われ、長歌体であることから見ると宴会での酒歌の戯れ歌であろう。

## 64　八田の一本菅は

八田《やた》の　一本菅《ひともとすげ》は　子持《こも》たず　立《た》ちか荒《あ》れなむ　あたら菅原《すがはら》　言《こと》をこそ　菅原《すげはら》と言《い》はめ　あたら清《すが》し女

夜多能　比登母登須宜波　古母多受　多知迦阿礼那牟　阿多良須賀波良　許登袁許曽　須宜波良登伊波米　阿多良須賀志賣

八田の、あの一本菅は、子も持たずに、立ち枯れてしまうだろうかねえ。惜しい菅原だね。言葉ではね、菅原とはいうけど、あんたは惜しいほどの清らかないい女だよ。

**○八田の**　八田の地の。八田は所在不明。万葉集に「八田の野の浅茅色づく」（十・二三三一）とある。**○一本菅は**　一本のみ生えている菅は。「一本」は独り身や孤独を表す比喩。「山跡の　一本薄」（記４‐２番歌謡）とも見える。**○子持たず**　独身で子も持たずに。**○立ちか荒れなむ**　立ったまま枯れてしまうだろうか。厚顔抄は「立欤将荒也」と言う。「か」は疑問。「荒」は荒廃する。「なむ」は推量。**○あたら菅原**　なんと惜しい菅原よ。「あたら」は惜しい。厚顔抄は「惜菅原也」という。万葉集に「秋の野に露負へる萩を手折らずてあたら盛りを過してむとか」（二十・四三一八）とある。**○言をこそ**　言葉の上ではね。「こそ」は強め。記86番歌謡にも見える。**○菅原と言はめ**　菅原と言おう。「め」は意志。菅原は女性の比喩。万葉集に「人の刈らまく惜しき菅原」（七・一三四一）とある。**○あたら清し女**　惜しいほどの清らかな女だ。「菅（すが）」から「清（すが）し」が導かれている。

**【諸説】**

〔全注釈〕これは元来独立の民謡で、歌垣における若者たちの誘い歌であったと推定される。

**【解説】**

この歌謡は、男に靡かない女に対する悪口歌である。記4-2番歌謡にも「山跡の　一本薄」が詠まれて、女性の項垂れる様子に喩えられている。一本薄や一本菅を比喩とした、女性への脅し文句が類型として存在したのであろう。ここでは、八田には一本菅が生えていて、それを夫もなく子もいない独身の女に比喩し、そのまま立ち枯れてしまう、つまり恋人も夫もいないまま年を取るのは惜しい女だというのである。菅から導かれた「清し女」は、清らかな女の意で、若い美人を指すのであろう。それを、男は独り身に終わらせるのは惜しいと、女を口説いているのである。このような歌は、全注釈が言うように歌垣における男の誘い歌として歌われたものであろう。女性を手に入れるために、独り身で終わるのは可哀想だよと脅しつつ、一方で美人であることを褒めているのである。そのような男の挑発や宥めに対して、女はどのように答えるかで、これ以後の二人の恋の行方が左右されることになる。もちろん、男が八田の一本菅と呼んだ女は、そこに集う老若を交えた女性たちすべてに対するものであり、特定の個人に対するものではない。この挑発に答える女が次の対詠を可能とする。万葉集に「玉葛実ならぬ樹にはちはやぶる神そ着くといふならぬ樹ごとに」（二・一〇一）とあるのは、実の成らない木には恐ろしい神が取り憑くぞと言う男の脅しであり、これに女は「玉葛花のみ咲きて成らざるは誰が恋ひにあらめ吾が恋ひ思ふを」（二・一〇二）と、花だけで実を付けさせないのは、むしろ誰のせいかと相手の不実へと転換する。当該歌謡でも「あたら清し女」と言われた女性は、相手への反発の歌を返したものと思われる。

## 65　八田の一本菅は

八田《やた》の　一本菅《ひともとすげ》は　一人居《ひとりを》りとも　大君《おほきみ》し　良《よ》しと聞《き》こさば　一人居《ひとりを》りとも

夜多能　比登母登須宜波　比登理袁理登母　意富岐弥斯　与斯登岐許佐婆　比登理袁理登母

お気遣いは嬉しいのですが、八田の一本菅は独り身でいてもいいのです。私の愛しい大君が、それでもいいよとおっしゃれば、独り身でいてもいいのです。

**○八田の**　八田の地の。**○一本菅は**　一本菅は。記4-2番歌謡に「一本薄」ともあり、独り身の女の比喩。**○一人居りとも**　独りで居ても。**○大君し**　大君様が。愛しい人を指す。この「大君」は一般に皇族を指すが、ここでは村落の御殿の君と思われ、いわば「殿の若子」（十四・三四五九）のような用い方。**○良しと聞こさば**　それでも良いとおっしゃれば。「聞こす」は「言ふ」の尊敬。**○一人居りとも**　独身で居ても良い。後ろに「良いのです」の語が省かれている。挑発する相手に反発した言い方。

**【諸説】**

〔全注釈〕この歌は、若者の誘い歌「あたら清し女」に対して、女の側から歌われる返し歌と思われる。誘い歌がすでに述べたように揶揄、あてこすり的なものであるから、女の返し歌もこれに対抗して、はねつけ歌の性格を持っている。

【解説】

この歌謡は、前歌の男の挑発に対して、反発する女の切り返し歌である。旋頭歌の形式を踏んでいる。ここでの「八田の一本菅は」は、対詠の場合の言葉の受け渡しによるもので、相手の語句を受けて答える方法である。女は男がそのように独り身を心配してくれるが、それは無用なことであると言う。さらに私の「大君」が、私のことをそれでも良いよと言ってくれれば、私は独り身でも良いのだと、男の挑発に切り返すのである。この答えにより、女は詠み手の男を拒否したことが知られる。その拒否の理由が「大君」である。大君は、恐らく御殿の若様であろう。それは、村の女性たちが憧れる殿の若子のことである。自分はその若様さえ独り身でも良いと言えば、それで良いのだと言う。ここには、挑発して来た男が平凡な男であり、私は御殿の若様に好かれているのだと、その身分違いを取り出して男の誘いを拒否するのである。いわば、これは女の断り歌である。もちろん、大君が女を愛しているとは考え難く、これは男の悪口に反発するための口実であったと思われる。こうした断り歌の方法があるのは、村の女性たちが憧れる若様の存在が仮想されているからである。万葉集には「稲舂けば皹る吾が手を今夜もか殿の若子が取りて嘆かむ」（十四・三四五九）とある。殿の家に駆り出されて稲を舂く女の手はあかぎれが切れるが、それでも毎晩のように御殿の若様が手を取って嘆いてくれるのだという。当該の歌謡も同様に、歌垣の場において女性たちの憧れである若様から自身が愛されていると歌い、女は好みではない男の誘いを断るのである。なお、この歌謡は旋頭歌体である。旋頭歌にはこのような三句と六句に同じ言葉を繰り返す形式が見られる。万葉集に「梯立の倉椅川の川のしづ菅　わが刈りて笠にも編まぬ川のしづ菅」（七・一二八四）、「山城の久世の社の草な手折りそ　おのが時と立ち栄ゆとも草な手折りそ」（七・一二八六）などとあり、これらは古層の旋頭歌である。その形式や内容から見て、歌垣の歌と思われる。当該歌謡も、歌垣において展開した歌い方の一つであろう。

## 66　女鳥の我が王の ——〈紀59〉

女鳥《めどり》の　我《わ》が　王《おほきみ》の　織《お》ろす機《はた》　誰《た》が料《たね》ろかも

賣杼理能　和賀意富岐美能　於呂須波多　他賀多泥呂迦母

女鳥の、わが愛しい王が織られる衣だが、一体誰の為の衣を織っているのかなあ。

**○女鳥の**　女鳥の。鳥を女性に擬人化した名。男女の恋において鳥をテーマとすることは、記2・3－1・4－1番歌謡に見られる。**○我が王の**　私の愛しい方が。「我が」は相手が呼びかけた親愛の言葉。「王」は古代では女性にも用い、ここでは女鳥を指す。**○織ろす機**　機織りで織る布。「機」は、「はた」で「衣服」のこと。氏族の「服部（はとりべ）」は機織部（はたおりべ）のことで、古代における機織りを専門とする外来の集団。**○誰が料ろかも**　誰のための衣ですか。「料」は材料。ここでは衣服の材料。「ろ」は接尾語。「かも」は疑問。

**【諸説】**

〔全講〕短い形で、物語中の会話の位置を占めている。

**【解説】**

この歌謡は、女鳥という親愛なる王が機を織っていることに対して、それは誰のための織物かを問う男の歌である。

女が機を織るのは家族のためであるが、もちろんそれ以外に恋人のために織ることもあろう。この歌で「誰が料ろかも」と男が聞いているのは、家族以外の衣を作るのではないかという疑念と期待とがあるからであろう。その疑念は、自分以外の男の衣を織っているのではないかということであり、一方の期待は、自分の衣ではないかということである。万葉集には「夏蔭の房の下に衣裁つ吾妹　心設けてわがため裁たばやや大に裁て」（七・一二七八）という歌がある。心に思う女性が服を裁っているのを前に、それが私のために裁つ服なら、少し大きめに作って欲しいと頼む、大柄な男の歌である。社交の場において、男たちが女性の機織りや裁縫に、このような期待を歌うのは、相手から歌を引き出したり、相手の心を探るためであったに違いない。この「夏蔭の房の下」というのは、夏の暑さを避けるために女性たちが木陰がある妻屋の傍に集まり、糸紡ぎや裁縫仕事をする場所であった。そこへ男たちも涼を求めて集まり、歌の場ともなったのであろう。男たちは裁縫をしながら寛いでいる女たちに、我が身の服なら大きめに裁てと女たちを誘い、挑発するのであり、そこが臨時の歌掛けの場となる。あるいは、中国少数民族の妻問い習俗（行歌坐夜）では、女たちが仲間同士で集まり、夜なべの編み物や裁縫をしていると、男集団が尋ねて来て歌の場が出来上がる。そこでは必然的に糸紡ぎや裁縫は誰のためなのかが話題となる。当該の歌謡でも機を織るのは誰のためかと聞くのは、それが自分のためではないかという期待感からである。また、このような歌は、女性から歌を引き出し、歌を繋ぐ方法としても機能したのである。

## 67 ― 高行くや隼別の ――〈紀59〉

高行《たかゆ》くや　隼別《はやぶさわけ》の　み襲《おすひ》がね

多迦由久夜　波夜夫佐和氣能　美淤須比賀泥

高く空を飛び行く、あの隼別様のために、丹念に仕上げている上着ですよ。

**〇高行くや**　空高く飛び行くよ。「や」は詠嘆。**〇隼別の**　隼別様の。「隼別」は隼を擬人化した名。「別」は他と区別されるべき特別な存在に対する類型的名称。隼は鷹狩りに用いられた鳥。鳥のテーマによる。**〇み襲がね**　立派に仕上げた上着ですよ。「み」は尊称。上等に仕上げたこと。「襲」は着物を覆う裾までの上着。「がね」は、「〜のためのもの」。記伝は「御おすひ料」とする。

**【解説】**

この歌謡は、前歌を受けて「この織物は隼別様の上着を作るための布です」と答えた女の歌である。前の歌に女鳥が登場するのは、これが鳥のテーマによるシリーズ（主題を共通とした連作）の歌であるからである。したがって、当該の歌謡もそのテーマにより歌われている。女はある男から誰の織物かと聞かれて、隼別のための織物だと答える。女は、この織物が問いかけた男の物ではないことを示したのである。それを女鳥という立場に擬し、鳥のテーマに沿って隼のためなのだと答えている。隼は敏捷で猟の鳥であるところから、強さの象徴であり、女鳥は逞しい隼に心を寄せているのである。つまり、女鳥に問いかけた男の期待は、これにより裏切られたことになる。おそらく、女は自分には強くて逞しい男性がいるということを示したのであろう。これも、歌垣の場面に展開した、男女の駆け引きの歌の中における、女の断り歌であったと思われる。万葉集に「夏蔭の房の下に衣裁つ吾妹」（七・一二七八）が歌われていて、「夏蔭の房の下」に近づく男たちは女の裁つ衣が誰の服かと期待を寄せるのである。これも女たちの集まる裁縫の場が、臨時の社交の歌掛けの場となり、この歌はそこでの男からの問い掛けの歌であろう。それが「僕のだったら」と、女性の心を窺い、歌の返しを待つが、当該の歌謡では、女性の裁つ服が逞しく敏捷な隼のためのものだと答えたのである。この女鳥の答えに対して、問いかけた男は、すごすごと去るか、恋敵の悪口を述べ立てることになろう。

## 68 雲雀は天に駆ける ——〈紀60〉

雲雀《ひばり》は　天《あめ》に駆《か》ける　高行《たかゆ》くや　隼別《はやぶさわけ》　鷦鷯《さざき》取《と》らさね

比婆理波　阿米迩迦氣流　多迦由玖夜　波夜夫佐和氣　佐耶岐登良佐泥

雲雀は、天高く駆け上ります。そのように、空高く行く隼別様よ。あの鷦鷯をお取りください。

**○雲雀は**　雲雀は。雲雀は春に空に上がりながら鳴く小さな鳥。万葉集に「うららに照れる春日に雲雀あがり」（十九・四二九二）とあり、せわしく鳴きながら空に上る。**○天に駆ける**　天高く駆け上ります。**○高行くや**　空高く行くところの。「や」は詠嘆。**○隼別**　隼別様よ。隼別は、隼を擬人化した名。記67番歌謡参照。**○鷦鷯取らさね**　鷦鷯を取ってちょうだいな。「佐耶岐」は鷦鷯で、ミソサザイのこと。ミソサザイは特に小さな鳥。「取らさね」は、相手を取り殺せの意。

**【諸説】**

〔評釈〕すべてが鳥の妻争いとして、お伽話的な語り口で、話が運ばれているのである。

**【解説】**

この歌謡は、隼別に鶺鴒を取れと命じる内容の歌で、やはりこれも鳥のテーマによる歌である。隼は狩りに用いられる鳥で、鷹や鳶などと同様に、小鳥や小動物を取る。その隼に鶺鴒を取れというのは、鷹匠たちの世界に歌われていたとも考えられる。しかし、鷹匠が狙うのは兎などの動物や鴨などの鳥であり、ミソサザイを取るのは特別なことであろう。そこには、この歌謡が成立する何らかの事情があるものと思われる。当該の歌謡が前の歌謡と一連の鳥シリーズ（主題を共通とした連作）の中にあるとすれば、そこには評釈が言うように鳥をテーマとした妻争いが想定されよう。おそらく女は誘いをかけてきた男をミソサザイに喩え、自分が想う人を隼に喩えたのであろう。この場合に、ミソサザイはつまらない男に喩えられているのである。女はすでに隼に心を寄せているのであるが、ミソサザイの男は女にしつこく纏い付き、女は困惑して隼の男にミソサザイを取り殺すようにお願いしたという筋書きが考えられる。そのような場面が想定できるならば、一人の女性をめぐって、二人の男が争っている図が想起される。そこには、歌垣の場で「二男一女型」の妻争いが行われていて、男たちは一人の女性をめぐって歌で戦い、女は結果的に隼の方に心を寄せたのである。しかし、ミソサザイの男は諦めることがなかったために、隼に取られることになったものと思われる。相手の男をミソサザイと呼んだのは、相手の男が女には好ましくないことから、男をミソサザイと卑下したからであろう。

## 69　梯立ての倉橋山を

梯《はし》立《た》ての　倉橋山《くらはしやま》を　険《さが》しみと　岩《いは》かきかねて　我《わ》が手《て》とらすも

波斯多弖能　久良波斯夜麻袁　佐賀志美登　伊波迦伎加泥弖　和賀弖*登良須母

「梯子を立てかける倉橋山がとても険しくって」と言って、つい岩を取りそこねて、私の手をお取りになったことだよ。

**○梯立ての**　梯子を高く立てるように険しい。倉に掛かる枕詞。冠辞考は「高き倉には梯を立てのぼる故」という。万葉集に「梯立の倉椅山に立てる白雲」（七・一二八二）とある。**○倉橋山を**　倉橋山を。奈良県桜井にある山。歌垣の地。**○険しみと**　険しいといっては。「み」は「〜なので」を表す慣用的な用法。**○岩かきかねて**　岩を取ることが出来ずに。「かき」は手で掻き取る。「かねて」は、することが困難。「岩かきかねて」は、相手に対する言い訳。**○我が手とらすも**　私の手を取ったことだよ。「とらす」は尊敬で、ここは笑いを招くための用法。

**【諸説】**

〔全講〕これは他に類歌が伝わり、民謡として流伝していたことを思わせる。〔全註解〕元来、毎歳春秋の二季に行われる肥前の杵島山の嬥歌会に、若い男女が互いに手を取り合って歌い舞った民謡であったのが、次第に東進し、常陸国までも伝播して盛んに行われたのであろう。〔評釈〕原歌は大和地方のカガヒ系列の歌謡で、それが宮廷の歌曲として定着したものであったろう。


**【解説】**

この歌謡は、倉橋（倉椅）地方で行われた歌垣の歌で、山が険しかったので岩を取りかねて、私の手をとったとはしゃぐ、男女いずれかの歌である。倉橋は古来の歌垣の山であったらしく、万葉集には倉椅川を詠んだ歌に、「梯立の倉椅川の石の橋はも　壮子時にわが渡りてし石の橋はも」（七・一二八三）の歌がある。これは男が若いころに女のもとへと通った石の橋だと、昔を懐古しながら自慢する老人の歌であろう。何よりも、当該の歌謡は逸文肥前国風土記の中に見える、肥前の国の杵島郡に伝わる歌垣の歌と重なることが知られている。杵島の歌垣では、神山である杵島の山に郷里の男女が酒や琴を持ち、春と秋に手を取り登り、歌い舞うという。その折のものとして「あられ降る　杵島が岳を　嶮しみと　草採りかねて　妹が手を執る」という歌が記されている。あるいは、万葉集に吉野の仙女の歌として「あられふる吉志美が岳を険しみと草とりはなち妹が手を取る」（三・三八五）とあるのも、吉野の吉志美が岳での歌垣の歌であろう。いずれも彼女が自分の手に縋り付いたということから、当該の歌謡も手を取ったのは女であると考えられる。これらの歌は、あちこちの歌垣における定番の歌であったことが知られる。それは単に山に登る歌ではなく、男が得た女を連れて険しい山を越えて駆け落ちしている場面を想像させるものであり、それは男の自慢歌であったと思われる。ただ、これが各地の歌垣の歌として歌われているのは、これが歌垣の基本的な歌曲であったためと考えられる。その伝播のルートは知られないが、歌垣のある特定の段階で歌う内容であったと思われる。その一は、歌垣の会場へと向かう折の、喉馴らしを兼ねた道沿い歌の定番であったのであろう。このような自慢歌を歌うことで、会場へと向かう周囲の女性たちの注目を集め、歌垣の楽しい雰囲気を盛り上げ、さらには女性からの返し歌も得られる可能性があったのである。その二は、歌垣で愛が成就しても相手には親に決められた人がいて、二人は結婚できないと言う運命があり、そこで駆け落ちをするというテーマで歌う「駆け落ちの歌」のシリーズ（主題を共通とした連作）の一片と考えられるのである。

## 70　梯立ての倉橋山は――〈紀61〉

梯立《はした》ての　倉橋山《くらはしやま》は　険《さが》しけど　妹《いも》と登《のぼ》れば　険《さが》しくもあらず

波斯多弖能　久良波斯夜麻波　佐賀斯祁杼　伊毛登能煩礼波　佐賀斯玖母阿良受

梯子を立てかける倉橋山は、とても険しい山だけれど、可愛いこの子と登るので、少しも険しくなどないことだ。

**○梯立ての**　梯子を立てるところの。倉に掛かる枕詞。前歌謡参照。**○倉橋山は**　倉橋山は。奈良県桜井にある山。前歌謡参照。**○険しけど**　険しいけれども。「ど」は逆接。**○妹と登れば**　この子と一緒に登れば。「妹」は恋人。男の自慢。**○険しくもあらず**　険しくもない。駆け落ちの歌。

**【解説】**

この歌謡は、倉橋山は険しいが、可愛いこの子と登るので険しくはないのだと歌う、男の自慢歌である。前歌と等しい、倉橋山の歌垣の歌である。やはり歌垣の会場へと向かいながら、その道々で歌う、定番の喉馴らしの歌と思われ、そのように男が自慢するのに対して、女たちから冷やかしの歌が返ってくることが期待されたのである。歌垣の場は、土地により異なるが、山の歌垣は村が見渡せる見晴らしの良い山の上を舞台にしたと思われる。倉橋山が険しいということからすれば、倉橋山の頂上で歌垣が行われたのであろう。そうした険しい山に登ることを歌う歌謡は、世間の噂に耐えられない男女が、手を携えて駆け落ちをすることの比喩であることが容易に導かれるのである。このような自慢歌とは裏腹に、常陸国風土記には筑波山の歌垣の歌が載り「筑波嶺に　逢はむと　いひし子は　誰が言聞けば神嶺　あすばけむ」、「筑波嶺に　廬りて　妻なしに　我が寝む夜ろは　早やも　明けぬかも」（筑波郡）と歌われている。筑波の歌垣に一緒に行くことを約束した子が、他の誰かの言うことを聞いてしまい、男はこの神の山で逢うことがなかったと嘆く。また女性を得られずに夜を明かす男は、こんな夜は早く明けてしまえと呪うのである。これは女に振られた男の歌であり、笑わせ歌である。これも、筑波山の歌垣で山を登りながら歌われた、定番の喉馴らしの歌であったと思われる。当該の歌謡は、歌垣の山へ上る折の喉馴らしの歌として伝承されたものと思われるが、歌の内容から見れば、愛する男女が親や世間を逃れて山を越え駆け落ちをする様子であるとも推測される。そのような段階の歌垣の歌であるとすれば、ここには逃婚シリーズ（逃婚をテーマとした連作）が展開したと思われる。

## 71　たまきはる内の阿曽――〈紀62〉

たまきはる　内《うち》の阿曽《あそ》　汝《な》こそは　世《よ》の長人《ながひと》　そらみつ　大和《やまと》の国《くに》に　雁子生《かりこむ》と聞《き》くや

多麻岐波流　宇知能阿曽　那許曽波　余能那賀比登　蘇良美都　夜麻登能久迩尓　加理古牟*登岐久夜

魂の極まる内の阿曽よ。あなたこそは、この世の長生きの人。そらみつ大和の国に、雁が卵を産んだと言う話を聞いたことがあるか。

**○たまきはる**　魂の極まる。「うち」に掛かる枕詞。万葉集に「たまきはる　現の限は　平けく　安くもあらむを」（五・八九七）とある。**○内の阿曽**　内なるところの側近。「阿曽」は側近の意か。日本書紀には「授中臣鎌子連為内臣」（孝徳天皇即位前紀）と見える。「阿曽」は「アソミ（朝臣）」の「アソ」か。**○汝こそは**　お前こそは。この老人に対して、長寿であることを特別に取り上げて問いかけた。**○世の長人**　この世の長生きの人。古老は物識り人として尊敬された。**○そらみつ**　空に光が満ち輝いている。大和に掛かる枕詞。大和を光に満ちた国とする賞賛の語であろう。万葉集に「そらみつ　大和の国は　おしなべて　われこそ居れ」（一・一）とある。**〇大和の国に**　日本の国に。奈良の大和ではない。**〇雁子生と聞くや**　雁が卵を生んだと聞いたことがあるか。「子」は卵。雁は北半球の寒冷地で繁殖して春に日本に渡来するので、日本列島では産卵しない。

**【解説】**

この歌謡は、内の臣に対してあなたは長生きの人だから、雁が大和で卵を産んだことがあるかと尋ねる歌である。長人は知識人でもあったことによる。雁は日本列島で産卵しないことを知っている者が、世の長老にかつてそんなことがあったかを問うのであるが、これは「質問歌」（盤問）の型式による歌であろう。老人の長寿を褒めることを主旨とした歌で、老人は物知り人であることから過去に起きた珍事を記憶しているのである。雁が大和で卵を生んだとは聞かないが、物知りの長老の記憶ではどうなのかというのである。おそらくこの質問の前に、最近雁が大和で卵を産んだという珍事があったのであろう。そのことを老人に確かめたのがこの歌で、雁が卵を生んだというのは、おそらく何らかの瑞祥であろうことが推測される。当該の歌謡は「雁子」を取り替えれば、老人から過去の土地の歴史を聞く定型の歌い方であったと思われる。なお、これに「内の臣」が詠まれているのは、宮廷の大歌所が管理するところとなった歌であったからであろう。宮廷においても長寿はめでたく喜ばれるものであったから、老人は内の臣として尊重されたのである。仁明天皇の承和十二（八四五）年の記録には、背も曲がり起居もままならない尾張浜主と言う老人が、和風長寿楽を舞い、まるで少年のようであったことに多くの観衆は驚いたという。この浜主はもと伶人で、時に百十三歳の老人であったが、この舞を自ら作り舞ったのだという。しかも、十日後に天皇から長寿楽を舞うように命じられて舞い、さらに「翁とて侘びやは居らむ草も木も栄ゆる時に出て舞ひてむ」と歌ったと伝えている。

## 72　高光る日の御子――〈紀63〉

高光《たかひか》る　日《ひ》の御子《みこ》　うべしこそ　問《と》ひたまへ　まこそに　問《と》ひたまへ　吾《あ》れこそは　世《よ》の長人《ながひと》　そらみつ　大和《やまと》の国《くに》に　雁子生《かりこむ》と　いまだ聞《き》かず

多迦比迦流　比能美古　宇倍志許曽*　斗比多麻閇　麻許曽迩　斗比多麻閇　阿礼許曽波　余能那賀比登　蘇良美都　夜麻登能　久迩尒　加理古牟登　伊麻陀岐加受

空に高く輝く、わが日の御子様よ。実によくお聞きになられました。本当によくお聞きになられました。わたくしこそは、まさにこの世の長生きの者です。空に輝くこの大和の国に、雁が卵を産んだとは、いまだに聞いたことがありません。

**○高光る　日の御子**　空に輝く日の御子。「高光る」は日に掛かる枕詞。万葉集に「高照らす　日の御子」(一・四五)とある。天武・持統朝頃に現れた王権賛美の語。記28番歌謡参照。**○うべしこそ**　実に。「うべ」は「まことに」。「し」も「こそ」も強め。万葉集に「逢はず久しみうべ恋ひにけり」(三・三一〇)とある。**○問ひたまへ**　お聞きになられた。「たまへ」は「こそ」の結び、補助動詞「たまふ」の已然形。**○まこそに**　真に。「ま」は「真に」。「こそ」は強め。**○吾れこそは**　私こそは。万葉集に「われこそは　告らめ　家をも名をも」(一・一)とある。**○世の長人**　この世の長生きの人。**○そらみつ**　空に光が満ちている。大和の枕詞。

前歌謡参照。**〇大和の国に**　日本の国に。万葉集に「蜻蛉島　大和の国は」（一・二）とある。**〇雁子生と**　雁が卵を生んだと。言別は「雁子産」という。「子」は卵。**〇いまだ聞かず**　まだ聞いたことがない。

**【解説】**

この歌謡は、前歌を受けて答えた老人の歌である。その老人は、私こそ世の長生きの老人であり、このことを良く聞いてくれたと喜びながら、大和に雁が卵を生んだことは無いと答える。長老であることを強く主張するのは、この長命の老人にしても知らないと述べることで、それが特別なことであることを保証しているのである。その特別なこととは、おそらく村や主人に関わる瑞祥の出現であることを示唆している。日本書紀の仁徳天皇条に「初天皇生日、木菟入于産殿。明旦、誉田天皇、喚大臣武内宿祢語之曰、是何瑞也。大臣対言、吉祥也。復当昨日、臣妻産時、鷦鷯入于産屋。是亦異焉」（元年正月）とあるのは、吉祥への関心であり、当該の歌謡もこのような話を背景としていることが知られ、雁が卵を生んだことを吉祥ではないかと答えるのである。「古老」の伝えが尊重される理由もここにあり、古老には村や国の歴史を伝える、大切な伝承者としての役割が見える内容である。この冒頭に「高光る　日の御子」が詠まれているのは、この歌謡が天武・持統朝ころの宮廷の大歌所が管理するところのものであったからであろう。なお、末尾の「聞かず」からは、大和での雁の産卵が何を意味するのか不明であるが、これは次の記73番歌謡とひと繋がりであったことを推測させる。この一連の歌謡が問答形式によって歌われていることから考えるならば、本来の末尾部分を切り離したものか、あるいはさらに「では、なぜ大和の国に雁が卵を産んだのか」と言う問いの歌が存在していたのではないかと思われる。

## 73　汝が御子やつひに治らむと

汝《な》が御子《みこ》や　つひに治《し》らむと　雁《かり》は子生《こむ》らし

那賀美古夜　都毗迩*斯良牟登　加理波古牟良斯

わが御子様よ。ついには天下をお治めになられるだろうと、雁は大和で卵を産んだようです。

**○汝が御子や**　わが御子様よ。「汝」は、ここでは親愛を表す。**○つひに治らむと**　ついには天下を治められるだろうと。「つひに」は「終いには」の意。「治ら」は統治する。「む」は推量。**○雁は子生らし**　雁が卵を生んだらしい。「子」は卵。「らし」は、根拠に基づいた推量。極めて珍奇な出来事を言う。

**【諸説】**

〔全講〕前の答歌に対して、附属的な性質を持っている。

**【解説】**

この歌謡は、雁の卵をめぐる問答を通して、御子がついに世を治めることになるであろう予兆を歌っている。おそらく、大和で雁が卵を産んだという出来事があったのであろう。大和にはいまだ雁が卵を産んだことが無いのを、物知りの長老に確認した上で、それは極めて珍奇なことであり、吉祥に違いないことを老人の歌から導く。しかも、なぜ雁が大和に卵を産んだのかといえば、それは留鳥であるからではなく、御子が即位することの証しだと歌うことから、御子に対する賛美の歌へと転換している。こうした質問歌は、相手の能力や知恵を確かめる役割を持ち、世の長人である老人は、十分にそれに応えたのである。古老が土地の歴史を語る存在であるのは、このような老人の豊富な記憶や知恵によるのであろう。この歌謡の「御子」と詠まれている人物は、地方の殿の若子を指している可能性もあるが、前歌からの流れを考えると、やはり宮廷の大歌所が管理するところの歌謡であると考えられよう。なお、この歌謡のみが自立し得ているのは、これが雁の産卵を通して御子への賛美を歌うシリーズ（主題を共通とした連作）の中に存在するからであろう。大歌としては全講が指摘するように、前の記72番歌謡と一つである方が寿歌としての意味が通りやすい。ただ、これが長歌体の歌謡に付された片歌体の形式であると考えるならば、後の長歌形式（長歌＋反歌）の誕生する前段階の歌い方として認められる。あるいは、当該の歌謡の前に「なぜ大和の国に雁が卵を産んだのか」と言う問いが存在したことも考えられるであろう。

## 74 ― 加良奴を塩に焼き ――〈紀41〉

加良奴《からぬ》を　塩《しほ》に焼《や》き　しが余《あま》り　琴《こと》に作《つく》り　かき弾《ひ》くや　由良《ゆら》の門《と》の　門中《となか》の　海石《いくり》に　触《ふ》れ立《た》つ　那《な》
豆《づ》の木《き》の　さやさや

加良奴袁　志本尓夜岐　斯賀阿麻理　許登尓都久理　賀岐比久夜　由良*能斗能　斗那賀能　伊久理尓　布礼多都　那豆能紀
能　佐夜佐夜

加良奴の木を塩に焼いて、その余りの木で琴に作り、その琴を少しばかり弾くと、まるで由良の瀬戸の、その瀬戸の岩場に触れて生い立っている、那豆の木がさやさやと鳴るように、さやさやと清らかな音がする。

**○加良奴を**　カラヌを。カラヌという木。どのような木か不明。なお、古事記卜部系諸本には「怒」とあり、これは漢音「ド」、呉音「ヌ nu」であり、古代ではこの呉音の「ヌ」（奴・努なども同じ）を、ヌとノの中間音として発音されたので、ヌともノとも訓まれた。**○塩に焼き**　塩を作る折に焼き。この製塩法は、塩水に漬かっていたカラヌの木を焼いて塩を取ったか、あるいは海水を瓶に入れて竈で煮たか。**○しが余り**　その余りを。「し」は指示語。万葉集に「愛しく　其が語らへば」（五・九〇四）とある。**○琴に作り**　琴に作った。神降ろしなどに用いる倭琴。**○かき弾くや**　琴をかき弾くと。「や」は詠嘆。**○由良の門の**　由良の瀬門の。「由良」は地名だが、万葉集に「手珠もゆらに」（十・二〇六五）とあるように「ゆらゆら」を示唆しているか。「門」は瀬戸（狭い海峡）。**○門中の**　瀬門の中の。**○海石に**　岩礁に。海中の岩場。万葉集に「海石の　潮干の共」（六・一〇六二）とある。**○触れ立つ**　触れて靡き立つ。記伝は被振立とする。**○那豆の木の**　那豆の木の。那豆の木は不明。「なづさふ」というから、水に漬かりゆらゆらと揺れている木か、あるいは木のように育った海草を指すか。**○さやさや**　さやさやと。「さや」は、さやかに揺れる様の擬音語。清らかな音。万葉集では多く川の音を「さやけし」と言う。記伝は「亮々（サヤサヤ）」と言う。

**【諸説】**

〔全講〕琴歌として歌い伝えられたようである。枯野の巨樹伝説は、後についたものであろう。〔全註解〕上代人が琴を尊重し、これが響きに、神秘な心境に誘われたことが想像される。

**【解説】**

この歌謡は、カラヌという木で塩焼きを行い、その余った木で琴を作り鳴らすと、由良の海石に生えている那豆の木がさやさやとさやぐように鳴ったということを歌う。いわば、塩を焼いた木の残りで琴を作り鳴らしたら、とても良い音がしたという、琴褒めの歌であると思われる。しかし、万葉集には「梧桐日本琴一面」（五・八一〇前詞）の由来譚があり、その桐は対馬の結石山の孫枝で作った琴であるという。その琴が娘子となって主人の夢に現れ、自らの由来を語るのである。それによると、根を遥かな島の高山に託し、その幹は九陽の良い日に乾され、長く煙霞を帯びて山川の阿を逍遙し、遠く風波を望み雁木の間を出入りしたが、たまたま良匠を得て小琴となったのだと語る。おそらく、九陽の良い日に乾されたという幹が、ここにいうカラヌではないか。その幹は十分に干され、海人にとっては塩を焼くのに適していたのであろう。しかし、このカラヌは良匠に発見されて銘琴に生まれ変わったのである。おそらく桐の木は銘木であったと思われ、このカラヌも銘木伝説を伴っていたのであろう。そのようなことから、当該の歌謡は銘琴の由来譚となったと思われる。それは海人の塩焼く木材から辛くも拾い出されたというところに、この銘木の価値が語られているのであり、その結果としてこのように銘琴に作られたのである。それ故にこのように美しい音で鳴るのだと説明されることになった、銘琴伝説の一つであろう。

## 75 — 多遅比野に寝むと知りせば

多遅比野《たぢひの》に　寝《ね》むと知《し》りせば　立薦《たつごも》も　持《も》ちて来《こ》ましもの　寝《ね》むと知《し》りせば

多遅比怒迩　泥牟登斯理勢婆　多都碁母々　母*知*弖*許麻志母*能　泥牟登斯理勢婆

多遅比野に、こうやって二人で寝ると知っていたなら、初めから立薦を持って来たかったものだよ。こうやって二人で寝ると知っていたならばね。

**○多遅比野に**　多遅比の野に。多遅比は地名と思われる。**○寝むと知りせば**　寝ると知っていたならば。「せば」は「まし」に掛かり、「～としたら」の反実仮想の意。詠み手は、寝ることを予想していなかった。**○立薦も**　立薦も。「多都碁母」は、薦が自ら立つ状態に作られたもので、薦素材の衝立であろう。風除けや人目を避ける仕切りのために、廻りに立て掛ける家具と思われる。**○持ちて来ましもの**　持って来たかったものを。「まし」は「せば」を受ける反実仮想。後悔する思い。**○寝むと知りせば**　前項参照。この句の繰り返しは、持って来なかったことに対して、後悔の念を強調している。おそらく、女と寝ることとなったのであろう。

**【諸説】**

〔全註解〕もと野宿を歌った民謡であるという見方は、恐らく動かし難いところである。〔全注釈〕おそらく多遅比野の歌垣の歌を物語の中に取り入れたものであろう。

**【解説】**

この歌謡は、多遅比野で出会った女と野で過ごすこととなり、それを初めから知っていたなら、立薦を持って来たかったという男の笑わせ歌であり自慢歌である。いわば男女の野合を詠んだ歌であり、しかも、初めから立薦を持って来たかったとまで付け加える。立薦は部屋などを仕切るために立て掛ける、薦の衝立であろうから、それを持って来れば、野合における風よけにも、他人の目を避けるにも良かったというのである。このような歌が求められたのは、それが歌垣の場面であったからで、多遅比野が詠まれることから見ると、ここで歌垣が行われたことが予測される。おそらく男は女を手に入れたことで、いよいよこの野で共寝へと進む段階の歌であることが知られる。しかし、これは女を手に入れたことの喜びではなく、むしろ薦を持って来なかったことへの後悔が詠まれるように、それは女を得た男の自慢であると共に、余裕でもあり、周囲からの哄笑が起きる歌である。男女の共寝の歌は古代歌謡や万葉集に多く見られ、それは歌垣の歌のクライマックスを示す段階にある。共寝の歌は大らかさの表れではなく、日常ではないエロスへの興奮であり、それがどのように展開するかは歌い手の知恵と技量に求められる。この歌もその場面に差しかかった内容であるが、当該歌謡の場合は、それを笑わせ歌へと展開させたところにこの歌の面白味がある。いわば、「共寝」シリーズ（主題を共通とした連作）の歌である。このようなシリーズの歌の中に、「小林に　我を引入て　奸し人の　面も知らず　家も知らずも」（紀111番歌謡）というような女性の歌も加わるのであろう。

## 76 — 埴生坂我が立ち見れば

埴生坂《はにふざか》　我《わ》が立《た》ち見《み》れば　陽炎《かぎろひ》の　燃《も》ゆる家《いへ》むら　妻《つま》が家《いへ》の辺《あた》り

波迩布耶迦　和賀多知美礼婆　迦藝漏肥能　毛由流伊弊牟良　都麻賀伊弊能阿多理

埴生坂に、私が登り立って見ると、陽炎のゆらゆらと燃えている、家並みが見える。そここそが私の愛しいあの子のいる、家の辺りだ。

**○埴生坂**　埴生坂に。**○我が立ち見れば**　私が登り立って見ると。「見れば」は国見歌の型式。万葉集に「わが立ち見れば　青旗

の　葛木山に」（四・五〇九）とある。**〇陽炎の**　陽炎が立ちのぼる。陽炎は地上が熱せられる時に立ちのぼる湯気や蒸気であるが、火が燃えることの喩えとして表現される。万葉集に「かぎろひの　心燃えつつ」（九・一八〇四）とある。**〇燃ゆる家むら**　陽炎の立ち上っている家々。万葉集に「かぎろひの　燃ゆる荒野に」（二・二一〇）とある。**〇妻が家の辺り**　愛しいあの子の家がある辺りが見える。「妻」は愛する女性。「見れば」を受けて「見ゆ」で終わるのが国見歌の定型であるが、ここは「見ゆ」が省略されている。万葉集に「わが思ふ子らが家のあたり見つ」（十二・三〇五七）とある。国見歌から恋歌へと転換する状況が良く知られる。

**【諸説】**

〔全註解〕陽炎の立ちのぼる春の日における、家郷遠望の御歌と見る説に従いたいのである。〔評釈〕かげろうのもえる春の野の情景を眺めやり、あれが妹の家のあたりだ、とした歌とみても、じゅうぶんに通じるものである。

**【解説】**

この歌謡は、埴生坂から眺めると、妻の家が見えたという国見歌の流れを引く歌である。この場合の妻は、愛する女性の意味である。国見歌とは、まれびと神が高所に登り、村や土地を祝福する歌であるが、当該の歌謡が村や土地ではなく、妻の家が見えるというように個人の問題に回帰しているのは、国見型式の歌が個人の抒情を導いていることを示している。万葉集に「伊香山野辺に咲きたる萩見れば君が家なる尾花し思ほゆ」（八・一五三三）や「紀の国の雑賀の浦に出で見れば海人の燈火波の間ゆ見ゆ」（七・一一九四）のように詠まれるのは、国見型式の歌から叙景歌への展開である。また万葉集に「海の底奥つ白波立田山何時か越えなむ妹があたり見む」（一・八三）とあるのは、国見形式の歌から恋歌への展開である。当該の歌謡もそうした国見型式を踏襲しながら、埴生坂へと出かけて来て、遠くにいる愛しい女性の家の辺りを眺め、彼女を思うという恋歌へ展開している。ただ、このような歌の展開を可能としているのは、この歌謡が埴生坂で行われた歌垣の歌であることによるためであろう。当該歌謡が歌垣の歌だと考えられる理由は、一つに、山の歌垣は山間の高台や峠で行われるからであり、村が見渡せる場所が選ばれる。男たちは相手とする女性を選ぶために、我が妻の家の辺りに陽炎が立ち上っていると誘いかけ、相手の返し歌を期待するのであり、当該の歌謡は「誘い歌」として歌われていたことが考えられる。誘い歌は、歌垣の場で最初の出会いを求める時の歌であり、相手は不特定多数の女性であるから、妻となって答える女性が登場すれば一対の関係になる。二つに、歌垣で出会った男女が歌垣の終わりを迎えて別れる際に、男は女の家の辺りを思い、別離の悲しみをテーマとして歌う方法があったからであろう。別離の後は彼女の家の近くを徘徊するか、高台から彼女の家の辺りを眺めるしかない。男はそのようにして心を慰めるのだと、女性に自身の思いを伝え誠意をみせたのである。万葉集に見える「妹が家も継ぎて見ましを大和なる大島の嶺に家もあらましを」（二・九一）も、そうした妹の家を見たいという思いを詠んだ、歌垣の別れ歌を背景としているものである。

## 77 ― 大坂に遇ふや少女を ―― 〈紀64〉

大坂《おほさか》に　遇《あ》ふや少女《をとめ》を　道問《みちと》へば　直《ただ》には告《の》らず　当麻道《たぎまち》を告《の》る

淤富佐迦迩　阿布夜袁登賣袁　美知斗閇婆　多陀迩波能良受　當藝麻知袁能流

大坂で、偶然にも出会った少女だった。その少女に道を聞いたら、はっきりとは教えてくれずに、当麻道を教えてくれただけだった。

**○大坂に**　大坂で。**○遇ふや少女を**　出会ったよ、少女に。「や」「を」は逢ったことへの詠嘆。大坂の歌垣で少女に逢ったことを歌ったか。**○道問へば**　道を聞いたら。万葉集に「家問へば　家をも告らず」(十三・三三三六)とある。**○直には告らず**　はっきりとは教えずに。「告」は大事なことを教えること。万葉集に「国問へど　国をも告らず」(九・一八〇〇)とある。**○当麻道を告る**　当麻道を教えた。当麻は、奈良県北西部にある二上山の麓。

**【諸説】**

〔評釈〕これと同形の、「大坂に」という謡い出しを持つ短歌形式歌謡が、『書紀』〈一九歌〉にある。(中略)それとこれとは本来組歌で、たとえば〃大坂ぶり〃などと呼ぶべき宮廷歌曲であったかも知れない。

**【解説】**

この歌謡は、大坂で出会った少女に道を聞いたが、当麻道を教えただけだったという歌であるが、意味が必ずしも通らない。何やら判じ物めいた歌であるが、少女に道を聞いたのは、おそらく少女の家に至る道を知ろうとしたからであろう。少女に道を聞くのは、単なる旅人か、その女性に興味がある者であり、旅人なら丁寧に教えるはずである。女性に道を聞くという状況が考えられるのは、これが歌垣の歌だからであろう。歌垣では男たちはまず女性に対して、「問村」や「問名」の歌から始める。相手の住む場所や名前を聞く歌である。万葉集に「紫は灰指すものそ海石榴市の八十の衢に逢へる児や誰」(十二・三一〇一)という歌があり、海石榴市の歌垣で出会った女性に、「どなたですか」と聞く男の歌である。当該の歌謡も、男が大坂での歌垣で、少女の家の方面の道を聞いたのであろう。もちろん、少女は正直に男に道を教えることはなく、「あっち」と当麻の方の道を指さしたのである。万葉集に「たらちねの母が呼ぶ名を申さめど路行く人を誰と知りてか」(十二・三一〇二)と、名を聞いた男に軽率な問いかけであると叱責する女の歌がある。男は通りすがりに少女に名を聞いたのだが、これもまた海石榴市での歌垣の歌である。当該歌謡において少女から「あっち」と拒絶された男は、惜しい思いを残し、他の女性のもとに場所を変えねばならなかったに違いない。

## 78 ― 足引きの山田を作り ――〈紀69・琴歌譜〉

足引《あしひ》きの　山田《やまだ》を作《つく》り　山高《やまだか》み　下樋《したび》をわしせ　下訪《したど》ひに　我《わ》が訪《と》ふ妹《いも》を　下泣《したな》きに　我《わ》が泣《な》く妻《つま》を
昨夜《こぞ》こそは　安《やす》く肌触《はだふ》れ

阿志比紀能　夜麻陀袁豆久理　夜麻陀加美　斯多備袁和志勢　志多杼比尓　和賀登布伊毛袁　斯多那岐尓　和賀那久都麻袁
許存許曽波　夜須久波陀布礼

足引きの山田を作り、山が高いので下に樋を渡した。その下樋の水のように、こっそりと私が訪れた愛しい女よ、声を忍ばせてすすり泣く、私の愛しい女よ。昨夜こそは、ようやく肌に触れた。

**○足引きの**　山にかかる枕詞。語義不明。万葉集に「あしひきの山田作る子」（十・二二一九）とある。**○山田を作り**　山に田を作った。棚田のこと。**○山高み**　山が高いので。「み」は理由を表す接尾語「～なので」の意。**○下樋をわしせ**　下樋を渡した。地下を通した樋。「わしせ」は記伝に令走とあり、走らせる意の他動詞。見えない様の比喩に用いる。**○下訪ひに**　密かに訪れる。水が地下の樋を通るように密かに。「登布」は「訪れる」の意で、ツマドフ・コトトフなどのトフ。**○我が訪ふ妹を**　私が訪れた愛する子よ。「妹」は男の愛する女性。「を」は詠嘆。**○下泣きに**　声を忍ばせてすすり泣きする。「下」は表立たない様。「泣きに」の次に「泣く」の語が省略。**〇我が泣く妻を**　私の傍で泣く愛しい女よ。「を」は詠嘆。**〇昨夜こそは**　昨夜こそは。「許存」は昨夜と考えられ、昨夜は昨日の夜中から朝方までを言う。この場合は「きそ」に同じ。万葉集に「昨夜こそは児ろとさ寝しか」(十四・三五二二)とある。「こそ」は強め。**〇安く肌触れ**　たやすく肌に触れた。「安く」は容易に。これまでは拒否されていたが、共寝が叶ったことを意味する。万葉集に或本の歌として「新肌触れし児ろし愛しも」(十四・三五三七)とあり、神楽歌に「我妹子に　や　一夜肌触れ　あいそ　誤りにしより　鳥も獲られず　鳥も獲られず　や」(我妹子)とある。神楽歌の場合は、猟が神聖であったのに、女と寝たので猟に失敗したというのである。

**【諸説】**

〔評釈〕この歌謡は、本来は耕作農民の間の謡物で、皇太子の詠まれたものとは思えない。それが物語に結びついて、宮廷歌曲として定着したものであろう。

**【解説】**

この歌謡は、女性のもとへ密かに訪れた男が、声を忍ばせながら泣く女性と、この夜に肌を触れ合ったことを歌う。男女の密会とその一夜の出来事を詠むのであるが、そこには下樋や下訪いあるいは下泣きに示されるように、これは極めて危険で密かな恋の行為であることが知られる。それが長歌体で歌われていることは、大歌(叙事歌謡)として歌われていたことを意味している。民族の公的儀礼の歌に、なぜこのような男女の密やかな愛の世界が歌われるのか。そこには民族が経験して来た愛の苦難の歴史が存在するからであろう。恋が常に密やかに行われるのは、男女の結婚は親や長老が決めるという掟があり、それに背くことは出来なかったためである。むしろ、恋という感情を排除するところに、社会的な結婚が存在したのである。それは家柄の均衡や、労働力としての価値、あるいは財産の有無などが勘案されたからである。しかし、その掟に背いて愛を貫く男女もいた。それは、その男女の不幸な運命を示唆するものであるが、それでも一途な愛に走ったのである。もちろん、そのような愛は未婚の男女に限られたことではなかった。愛する人と結婚を願う男女は、このような愛の世界に憧れ、そのような物語に同情し涙して聞いていたのである。万葉集が歌う恋の歌に「人目」や「人言」が多く見られるのは、男女の密かな愛が社会の監視の中にあったからである。当該の歌謡は、そうした社会の中で抑圧されながらも、真の愛を遂げようとする男女の、愛の悲劇が予想される歌である。民族が生きて来た歴史の中に、そのような愛の苦難の歴史があったことを、このような大歌として伝えているのである。叙事大歌の一端を示すものである。

## 79―笹葉に打つや霰の

笹葉《ささは》に　打《う》つや霰《あられ》の　たしだしに　率寝《ゐね》てむ後《のち》は　人《ひと》は離《か》ゆとも

佐々波尓　宇都夜阿良礼能　多志陀志尓　韋泥弖牟能知波*　比登波加由登母

笹の葉に打ちつける霰が、たしだしという音を立てる。そのたしだしではないが、確かにこうして一緒に寝た後は、人が離れて行ったとしても、もうかまわない。

**○笹葉に　打つや霰の**　笹の葉に音を立てて降る霰の。「打つ」は打ち付ける様。**○たしだしに**　たしだしと。厚顔抄は「慥々ニ」という。霰が笹の葉を強く打つ擬音語。また、「たし」は「確かに」を導く。**○率寝てむ後は**　一緒に寝た後は。「率寝」は共寝。万葉集に「あまた夜も率寝て来ましを」（十四・三五四五）とある。**○人は離ゆとも**　人が私から離れたとしても。「それでもかまわない」

と言う思いが言外にある。「とも」は「〜だとしても」。この密通が露見して、人から信用を失うことを意味している。これは男が愛を成就した時に女と交わす、愛を貫く決意の言葉。

【解説】

この歌謡は、女性と寝た後に、世間がどんなに騒いで人々が私から離れていっても、それはもう構わないのだという内容である。おそらく、歌垣の歌であり、男の歌であろう。男は相手の女性との愛を成就させるために、相当な覚悟を女性に訴えたのである。この密会が露見して世間の叱責を受け、みんなが離れていったとしても、私はあなたを愛するのだという覚悟と誓約である。霰の「たしだしに」という音が、全体の不安を醸し出すとともに、そこには禁断の恋がテーマとされているといえる。ここには、歌垣の掛け合いの中に、二人の男女の悲劇へと向かう物語が紡ぎ出されて呈示され、その禁断の恋がどのような結末を迎えるのかが暗示されている。それは、その女性を愛することが身の破滅に至ることを理解しながらも、それでもその女性を愛するのだというところにある。当然、男も女もその後の悲劇を予想しているが、そこに至る二人の心情は、真の愛を一途に求めることにあったのであろう。二人の恋は身分的に相応しくないか、相手がすでに結婚しているか、あるいは兄妹であったか。身分差であれば、親が第一に反対するであろうし、また早々に親の決めた結婚相手がいるであろう。既婚者であれば、親族も世間も許さない。それは世間的には抹殺されるであろう、非社会的な男女の愛である。兄妹の恋ならば、まして社会的な抹殺が待っているに違いないのである。台湾蕃族の兄妹婚の伝承には、男女が村人から川に放り込まれたり、自殺をする場合が多い。二人の紡いだ愛の物語は、社会の掟の外にその真の愛が存在するということであったに違いない。これらの恋は、自ずから不幸な運命をたどることが予想される。霰の音は、そうした不幸な愛の予感であろう。当該の歌謡は、社会の抹殺を恐れない真の愛に目覚めた男女の生き方があり、それは不幸な愛の終焉を迎えることになる。しかし、それでもその愛を実現しようとする覚悟が表明されることで、人々の心を強く打ち、現実には得られない愛の希望の代弁者として支持されたのである。もちろん、これは「愛の苦難」（殉愛）をテーマとした歌垣の掛け合いにおける、男の覚悟と相手の女性に対する誓約の歌であったと思われる。

## 80 ― 愛しとさ寝しさ寝てば

愛《うるは》しと　さ寝《ね》しさ寝《ね》てば　刈薦《かりこも》の　乱《みだ》れば乱《みだ》れ　さ寝《ね》しさ寝《ね》てば

宇流波斯登　佐泥斯佐泥弖婆　加理許母能　美陀礼婆美陀礼　佐泥斯佐泥弖婆*

あなたのことが愛しくて愛しくて、やさしく抱き合って寝ることが出来るなら、刈り取った薦が乱れるように、世間は大騒ぎするに違いないが、それはそれでもいい。愛しい人と寝ることが出来るなら、世間がどんなに騒いでも、もういいのだ。

**○愛しと**　とても愛しいと思い。万葉集に「うるはしと吾が思ふ妹を」（十五・三七二九）とある。**○さ寝しさ寝てば**　親しく寝、やさしく寝ることが出来るなら。万葉集に「さ寝し夜は　いくだもあらず」（二・一三五）とある。繰り返しはその強め。厚顔抄は「寝ダニ寝タラバ」の意とする。この場合の「さ」は、相手への優しさが尊いものであることを表す接頭語。「寝」を繰り返すことで、それ以外のことは関知しないことを表す。「ば」は仮定。**○刈薦の**　刈り取った薦が。刈り取った時の薦はバラバラなので、乱れを導く。「薦」は「真薦」で、イネ科。沼地に群生し、古代では茎や葉で莫蓙や枕などを作る。万葉集に「刈薦の乱れ出づ見ゆ」

（三・二五六）とある。**○乱れば乱れ**　世間が乱れるなら乱れよ。それを大変な事件として、村中で騒ぐのである。「ば」は仮定。強い覚悟が示されている言葉。**○さ寝しさ寝てば**　前項参照。この後に、「世間が騒いでも、もう良いのだ」の気持ちが加わる。愛のために、名誉も命も捨てる覚悟を示す内容。

**【諸説】**

〔評釈〕女の立場で女心を歌った謡物であったのではなかろうか。〔全注釈〕会った後、再びは会えないかもしれぬ相手への恋情を歌っている点から見て、あるいは歌垣の歌かもしれない。

**【解説】**

この歌謡は、愛しい女性と寝て世間に知られ騒がれても、それはそれで良いのだという覚悟の歌である。前の記79番歌謡と等しく、女性と寝た後のことを予測する、男の覚悟を示す定番の歌い方があったのであろう。紀110番歌謡に「彼方の　浅野の雉　響さず　我は寝しかど　人そ響す」とあるのも、寝た後の人の騒ぎを詠んだものである。この歌謡では「乱れ」の語が繰り返されているように、それは寝ることによる愛の歓喜と共に、二人の滅びへの覚悟が示されている。刈り薦の乱れは、そうした二人が寝た後の運命を暗示しているのである。万葉集には「解衣の恋ひ乱れつつ浮沙生きてもわれはあり渡るかも」（十一・二五〇四）だというのも、歌垣の歌であろうが、命を掛けた恋の誓約の歌であることを示している。当該の歌謡も歌垣で共寝に至ろうとする段階の男女があり、その時に歌われた男の決意の歌であろう。それは合意の上であったとしても、女性はこのことを人に知られるのを恐れて、今後の二人の運命の不安を口にするのであるが、その時に男が女の心を慰めるための歌であったと思われる。万葉集に「君によりわが名はすでに立田山絶えたる恋のしげき頃かも」（十七・三九三一）とあるのは、浮き名が流れて逢えないながらも、相手をひどく恋い慕う嘆きの歌である。この当該の歌謡では、世間の人に二人の仲が露見して女性だけが批難されるのではなく、その時は自分も一緒なのだというのである。それは相手の女性から信頼を得るとともに、愛の誓約の歌でもあったのである。これも共寝シリーズ（主題を共通とした連作）の中の歌謡であろう。

## 81 — 意富麻弊袁麻弊宿祢が —— 〈紀72〉

意富麻弊《おほまへ》　袁麻弊宿祢《をまへすくね》が　金門蔭《かなとかげ》　かく寄《よ》り来《こ》ね　雨《あめ》立《た》ち止《や》めむ

意富麻弊　袁麻弊須久泥賀　加那斗加宜　加久余理許泥　阿米多知夜米牟

意富麻弊の袁麻弊の宿祢の家の、立派な金門の蔭に、このように寄っていらっしゃいよ。雨が止むのを一緒に待ちましょうよ。

**○意富麻弊　袁麻弊宿祢が**　意富麻弊袁麻弊の宿祢が。「意富麻弊袁麻弊」は未詳。宿祢は大伴宿祢などと同じく姓と思われ、ある氏族集団を指すか。記伝は「大前宿祢」と「小前宿祢」という。言別は「大前小前とは、重ねしるしゝなるべし」と言う。意富麻弊、袁麻弊は言葉の遊びによるか。**○金門蔭**　立派な金物で出来た門の蔭に。万葉集に「金門にし人の来立てば」（九・一七三九）とある。**○かく寄り来ね**　こうして寄っていらっしゃいよ。「かく」は自分も金門に寄っていることを表す。「ね」は終助詞で勧誘。**○雨立ち止めむ**　雨宿りをしましょう。「雨立ち」は雨が降っている様。夕立と同じ。「止め」は他動詞で止ませる。止むのを期待しその意向を示す。

【諸説】

〔全注解〕この物語は歌を中心とした物語であって、叙事詩の一篇として巡遊伶人の間に発育伝播せられたものである。


【解説】

この歌謡は、意富麻弊袁麻弊の宿祢の家の金門の蔭に来て、雨宿りをしようと誘う歌である。意富麻弊袁麻弊の宿祢というのは、おそらくそれなりの身分ある裕福な家の主人なのであろう。その家の金門に雨宿りのために立ち寄れというのは、門が男女の出会いの場であるからである。古代において女性の家の門前は、妻問いの男が女性に歌いかける恋の場でもあった。いわゆる、恋歌に見える門前唱歌であり、中国少数民族の妻問いにも門前唱歌がある。万葉集では「金門にし人の来立てば夜中にも身はたな知らず出でてそ逢ひける」（九・一七三九）、「さを鹿の伏すや草群見えずとも児ろが金門よ行かくし良しも」（十四・三五三〇）などと歌われている。あるいはまた、雨宿りの歌は「大野らに小雨降りしく木の下に時と寄り来ねわが思へる人」（十一・二四五七）とあり、大野で雨宿りをしている女性が、思う人に対して木の下へ寄って来いという。「寄り来る」は恋に関わる言葉であり、当該の歌謡も女性が男に雨宿りに寄っていらっしゃいよと呼びかけるのは、歌垣の時の誘い歌だからであろう。あるいは、催馬楽に「婦が門　夫が門　行き過ぎかねてや　我が行かば　肱笠の　肱笠の　雨もや降らなむ」（婦が門）とある。これらの例は妹の門でも背の門でも、門前が男女の出会う場であったことを教えている。そのことを背景として、男女が門前で出会うことを歌う歌垣の歌が生まれたのであろう。ただ、ここで意富麻弊袁麻弊の宿祢の金門が話題になるのは、この宿祢が土地の豪族で立派な殿の主人だからであろう。その金門の門前で、周囲の男女による歌垣が行われたことを示唆する。その御殿を我が家に喩えて、門前の誘い歌が歌われた可能性が考えられる。

## 82 宮人の足結の小鈴 ——〈紀73〉

宮人《みやひと》の　足結《あゆひ》の小鈴《こすず》　落《お》ちにきと　宮人響《みやひととよ》む　里人《さとびと》もゆめ

美夜比登能　阿由比能*古須受　淤知尓岐登　美夜比登々余牟　佐斗毗登母由米

宮人の足の飾りに着けた小鈴が、落ちてしまったと、宮人らが騒いでいる。里人も一緒になって騒ぐなよ。

**○宮人の**　大宮人の。宮廷の役人たち。万葉集に「宮人の袖付衣」（二十・四三一五）とある。**○足結の小鈴**　足飾りとして結んだ小鈴。「足結ひ」は、足に結びつける。宮廷の儀式の折に鈴を飾り付けたか。万葉集に「若草の妻がりといはば足荘厳せむ」（十一・二三六一）とある。**○落ちにきと**　落ちてしまったと。何らかの比喩。**○宮人響む**　宮人たちが大騒ぎしている。**○里人もゆめ**　里人も一緒になって騒ぐな。「里人」は田舎者。万葉集に「駅馬下れり里もとどろに」（十八・四一一〇）、「里人も語り継ぐがね」（十二・二八七三）などとある。「ゆめ」は「～するな」。

**【諸説】**

〔全講〕全く歌垣などでの作と見られ、この物語のような急迫した場面の歌らしくない。〔全註解〕宮人とは、宮廷において神に奉仕する人のことで、巫女をさしていると思われる。〔評釈〕この歌謡も、舞を伴っていたと思われぬでもない。

【解説】

この歌謡は、宮人の足飾りの鈴が落ちたと騒いでいるが、里人は騒ぐなという歌である。ただし、意味が通りにくい。足に飾りの鈴を付けるのは、宮廷の儀式の場なのであろう。その時に、小鈴が落ちたことがなぜ大騒ぎとなるのか。それは、小鈴が落ちたということが、何らかの比喩だからであろう。その比喩的な内容は示されていないが、これは何か不都合なことで大騒ぎをする時に歌われる、宮人たちの常套的な言い回しの歌であるように思われる。しかし、里人は騒ぐなというのは、里人たちが宮人を憧れのみではなく、スキャンダルの対象として見ていたことによるものと思われる。これが、宮人のスキャンダルを言うのだとすれば、おそらく恋愛事件が起きたのであろう。そのことにより、宮人たちは大騒ぎをしているのである。そうした宮人たちの恋愛事件は、万葉集にしばしば見えている。安貴王も石上乙麻呂も中臣宅守も、恋愛事件の主人公である。恋愛事件への関心は、都の雀たちの騒ぐところであるが、当然のことながら里人たちの関心ともなり、宮処の騒ぎのみではなく、田舎の村々をも駆けめぐったことであろう。万葉集に「里人も語り継ぐがねよしゑやし恋ひても死なむ誰が名ならめや」（十二・二八七三）とある。恋に死ぬと覚悟した男女の、恋愛事件が都では時々起きて騒がれていたのである。風俗歌に「鳴り高しや　鳴り高し　大宮近くて　鳴り高し　あはれの　鳴り高し」（鳴り高し）という歌があり、三首目に「あな喧　子供や　密かなれ　大宮近くて　鳴り高し　あはれの　鳴り高し」とあり、大宮が近いのだから大宮人や子どもたちに音を立てるなと叱責する。何かの事件が起きるとみんなが大騒ぎするので、ここは宮が近いのだから騒ぐなと言うのである。そのように、当該の歌謡は宮人の足結の小鈴が落ちたことを事件の比喩として宮人らが大騒ぎしているところに、大宮が近いのだから宮人も、まして里人も静かにしなさいという、事件を隠匿しながら、それを楽しむ噂の歌の一部だったのかも知れない。

## 83 ── 天飛む軽の少女 ──〈紀71〉

天飛《あまだ》む　軽《かる》の少女《をとめ》　いた泣《な》かば　人知《ひとし》りぬべし　波佐《はさ》の山《やま》の　鳩《はと》の　下泣《したな》きに泣《な》く

阿麻陀牟　加流乃袁登賣　伊多那加婆　比登斯理奴倍志　波佐能夜麻能　波斗能　斯多那岐尓那久

空を飛ぶ雁の、その軽の少女。ひどく泣けば、きっと人が知ることになるだろう。それで波佐の山の鳩のように、ひっそりと泣く事よ。

**○天飛む　軽の少女**　天上を飛ぶ雁の、その軽の少女よ。「天飛む」は「天飛ぶ」と同義の枕詞で、その天を飛ぶものは雁を指し、カリからカルへと音変化して軽にかかる。それで「雁」を「カル」の少女へと転換した。「軽の少女」は軽の地に住む女性。伝説の女性であろう。万葉集に「天飛ぶや　軽の路は」（二・二〇七）とあり、空飛ぶ雁は地名の軽を導く。軽の地は奈良県橿原にある。**○いた泣かば**　ひどく泣けば。「いた」は「いと」と同じく「ひどく」。**○人知りぬべし**　きっと人が気づくに違いない。「ぬべし」は、将来への確実性を表す推量。万葉集に「日並べば人知りぬべし」（十一・二三八七）とある。**○波佐の山の　鳩の**　波佐の山の鳩のように。「鳩の」は比喩。鳩は声をくぐもらせて鳴く。**○下泣きに泣く**　気づかれないように咽び泣くことだ。「下」は表面に現れない密かな様。

**【諸説】**

〔全註解〕その地に住んでいた嬢子の汎称から出た名前と解せられる。してみれば、この御歌は、もと軽の地の女性を歌った民謡の、大歌として宮廷に採り入れられたものと考えられるのである。〔評釈〕若衆連中の集団性をもった、きわめて露骨な謡物であったろう。〔全注釈〕「天飛む軽嬢子」の句で始まる次の歌が、(中略)軽の市の歌垣の誘い歌であるとすれば、この歌も同じ歌垣の歌が取り上げられたものかと思われる。

【解説】

この歌謡は、男と寝た軽の少女が、声を立てて泣くことも叶わず、人に知られないように、咽び泣きをすることだという内容の歌である。少女がここで泣くのは、男を待ち続けて日々煩悶の中にあって、ここに漸く逢えた喜びと、男への愛しさのあまりである。「下泣き」は処女としての初々しい恋心を表し、この愛が清らかなものであることを訴えるものであろう。一方、「人知りぬべし」からは、世間からの目を逃れて忍び逢い、一途に愛し合う男女の危ぶまれる悲劇も予想されている。人に知られることを恐れるのは、世間に知られることが、この男女の愛が終わることを意味するからである。万葉集に「里中に鳴くなる鶏の呼び立てていたくは泣かぬ隠妻はも」(十一・二八〇三)とあるのは、「隠妻」の下泣きに泣く姿である。そのようなところからは、男女の忍び逢いと愛の悲劇の物語が想定されて来るが、このような歌が物語以外にあって成立する場合には、そのような処女を手に入れて一夜を過ごした男の、いわば自慢歌としてである。相手がいかに初心な処女であったか、それがいかに初々しい恋であったかを、高らかに宣言する歌垣における男の愛の成就の歌であったと思われる。おそらく、軽の少女というのは、相手となる女性の名前ではなく、この土地に伝えられている美女伝説の名前であろうと思われる。万葉集に柿本人麻呂が「天飛ぶや　軽の路は　吾妹子が　里にしあれば」(二・二〇七)と歌う軽の妹も、そうした伝説の女性なのであろう。

## 84 ―天飛む軽少女

天飛《あまだ》む　軽少女《かるをとめ》　したたにも　寄《よ》り寝《ね》て通《とほ》れ　軽少女《かるをとめ》ども

阿麻陀牟　加流袁登賣　志多多尓母　余理泥弖登富礼　加流袁登賣杼母

空を飛ぶ雁の、その軽のお嬢さんよ。こっそりと人に知られず、ここに寄って寝て行けよ。軽のお嬢さんよ。

**○天飛む　軽少女**　天上を飛び行く雁の、軽の少女よ。「天飛む」は雁にかかる枕詞。空を行く雁を比喩として、軽の地を名とする女性を導く。万葉集に「天飛ぶや　軽の路は」（二・二〇七）とある。軽は奈良橿原の地で、軽の市があった。**○したたにも**　語義未詳。「したた」は、記伝が師説の下々にが良いとする。記78番歌謡に見える、下樋・下訪ひ・下泣きなどの用例から、「下た」で「密やかに」の意と思われる。**○寄り寝て通れ**　ここに寄って寝てから行け。「寄り寝て」は万葉集に「梓弓末は寄り寝む」（十四・三四九〇）とある。「通れ」はある地点を通り過ぎること。**○軽少女ども**　軽の少女よ。「ども」は親しい人たちに呼びかける語。万葉集に「いざ子ども早く日本へ」（一・六三）とある。

**【諸説】**

〔全講〕これは幾人かの軽娘子に対して歌いかけた内容の歌である。〔全註解〕「軽嬢子」は、必ずしも軽大郎女という、特定の人物を指すものとは考えられない。〔全注釈〕他の誘い歌と見られる二首の歌（記87・紀107）にも同じ「通れ」の語が用いられていることから、これが歌垣の誘い歌の慣用語であることを知ることができる。軽の里が市の開かれた場所であり、市は歌垣の場でもあった（万・二八四、二九五一、三一〇一）ことから見て、これが軽の市の歌垣の歌であることは、ほぼ確言してよい。

【解説】
この歌謡は、空飛ぶ雁に寄せて、軽の少女にこっそりと寄って寝てから行けと、共寝を誘う歌である。海石榴市などと共に、軽の地にも市が開かれていて、老若男女が集まる市は臨時の歌垣の会場ともなった。この歌も軽の市の歌垣で、男が女性に露骨に恋歌を歌い掛けているのである。軽の少女と呼ばれている女性は、この土地の伝説的な女性なのであろう。その軽の少女も、現実には目の前にいる特定の女性にあてたのではなく、女性集団に対して歌いかけたものであろう。このように露骨に歌うのは、不特定の多くの女性への挑発だからであり、その露骨さに女性たちから批難や反発の歌が返される。そのやり取りの中で、上手く行くと歌仲間が得られることとなり、そこで男女の集団の中からカップルが誕生して、歌掛けがさらに展開することとなる。当該歌謡の役割は、恋人を得て対歌へと進む前に、女性を品定めして、相手の答歌を導く時の歌であり、また女性たちの注目を引くための歌であろう。歌掛けにおいて恋人となろうとする段階には、相手を賛美して恋人の気を引き、呼吸があえば「一緒に歌を歌いましょう」ということとなる。そして相手の名や住所を聞く段階へと入るのである。当該の歌謡は露骨に相手を驚かしたり、注目を集めるための定型の歌であったろう。万葉集の東歌に「あらたまの伎倍の林に汝を立てて行きかつましじ寝を先立たね」（十四・三三五三）とあるのは、密会の後に彼女を残してそのまま帰るのが惜しいので、やはり彼女と寝てから帰ろうと共寝を誘う歌である。そのような男の露骨な要求に、女はどのように応えるのか。このような内容の歌は、相手の出方を探る「挑発の歌」あるいは「探情の歌」であると思われる。

## 85 — 天飛ぶ鳥も使ひそ

天飛《あまと》ぶ　鳥《とり》も使《つか》ひそ　鶴《たづ》が音《ね》の　聞《き》こえむ時《とき》は　我《わ》が名《な》問《と》はさね

阿麻登夫　登理母都加比曽　多豆賀泥能　岐許延牟登岐波　和賀那斗波佐泥

あの空を飛び行く鳥も使いです。ですから、鶴の声が聞こえた時は、私の名を尋ねてください。

**○天飛ぶ　鳥も使ひそ**　空を飛び行く鳥も、使者であるよ。鳥は空飛ぶ使いと見られていた。「そ」は強調。万葉集に「天飛ぶや　軽の路は　吾妹子が　里にしあれば」（二・二〇七）とあり、また「雁がねは使に来むと」（十七・三九五三）とあるように「天飛ぶ」や「使い」は雁にかかることが多い。**○鶴が音の　聞こえむ時は**　鶴の声が聞こえた時には。鶴を使いと見た。万葉集に「鶴が音の聞ゆる田井に」（十・二二四九）とある。**○我が名問はさね**　私の名前を尋ねてください。万葉集に「憑めや君がわが名告りけむ」（十一・二六三九）とある。

**【諸説】**

〔全注釈〕遠く離れている妻に贈る恋歌として、独立しうる歌でもある。

**【解説】**

この歌謡は、空を飛ぶ鶴の声が聞こえたら、鶴も使いだから私の名を問えという歌である。これは鳥を使いとすることによる歌であるが、名が問題となるのは、これが歌垣において男が女性に名を聞いても、女性はなかなか教えることがないためである。この歌は、男に簡単には自分の名を教えないことを示す女性の歌であろう。歌垣では、相手の名を知ることが恋人関係になる大切な条件であるから、恋人になる段階の歌として「問名」というシリーズ（主題を共通とした連作）が入って来る。このシリーズは歌垣の序盤に歌われ、名を聞き出すことが出来なければ、その先へと進むことはできないのである。名を問われた女性は、伝説上のよく知られた女性の名を教えたり、住んでいる地名を教えるのが普通である。それゆえに、女性は地名で呼ばれることとなる。万葉集の真間の手児奈も石井の手児もそうした伝説の女性であり、軽の少女も同様であろう。女性は相手の男が信頼できるか否かを観察して、その上で名を教えることになる。当該の歌謡では女性の名を聞くのに苦心している男が、別れに当たってもう一度女性の名を聞いたのであろう。そこで女性は、鶴も使いであるから、鶴の声が聞こえた時に、私の名を聞いてみなさいと答えたのである。もちろん、男への慰めではあるが、女性は容易に名を教えなかったことによる。万葉集には「難波潟潮干に出でて玉藻刈る海未通女ども汝が名告らさね」（九・一七二六）と、「漁する人とを見ませ草枕旅行く人にわが名は告らじ」（九・一七二七）とが対になる歌がある。男は海女に名を教えよと頼み、海女は旅人のあなたには教えないと応酬する。旅の途次における歌の場において、土地の少女らと歌掛けが行われていたのであろう。そのような時に、土地の少女は「鶴も使いだから、鶴の声を聞いたら私の名前を尋ねてね」と答えたのである。

## 86　大君を島に放らば――〈紀70〉

大君《おほきみ》を　島《しま》に放《はぶ》らば　船《ふな》あまり　い帰《かへ》り来《こ》むぞ　我《わ》が畳《たたみ》ゆめ　言《こと》をこそ　畳《たたみ》と言《い》はめ　我《わ》が妻《つま》はゆめ

意冨岐美袁　斯麻尓波夫良婆　布那阿麻理　伊賀弊理許牟叙　和賀多々弥由米*　許登袁許曽　多々美登伊波米　和賀都麻波由米

〔歌い手曰く〕大君を島に放逐すれば、大君は船を探して、すぐに帰り来ようよ。〔大君曰く〕そのようであるから私の畳には決して触れないでくれ。言葉で畳とは言うが、私の妻には決して触れないでくれよ。

**○大君を　島に放らば**　大君を島に流すならば。第三者の語り。「放らば」は追放すれば。**○船あまり**　船を探して。「あまり」の意味が不明。船の余りを探す意にしておく。記伝は「船余にて還来むの枕詞」とする。**○い帰り来むぞ**　きっと帰り来るよ。「い」は接頭語。「ぞ」は強調。**○我が畳ゆめ**　私の畳には決して触れるな。「多々弥」は畳と思われるが、多少意味が取りにくい。「畳」は普段畳んでおいて、主人の正座の時や、賓客を迎える時に用いる。旅にある主人のために、本人の物をそのままにする習俗から、ここでは畳を旅人の残した品とするか。むしろ、畳は主人の重要な家具として家の主婦が管理していたから、畳と以下の妻と重なるものと思われる。記伝は師説として「人の旅行たる家にては、其人の床の畳を斎慎みて大事」とすることを挙げる。ここからは、人称が第三者から第一人称の我へと転換している。**○言をこそ　畳と言はめ**　言葉でこそ畳とは言うが。本質は畳のことでは無いと言うのである。記64番歌謡参照。**○我が妻はゆめ**　私の妻はそのままにせよ。「ゆめ」は禁止。畳が妻と結びつくのは、主婦が畳を大切に管理をしていたからであろう。記64番歌謡に「言をこそ　菅原と言はめ　あたら清し女」とあり、「菅原」から「清し女」への接続は、「菅」から「清」への転換にある。

**【諸説】**

〔全講〕これは物語に即した内容をもっている歌で、はじめから物語中にあったもののようである。〔評釈〕若しわが亡骸を遠方の島へ葬送するなら、我が魂魄は喪船には納まらず、（船あまり）直ちにお前の許に帰って来ようから、常に我が居る畳を動かすな、お前も他所に行かず慎んでおれと云ったものが原義であったのではなかったか。

【解説】

この歌謡は、どこに追放されても、必ず妻のもとへ帰ることを詠んだ歌である。この歌における主人公は「大君」であるから、宮廷に関与する物語として歌われたことが知られる。しかし、これが「我が妻」の元へと帰る事が強調されているのは、男が妻と強制的に別れさせられたことを示唆している。その妻との別離は世間的にも許されない恋愛であったため、ついには発覚して男は追放されたのである。このような男女をめぐる愛の別離に関わる話として、万葉集の中には「石上乙麿卿の土佐国に配さえし時の歌」（六・一〇一九題詞）があり、これは乙麻呂に仮託された第三者の歌である。この乙麻呂事件については歴史上でも大騒ぎとなり、続日本紀に「石上朝臣乙麻呂坐姧久米連若売、配流土左国。若売配下総国焉」（天平十一年三月）と記録されている。乙麻呂は石上家の貴公子であり、若売は故藤原宇合の妻であったという。そのような都のスキャンダルは、新たな歌物語として第三者が語るものとなったのである。あるいはまた、中臣家の貴公子である宅守も、同じ事件の中で伝えられる人物である。万葉集の目録によると「中臣朝臣宅守の、蔵部の女嬬狭野茅上娘子を娶きし時に、勅して流罪に断じて、越前国に配しき。ここに夫婦の別れ易く会ひ難きを相嘆き、各々慟む情を陳べて贈答せる歌六十三首」（十五・目録）とある。その時の宅守の歌に、「過所無しに関飛び越ゆるほととぎすわが思ふ子にも止まず通はむ」（十五・三七五四）、「吾が身こそ関山越えてここにあらめ心は妹に寄りにしものを」（十五・三七五七）などとある。禁断の恋により別離させられた男女を「ここに夫婦の別れ易く会ひ難きを相嘆き、各々慟む情を陳べ」たと記す目録の記者は、そうした不幸な愛情事件に同情する者であったように思われる。貴公子の恋愛事件への興味は、万葉集がしばしば伝えるところのものであり、そこには愛の悲劇に寄せる同情と羨望の目が注がれていたのである。当該の歌謡に人称の転換が見られるのは、これが第三者の手でまとめあげられた歌物語の中の一部であるからであろう。ここでは「大君」が主人公であることから、これは貴公子の恋愛事件を扱ったものであり、それが大歌の中に組み込まれたとするならば、真の愛に生きることを願った男女を主人公とした、苦難の愛の歴史として伝承された大歌ということになる。

## 87 ― 夏草の阿比泥の浜の

夏草《なつくさ》の　阿比泥《あひね》の浜《はま》の　牡蠣貝《かきかひ》に　足踏《あしふ》ますな　明《あ》かして通《とほ》れ

那都久佐能　阿比泥能波麻能　加岐加比尓　阿斯布麻須那　阿加斯弖杼富礼

夏草の茂る、この阿比泥の浜の牡蠣の貝殻に、足でお踏みなさらないでください。どうぞ夜を明かしてから、お帰り下さい。

**○夏草の　阿比泥の浜の**　夏草の茂る、阿比泥の浜の。相寝を想起させる地名。「夏草」は万葉集に「夏草の　茂くはあれど　今日の楽しさ」（九・一七五三）とある。阿比泥の浜は所在不明。厚顔抄は「相寝浜乃」かとする。男女の共寝を示唆する浜。**○牡蠣貝に**　牡蠣の貝に。牡蠣の殻は鋭く固いので、注意すべき足場である意。**○足踏ますな**　足でお踏みにならないで下さい。厚顔抄は「足令踏莫」という。「踏ます」は「踏む」の尊敬語。「な」は禁止。**○明かして通れ**　夜を明かしてからお帰り下さい。「通れ」はここを通り過ぎる。つまり、ここから帰ること。女の引き留め歌。万葉集に「明していで行け母は知るとも」（十一・二六八七）とある。

【諸説】

〔評釈〕本来は、久しぶりに遙々と（たとえば、大和の男と河内の女と云うような関係で）訪れて来た男を帰してやる時か、或は男を旅に出してやる時の妻の歌として歌われていたものであろう。〔全注釈〕歌詞に即して歌全体の趣旨を読み取るならば、阿比泥の浜の歌垣における女の誘い歌と見るべきことは、「語釈」で説明したところによって明らかであり、「通れ」という誘い歌の慣用語がそれを裏づけている。

【解説】

この歌謡は、男女が浜辺で逢い引きをして一夜を過ごし、男が帰る折に牡蠣で足を痛めるから、夜が明けてから帰ることを願う、女の「引き留め歌」である。このような歌は、「夜明けの歌」をテーマとした別離の歌の中に位置づけられる。ここでの夜明けの歌は、阿比泥の浜での歌垣の歌であろうと思われ、男女は人目を避けて阿比泥の浜で密会し、夜を明かしたのである。もちろん、それは歌垣の歌の中でのテーマとして歌われるものであり、いわば逢い引きの後の別離の歌である。それは男女ともに歌われたらしく、万葉集の「ひさかたの雨は降りしく思ふ子が宿に今夜は明かして行かむ」（六・一〇四〇）は、雨が降り頻けば帰る術を失うので、このまま彼女の部屋で過ごしたいと願う男の歌であり、「桜麻の苧原の下草露しあれば明してい行け母は知るとも」（十一・二六八七）は、朝露がひどいので夜が明けてから帰ることを勧める、女の引き留め歌である。何かを口実として、その密会がいま暫く続くことを願うのであり、古くは詩経の中に「鶏既鳴矣。朝既盈矣。匪鶏則鳴。蒼蠅之声」（斉風）とあるのは、鶏がもう鳴いているのかと男が聞くと、女は、いいえあれは蒼蠅の騒ぐ声だと嘘をつくのである。これも夜明けをテーマとする、女の引き留め歌である。もちろん、牡蠣の殻を踏まないように注意するのは、女のやさしい心遣いである。そこには愛することがどのような気持ちとして歌の中に表現されるのか、歌を学ぶ時の大切な方法が示されている。東国の女性も「信濃道は今の墾道刈株に足踏ましなむ履はけわが背」（十四・三三九九）というのは、男が未明に帰るに当たって、切り株に足を痛めないように気を遣い、男に沓を贈るのである。これも、男女の夜明けの「別離」をテーマとする、女性の側の「夜明けの歌」である。

## 88—君が行き日長くなりぬ

君《きみ》が行《ゆ》き　日長《けなが》くなりぬ　山多豆《やまたづ》の　迎《むか》へを行《ゆ》かむ　待《ま》つには待《ま》たじ

岐美賀由岐　氣那賀久那理奴　夜麻多豆能*　牟加閇袁由加牟　麻都尓波麻多士

あなたが行かれてから、ずいぶんと日数が長くなりました。山多豆のように、行先でお逢い出来るように、お迎えに行きたい。とうてい、このまま待つことなどは出来ません。

**○君が行き　日長くなりぬ**　あなたが行かれてから、ずいぶんと日数が経ちました。万葉集に「君が行き日長くなりぬ山たづね迎へか行かむ待ちにか待たむ」（二・八五）とあり、異伝の歌として当該歌謡と同じ歌（二・九〇）が載る。**○山多豆の**　山多豆のように。言別は「山立截なるべし」とし、山に立ち木を切る斧という。前項の万葉集の歌の「山たづ」（二・九〇）の注に「今の造木なり」とある。和名抄の「接骨木」に「美夜都古木」とあり、現在のニワトコという。蔦のように、伸びて後に一緒に絡まり着くような植物か。「迎え」を導く枕詞。**○迎へを行かむ**　こんなことなら迎えに行こう。「行かむ」は強い意志。**○待つには待たじ**　待つことなどは出来ません。「じ」は打消を伴う強い意志。

【解説】

この歌謡は、遠くへと出かけた男に対して、待つことの出来ない女の心を歌った歌である。男は公務や労役などで遠くへと出かけたことが推測される。女は男の帰りをひたすら待ち続けることとなるが、しかし、その待つ時間の中で、女の心は大きく揺れるのである。このまま待つか、それとも迎えに行こうかということである。ここには男を愛する女の心の葛藤がある。待つことは出来ないというのは、女の愛情の強さを示しているが、それは女の立場を逸脱する「追いかける女」の姿を示すものでもある。その愛情の強さは、万葉集では「後れ居て恋ひつつあらずは追ひ及かむ道の阿廻に標結へわが背」（二・一一五）のようにも歌われている。この「追いかける女」の中に、一途な女の愛の姿が見えるのである。当該の歌謡もそうした追いかける女の強い愛情を歌ったものであるが、もちろん、これは歌垣の歌であろう。男を待つ一人残された女の心を歌う場面であり、それは男へのどのような思いとして表現されるかにある。ここでは待つことが出来ずに追いかけようとする女の心が描かれることで、男の側はそれを受けてさらに強い愛情表現が求められることとなる。いわば、男女が一層の愛の高みへと向かう段階の、相愛の歌のシリーズ（主題を共通とした連作）に入る歌であろうと思われる。

## 89　隠国の泊瀬の山の

隠国《こもりく》の　泊瀬《はつせ》の山《やま》の　大峰《おほを》には　幡張《はたは》り立《だ》て　さ小峰《をを》には　幡張《はたは》り立《だ》て　大峰《おほを》にし　仲定《なかさだ》める　思《おも》ひ妻《づま》
あはれ　槻弓《つくゆみ》の　臥《こ》やる臥《こ》やりも　梓弓《あづさゆみ》　立《た》てり立《た》てりも　後《のち》も取《と》り見《み》る　思《おも》ひ妻《づま》あはれ

許母理久能　波都世能夜麻能　意富袁尓波　々多波理陀弖　佐袁々尓波　々多波理陀弖*　意富袁尓斯*　那加佐陀賣流　淤母比
豆麻阿波礼　都久由美能　許夜流許夜理母　阿豆佐由美　多弖理多弖理母　能知母登理美流　意母比豆麻阿波礼

隠国の泊瀬の山の、大きい峰には幡を張り立て、小さい峰には幡を張り立て、その大きい峰に二人の仲を定めた、心に思う妻よ、ああ。槻弓のように、いつも臥せてばかりあっても、梓弓のように、いつも立て掛けてばかりあっても、いずれ後には必ず手に取り見ることになる。そのように心の中に思う妻よ、ああ。

**〇隠国の　泊瀬の山の**　隠国の泊瀬の山の。「隠国」は泊瀬に掛かる枕詞。泊瀬は奈良県長谷にあり、山深いので隠国と呼ばれた。万葉集に「隠国の　泊瀬の山に　神さびに　斎きいますと」（三・四二〇）とある。**〇大峰には　幡張り立て**　大きい峰には幟旗を張り立てて。「幡」は、布などで作ったのぼり旗。祭りなどに使う。言別は幡を「喪葬の幡とぞおぼしき」と言う。**〇さ小峰には　幡張り立て**　小さな峰には幟旗を立てて。**〇大峰にし　仲定める**　大きい峰に二人の仲を定めた。厚顔抄は「斯那加佐」と続け科笠かとする。「仲定め」は記伝では未詳とする。二人の関係を結ぶことか。大峰は頼りの比喩か。**〇思ひ妻あはれ**　心に思う妻よ、ああ。万葉集に「奥山の石本菅の根深くも思ほゆるかもわが思妻は」（十一・二七六一）とある。**〇槻弓の　臥やる臥やりも**　槻弓のいつも伏せてあるように。比喩。槻弓は欅の木で作った弓。**〇梓弓　立てり立てりも**　梓弓がいつも立て掛けてあるように。比喩。梓弓は梓の木で作った弓。万葉集に「御執らしの　梓の弓の」（一・三）とある。**〇後も取り見る**　槻弓も梓弓も後に手に取られるように、後に会うことになる。**〇思ひ妻あはれ**　心に思う妻よ、ああ。

**【諸説】**
〔全註解〕山に幡を立てたというのは、葬送の儀式の幡を意味する。〔評釈〕泊瀬山における葬送の情景を歌ったとみられるもので、これも亦、「共に自ら死にたまひき。」とある物語の結末に相応しいものであった。

【解説】

この歌謡は、愛する妻と離れた男が、後には必ず会おうと歌う内容である。長歌体恋歌であることから考えるならば、大歌として伝承されている恋愛故事の一齣であろう。特に、この歌の主意が愛する妻に後には必ず会おうという男の思いを歌っただけのことであるのに、さまざまな比喩を加えて男の愛情を導いているのは、そこに男女の悲劇的な物語が存在したからである。歌では泊瀬山の大峰・小峰から愛しい妻が取り出され、槻弓や梓弓からふたたび愛しい妻が取り出されるのは、叙事として物語を歌う時の特質である。事物を比喩としながら主人公の思いを導くのは、それが比喩のみではない性格を有しているように思われる。前半の泊瀬山の幡の表現は、何らかの神祭りの様子が窺えるものであり、そこから思い妻へと展開するのは、そうした神祭りにおける、触れてはならない女のイメージであろう。また、後半の槻弓や梓弓は、常に主人の傍らにあり大切にされる弓であることから、男が女を大切に思う心情の比喩としているのである。記104番歌謡も、朝夕ごとに主人の傍に居る脇息の板になりたいのだという歌謡であり、同じ趣向である。この歌では、男は触れてはならない女を自らの傍らに置き、常に愛することを願っていることが知られ、そこには禁断の恋物語の一編が語られているように思われる。これが大歌であることを考えると、そこには困難な民族の愛の歴史が、ある者を主人公とする愛情故事として語られていたことが窺われる。

## 90—隠国の泊瀬の川の

隠国《こもりく》の　泊瀬《はつせ》の川《かは》の　上《かみ》つ瀬《せ》に　い杭《くひ》を打《う》ち　下《しも》つ瀬《せ》に　ま杭《くひ》を打《う》ち　い杭《くひ》には　鏡《かがみ》を懸《か》け　ま杭《くひ》に

は　ま玉《たま》を懸《か》け　ま玉《たま》なす　吾《あ》が思《も》ふ妹《いも》　鏡《かがみ》なす　吾《あ》が思《も》ふ妻《つま》　有《あ》りといはばこそよ　家《いへ》にも行《ゆ》かめ
国《くに》をも偲《しの》はめ

許母理久能　波都勢能賀波能　加美都勢尓　伊久比袁*宇知　斯毛都勢尓　麻久比袁宇知　伊久比尓波　加賀美袁加氣　麻久比尓波　麻多麻袁加氣　麻多麻那須　阿賀母布伊毛　加賀美那須　阿賀母布都麻　*阿理登伊波婆許曽余　伊弊尓母由加米　久尓袁母斯怒波米

隠国の泊瀬の川の、上流には神聖な杭を打ち、下流には立派な杭を打ち、神聖な杭には鏡を懸け、立派な杭には美しい玉を掛ける。その美しい玉のような私の思う女、鏡のような私の思う妻、その人が居ると言うのであれば、故郷の家にも帰ろう、国をも偲ぼう。

〇**隠国の　泊瀬の川の**　隠国の泊瀬の川の。「隠国」は泊瀬に掛かる枕詞。万葉集に「隠国の　泊瀬の川に　舟浮けて」（一・七九）とある。〇**上つ瀬に　い杭を打ち**　上の瀬には神聖な杭を打ち。杭は祭祀に用いた。〇**下つ瀬に　ま杭を打ち**　下の瀬には立派な杭を打ち。万葉集に「隠口の　泊瀬の川の　上つ瀬に　斎杭を打ち　下つ瀬に　真杭を打ち　斎杭には　鏡を懸け　真杭には　真玉を懸け」（十三・三二六三）とある。〇**い杭には　鏡を懸け**　神聖な杭には鏡を懸けて。前項参照。〇**ま杭には　ま玉を懸け**　立派な杭には立派な玉を懸けて。前項参照。〇**ま玉なす　吾が思ふ妹**　立派な玉のように思う私の愛しい女性。「ま玉」は大切にする宝物。万葉集に「真玉なす　わが思ふ妹も」（十三・三二六三）とある。〇**鏡なす　吾が思ふ妻**　鏡のように私が思う妻。「鏡」は大切にする持ち物。万葉集に「鏡なす　わが思ふ妹も」（十三・三二六三）とある。〇**有りといはばこそよ**　居るというのであれば。万葉集に「ありと言はばこそ」（十三・三二六三）とある。「よ」は感動。**〇家にも行かめ**　家にも行こう。万葉集に「国にも　家にも行かめ」（十三・三二六三）とある。**〇国をも偲はめ**　故郷をも偲ぼう。国は出身地。

**【諸説】**

〔全講〕挽歌として、はじめの序詞を、葬儀の行事の叙述と見るがよい。〔全註解〕旅行の平安を神に祈ることを詠んだ歌ではないかと思われる。

**【解説】**

この歌謡は、玉のように大切な人、鏡のように美しい人がいると言うなら、家にも帰り国をも偲ぼうという内容の歌である。万葉集にも、古事記から引用した類同の歌（十三・三二六三）が載る。長歌体による恋歌であることから、この歌謡も大歌として伝承されていた恋愛故事の一齣であろう。この歌謡の表現では隠国の泊瀬川に杭が打たれて、そこに飾られた玉や鏡に喩えることで思う妻を導く方法が取られており、それは記89番歌謡などとも類似する。ここでは泊瀬川における何らかの祭具とその設えが描かれていることから、祭祀と思い妻というその枠組みの中にこの歌謡が意図されているように思われる。そのことから考えるならば、この思い妻は神に奉仕する神聖な女であると思われ、その女を思い妻とする男の歌であるということになる。ただ、この歌謡の最後に思い妻に対して「有りといはばこそよ」と述べ、そうであれば家に帰ろう、国をも偲ぼうと歌うことは、そこにこの神聖な神の女を冒した男が、遠処に追放されたことを予想させる。その追放の地から男は思い妻を偲び、彼女が家にいるならば帰りたいのだというのである。しかし、この表現からは妻はもう家には居ないことを予想させるのであり、男の嘆きの深さを感じさせる。その神の女は、おそらくこの恋愛事件により世間からの叱責を受け、自らの命を絶ったのであろう。泊瀬川の祭祀の様子には、死者葬送のイメージがある。そうしたイメージは、万葉集に采女の死を歌う「隠口の泊瀬の山の山の際にいさよふ雲は妹にかもあらむ」（三・四二八）のように、そこには何らかの愛情故事が想定される。当該の歌謡も愛情故事に基づいた大歌として、民族の愛の歴史が語られていたように思われる。

## 91 ― 久佐加弁の此方の山と

久佐加弁《くさかべ》の　此方《こち》の山《やま》と　畳薦《たたみこも》　平群《へぐり》の山《やま》の　こちごちの　山《やま》の峡《かひ》に　立《た》ち栄《ざか》ゆる　葉広熊樫《はびろくまかし》　本《もと》には　い組《く》み竹《だけ》生《お》ひ　末辺《すゑへ》は　多斯美竹《たしみだけ》生《お》ひ　い組《く》み竹《だけ》　い組《く》みは寝《ね》ず　多斯美竹《たしみだけ》　確《たし》にはゐ寝《ね》ず　後《のち》も組《く》み寝《ね》む　その思《おも》ひ妻《づま》　あはれ

久*佐加弁*能　許知能夜*麻*登　多々美許母　弊具理能夜麻能　許知碁知能　夜麻能賀比尓　多知耶加由流　波毗呂久麻加斯　母登尓波　伊久美陀氣淤斐　須恵弊波　多斯美陀氣淤斐　伊久美陀氣　伊久美波泥受　多斯美陀氣　多斯尓波韋泥受　能知母久美泥牟　曽能淤母比豆*麻　阿波礼

久佐加弁のこちらの山と、畳薦の平群の山の、あちらこちらの山の間に、立ち栄えている葉広の熊樫の木。根の方にはい組み竹が生え、上の方にはたしみ竹が生えている。そのい組み竹のように、いまだ組み合っては寝ていない。そのたしみ竹のように、いまだ確かには寝ていない。しかし、後々にも組み寝よう。その思う妻よ、ああ。

**○久佐加弁の　此方の山と**　久佐加弁のこちらの山と。「久佐加弁」は地名と思われるが不明。**○畳薦　平群の山の**　畳薦の平群の山の。「畳薦」は平群の「へ」に掛かる枕詞。平群は奈良県平群の地。万葉集に「畳薦へだて編む数」（十一・二七七七）とある。**○こちごちの　山の峡に**　あちこちの山の狭間に。「こちごち」は「此方此方」の意。**○立ち栄ゆる　葉広熊橿**　立派に繁っている葉広の熊橿の木。「葉広」は記56番歌謡参照。**○本には　い組み竹生ひ**　根本にはしっかりと組み合った竹が生えている。**○末辺は　多斯美竹生ひ**　木の上の方はたしみ竹が生えている。「多斯美」は不明の語だが、次の「確（たし）」を導く。**○い組み竹　い組みは寝ず**　組み合った竹のように、組み合って寝ていない。**○多斯美竹　確にはゐ寝ず**　多斯美竹ではないが、確かには寝ていない。**○後も組み寝む**　後々には組み合って寝よう。**○その思ひ妻　あはれ**　その心に思う妻よ、ああ。「思ひ妻」は、万葉集に「奥山の石本菅の根深くも思ほゆるかもわが思妻は」（十一・二七六一）とある。「あはれ」は、物事に心が動かされて詠嘆する様。

**【諸説】**

〔全注釈〕この歌も平群山の国見行事に基づいて発想されていることを、よく示している。

**【解説】**

この歌謡は、山に繁っている熊橿の葉や強く纏い付く竹を比喩として、そのように思い妻と共に寝ることを歌う男の歌である。そのことのために歌謡の殆どを橿と竹に費やしているのは、これが大歌の表現の特質であることを示している。一人の妻を思う心が、人間を取り巻くさまざまな自然の中から取り出されるのは、一人の人間の存在が全体として存在することが認識されていることによるものであり、その全体の中に自然の姿も人の生もあることを熟知しているからだと思われる。しかも、自然はつねに人間の思いが比喩される対象であった。熊橿の木や葉は堅牢にして繁茂することを表し、竹は交わり合いながらしっかりと組み合わされることを表す。それは相愛の男女が愛し合う姿でもあり、そこから男女の堅固にして離れることのない確かな愛が理想として導かれたのである。だが、当該の歌謡は、この男女にとっての愛が、い組み竹のように組み合い寝ることにありながらも、そのあるべき姿が得られないことへの嘆きが歌われる。もちろん、それはあるべき姿でありながらも、現実にある姿は常に不幸な愛の中に苦悩するしか無いことを示している。思っても思っても一緒になることの出来ない愛、それが真の愛を求める男女の現実の姿でしかないのだというのであり、そこには人の世に生きる男女の、困難な愛の歴史が叙事大歌として歌われているのである。

## 92 ― 御諸の厳橿が本

御諸《みもろ》の　厳橿《いつかし》が本《もと》　橿《かし》が本《もと》　ゆゆしきかも　橿原少女《かしはらをとめ》

美母呂能　伊都加斯賀母登　賀斯賀*母登　由々*斯伎加母　加志波良袁登賣

神の寄りつく恐れ多い橿の木の根本よ。その橿の木の根本のように、何とも恐れ多いことだ。橿原の少女よ。

**○御諸の**　神の寄りつくところの。御諸は神の依代。万葉集に「三諸は　人の守る山」（十三・三二二二）とある。**○厳橿が本**　神の祭られている厳かな橿の木の根本。**○橿が本**　橿の木の根本。**○ゆゆしきかも**　恐れ多いことよ。「ゆゆし」は、神聖であることから畏れ多いこと。万葉集に「ゆゆしき君に恋ひ渡るかも」（十五・三六〇三）とある。**○橿原少女**　橿原の少女は。「橿原」は地名ではなく、橿の木の原。「少女」は、神に奉仕する神聖な女。

**【諸説】**

〔全講〕この歌だけを切り放して見れば、三輪の神事歌謡の一として、櫃原おとめの、手をつけてはならないのを詠んだようである。〔評釈〕あたら青春を男を知らず、神の妻として奉仕する巫祝の徒は、その周辺の、性的交渉を最大の興味とする農村の若者連中からは、触れてはならぬものとされていただけに、好奇な目をもって眺められていたろう。〔全注釈〕誘い歌には直接に誘う歌もあるが、間接に誘う歌もある。それには老女が自分を引き合いに出して勧誘の意図を歌う一人称発想の歌と、若者たちが近づきがたい美女やお寺の娘に対する悪口の形で、誘引の意図を歌う三人称発想の歌とがあって、「八田の　一本菅」（記64）の歌とともに、これは後者の部類に属する歌である。

**【解説】**

この歌謡は、神の山の神聖な櫃の木の根本のように、恐れ多い櫃原少女を詠んだ歌である。その櫃原少女と呼ばれた女性は、神に奉仕する神聖な巫女であると歌われるが、そのような神の女性は神聖さを表すのみではなく、男たちの憧れの女性であったことも確かである。そうした神の女性をテーマとして、男たちは女性を脅かしたのである。万葉集に「玉葛実ならぬ樹にはちはやぶる神そ着くといふならぬ樹ごとに」（二・一〇一）というのは、男に簡単には靡かないという女に、そんな女には神が取り憑くぞと脅かす歌である。巫女は終生未婚であるから、そのまま年老いて神が取り憑いた女性になると考えたのであろう。万葉集では、そのような女性を「神さぶ」といい、ずいぶんと年老いた女性をも指した。当該の歌謡はそうした神の取り憑いた巫女を詠んでいるのではなく、むしろ、男は好意を以て少女に呼びかけるが、少女は男の呼び掛けを拒否したのである。そこで男は御諸の神に仕えている「神さび」た恐れ多い巫女を引き合いに出して、結婚もせずに年老いて櫃の根のような「神さぶる」女になるぞと脅しているのである。おそらく、当該歌謡は櫃が生える原での歌垣の歌であり、全注釈の言うように、歌垣で気に入った女性を手に入れようとした男が、女性からきっぱりと断られた腹いせに詠んだ、悪口歌の類であろうと思われる。

## 93 — 比気多の若久流須原

比気多《ひけた》の　若久流須原《わかくるすばら》　若《わか》くへに　率寝《ゐね》てましもの　老《お》いにけるかも

比氣多能　和加久流須婆良　和加久閇尓　韋祢弖麻斯母能　淤伊尓祁流加母

比気多の、あの若久流須原。そのように若い折に、一緒に寝てしまいたかったものを。年老いてしまったことだよ。

**〇比気多の**　比気多の。地名と思われるが不明。**〇若久流須原**　若久流須の原。次の「若く」を導く比喩。おそらく、歌垣が行われている原であろう。**〇若くへに　率寝てましもの**　若かった時に、一緒に寝たかったものを。「若くへ」は若かった折にの意であろう。万葉集の「身の若かへにさ寝し児らはも」(十六・三八七四)の「若かへ」と同じか。「率」は接頭語。「まし」は希望。**〇老いにけるかも**　年老いてしまったことよ。万葉集に「悔しくも老いにけるかも」(十二・二九二六)とある。

**【解説】**
この歌謡は、若かった時分にこの女性と寝たかったと残念がる歌である。歌垣における老人の歌であり、それは若く美しい女性と歌の掛け合いをした老人が、相手の女性の器量を褒める歌であり、また、老人の惜春の歌でもある。歌垣の場に老人が参加するのは、青年の時に歌垣で女性たちと楽しく遊んだ経験があり、また今でも歌に自信があるため、若者に歌の技を見せるためである。それのみではなく、青春の時を懐古することが出来るからであり、その青春と惜春とが老人の歌垣の歌の特徴である。歌垣には、近在・遠方を問わずに老若男女が連れだって出かけたことが、風土記などの資料から知られる。そこでは未婚・既婚の男女も老人たちも参加し、歌を楽しんでいたのであろう。そこで出会った男女は、この歌垣の時間だけ「心の恋人」となるのである。歌垣では現実の自分に関わりなく、その立場を自由自在に変えることが可能であるから、老人でも青年として歌うことが出来る。そのような中で万葉集には「事も無く生き来しものを老なみにかかる恋にもわれは遇へるかも」(四・五五九)、「黒髪に白髪交り老ゆるまでかかる恋にはいまだ逢はなくに」(四・五六三)とある。このように歌うのは、老いの恋に歓喜し、歌の相手を賛美するとともに、かつての青春を回顧する老人たちの「惜春の歌」なのである。

## 94　御諸に築くや玉垣 ――〈琴歌譜〉

御諸《みもろ》に　築《つ》くや玉垣《たまかき》　築《つ》き余《あま》し　誰《た》にかも寄《よ》らむ　神《かみ》の宮人《みやひと》

美母呂尓　都久夜多麻加岐　都岐阿麻斯　多尓加母余良牟　加微能美夜比登

神の寄りつく社に築いた立派な垣よ。その立派な垣には築き余した物がある。その余った物は、いったい誰に寄ろうとするのだろうか。神に仕える宮人よ。

**○御諸に**　神の寄りつく所に。御諸は神が寄りつく所。記92番歌謡参照。**○築くや玉垣**　築くことだよ、立派な垣根を。「玉」は立派な様を表す。**○築き余し**　築き余しの材料がある。厚顔抄は「築令余」、記伝は築き竟えた垣の土の余りとする。言別は「斎き余し」の意とし、全注釈では前句の「築く」を「斎（いつ）く」意に意味を転換しているとする。〇**誰にかも寄らむ**　誰に寄ろうとするのか。誰にも寄ろうとしないのかという意を含む。垣の築き余った物を擬人化している。万葉集に「縁る木屑如す寄らむ児もがも」（十九・四二一七）とある。〇**神の宮人**　神に奉仕する宮人よ。「宮人」は、ここでは巫女であろう。巫女は神にのみ奉仕するが、築き余したものは神以外に奉仕することもあるだろうということ。万葉集に「皇祖神の神の宮人」（七・一一三三）とある。

**【諸説】**

〔厚顔抄〕三輪ノ神ノ宮人ノ玉垣ヲ築ソメテ、タユミテ築残シタレハ、実ナキ心ヲ神ノ知シメシテ、後ハ依ル方ナキニ喩ヘタル歟。〔全講〕神事歌謡として歌われている歌が、物語に織り込まれたものであろう。〔全注釈〕これは巫女を引き合いに出して、あんな気の毒なことにならぬように、娘盛りのうちに相手を決めたらどうかという勧誘の歌であり、「御諸の厳白梼が本」（記92）の歌と、同じパターンに属する。やはり三輪地方の歌垣の歌であろう。

**【解説】**

この歌謡は、御諸の神の社の垣を築いたが、そこに築き余しの材料があり、その余った材料は誰に寄ろうとしているのかという内容の歌で、意味は少し通りにくい。ただ、垣の築き余った物は誰に寄ろうとしているのかというのは、恐らくおかしみを意図したものであろう。「寄らむ」というのは恋に関わる比喩であろうから、垣の本体に対して余った材料は寄るべき所が無く、それゆえ誰に心を寄せようとしているのかということになる。しかも、誰かに心を寄せようとしているのが、聖職者である神の宮人であることによって、そのおかしみが強く取り出されるものと思われる。その宮人とは神に奉仕する巫女のことであろうから、宮人への嘲笑も含まれているに違いない。そのような歌が歌われるのは、おそらく御諸の神の社の神垣周辺で行われた歌垣の歌だからであろう。あるいは、神垣の工事が済んだ後の、工人たちによる宴席でのからかい歌とも考えられる。万葉集に「祝部らが斎ふ三諸の真澄鏡懸けて偲ひつ逢ふ人ごとに」（十二・二九八二）とあるのは、神の社の近辺での歌垣の歌であろう。当該の歌謡において神の社の宮人を歌うのは、全注釈が言うように、男に心を寄せない女を宮人に仕立てて歌いかけた歌であると思われる。しかも、あなたが誰にも心を寄せようとしないのは、あたかも築き余した残り物のようだと戯れるのであり、男に心を寄せない女への悪口歌であろう。

## 95―久佐加江の入江の蓮

久佐加江《くさかえ》の　入江《いりえ》の蓮《はちす》　花蓮《はなばちす》　身《み》の盛《さか》り人《びと》　羨《とも》しきろかも

久佐加延能　伊理延能波知須　波那婆知須　微能佐加理毗登　々母志岐呂加母

久佐加江の入江の蓮、美しく咲き誇る蓮の花。そのように美しく咲き誇っている若い人は、とても羨ましいなあ。

**○久佐迦江の**　久佐迦の江の。万葉集に「草香江の入江に求食る葦鶴の」（四・五七五）とある。**○入江の蓮**　入江に生えている蓮。入り江は、海や川が陸地に入り込んでいる所。蓮は美しい景の象徴。**○花蓮**　花の咲いた蓮。若く美しいことを導く。**○身の盛り人**　体が健康で若い人。**○羨しきろかも**　羨ましいことだなあ。「羨し」は羨ましいこと。「かも」は詠嘆。すでに青春の時を過ぎた、中高年の思い。万葉集に「処女がともは羨しきろかも」（一・五三）とある。

**【諸説】**

〔全注釈〕この歌が歎老の歌のパターンに属するものであること、歎老の歌が歌垣における老人の歌に源流するものであることから見て、この歌も他の三首と同様、歌垣の歌を赤猪子の物語に結びつけたものと思われるが、問題は他の三首が第一段に提示された地名・景物から見て三輪地方の民謡と推測されるのに対し、この歌だけが河内の日下江の蓮を提示していることから、その地方の民謡と思われる点である。

**【解説】**

この歌謡は、蓮の花を若い人に見立てて、若いのは羨ましいと詠んだ中高年の歌である。全注釈が指摘するように、歎老記93番歌謡と同じく、歌垣で出会った若い女性を前に、その若さを褒める一方で我が身の老いを嘆く、いわば、歎老の歌であると思われる。そこには、かつて歌垣の場で若い女の子と恋の歌を交わした喜びと、懐かしい青春の日々が思い出されるのである。こうした惜春の歌は歌垣の歌として歌われていたものと思われ、例えば万葉集に「梯立の倉椅川の石の橋はも　壮子時にわが渡りてし石の橋はも」（七・一二八三）とあるのは、若い時には何度も石橋を渡り妻問いしたと自慢する歌であり、倉椅山の歌垣での老人の惜春の歌であろう。歌垣では老若男女が集まり、歌の祭典を楽しむ雑踏の中で、中高年の人たちは若者の恋歌を聴くにつけて、我が青春を回顧しながら、現実の老いを嘆くのであり、歌垣の中に歌われる、惜春の歌シリーズ（主題を共通とした連作）の一つであろう。

## 96 ― 胡床居の神の御手持ち

胡床居《あぐらゐ》の　神《かみ》の御《み》手《て》持《も》ち　弾《ひ》く琴《こと》に　舞《まひ》する女《をみな》　常世《とこよ》にもかも

阿具良韋能　加微能美弖母知　比久許登尓　麻比須流袁美那　登許余尓母加母

胡床の上に座して、神のような御手を持って弾く琴に合わせて、今このように舞する少女は、永遠にあって欲しいことだ。

**○胡床居の**　胡床の上に座して。厚顔抄は「呉床居之」とする。日本書紀継体天皇元年に「踞坐胡床」とある。「胡床」は高貴な者が座す台。神降ろしをする巫女が琴を弾く時の台であったが、ここでは琴の名手が座る台座。**○神の御手持ち**　神のような優れた御手を以て。神の技のようにすばらしく琴を弾く手。**○弾く琴に**　弾く琴に。この琴は六弦の倭琴。**○舞する女**　美しく舞を舞う少女。**○常世にもかも**　永遠にあって欲しい。「常世」は海の彼方の、不老不死の国と思われた。「もかも」は願望の詠嘆。万葉集に「常にもがもな常処女にて」（一・二二）とある。

**【諸説】**

〔全講〕もと神事歌謡であったようであり、この儛を神聖なものとする考えが窺われる。〔全註解〕当時の人心に大分うけた歌と見えて、諸処に伝承の痕跡が残っているのである。

**【解説】**

この歌謡は、宮廷の舞姫を称える歌である。おそらく、宮廷の歌舞所に管理されている歌であろう。琴の名手と舞の名手とによる曲と舞が、宮廷の雅を飾ったのであり、ここではその舞の美しさを称えるのである。職員令雅楽寮条（養老令）には男女の楽人などと共に、「儛師四人、儛生百人」などと見え、奈良時代にはかなり整備されていた。そうした中でも宮廷の舞姫は美しさを競い、宮人たちの憧れであったに違いない。おそらく舞姫は容姿端麗な女性が選ばれたであろうから、若く美しい女性たちであったのであろう。琴や舞は神に捧げるものであったが、ここではすでに神事としてのそれではなく、宮廷の雅を競うものへと変わっている。その美しい舞姫たちが常世にもあって欲しいと願うのは、その舞が鑑賞するものへと移り変わっていることを示しているのである。懐風藻には「舞袖留翔鶴。歌声落梁塵」（40番詩）とあり、舞姫の舞は空往く鶴をも留めたと言う。

## 97 ―み吉野の小牟漏が岳に―― 〈紀75〉

み吉野《えしの》の　小牟漏《をむろ》が岳《たけ》に　猪鹿《しし》臥《ふ》すと　誰《たれ》そ　大前《おほまへ》に申《まを》す　やすみしし　我《わ》が大君《おほきみ》の　猪鹿《しし》待《ま》つと
胡床《あぐら》に坐《いま》し　白妙《しろたへ》の　袖着《そてき》そなふ　手腓《たこむら》に　虻《あむ》かき着《つ》き　その虻《あむ》を　蜻蛉《あきづ》はや食《ぐ》ひ　かくの如《ごと》　名《な》に負《お》
はむと　そらみつ　大和《やまと》の国《くに》を　蜻蛉島《あきづしま》とふ

美延斯怒能　袁牟漏賀多氣尒　志斯布須登　多礼曽　意富麻弊尒麻袁須　夜須美斯志　和賀淤富岐美能　斯志麻都登　阿具良
尒伊麻志　斯漏多閇能　蘇弖岐蘇那布　多古牟良尒　阿牟加岐都岐　曽能阿牟袁　阿岐豆波夜具比　加久能碁登　那尒*於波牟
登　蘇良美都　夜麻登能久尒袁　阿岐豆志麻登布

み吉野の小牟漏の山に、猪鹿が臥していますよと、誰が大君に申し上げたのか。安らかにお休みになる我が大君が、吉野へと猟に出かけられて猪鹿を待つといって、胡床にいらっしゃり、白妙の袖の衣をしっかりと着ていたが、いきなり腕に虻が食らいつき、その虻を今度は蜻蛉がさっと食いついて飛び去った。このようなことをもって名に負うので、そらみつ大和の国を、蜻蛉島と言うのである。

**○み吉野の　小牟漏が岳に**　山深い吉野の小牟漏が岳に。小牟漏は吉野上流の丹生の地。吉野に「み」が付くのは、神聖な地であることによる。**○猪鹿臥すと**　猪鹿が臥していると。猪鹿は肉を取る動物の称。**○誰そ　大前に申す**　誰が大君の前に申し上げたのか。「大前」は大君の前に。**○やすみしし　我が大君の**　安らかにお休みになるわが大君の。「やすみしし」は、天皇が多事に追われず安穏としている理想の姿。垂拱端座に同じ。**○猪鹿待つと　胡床に坐し**　猪鹿を捕ろうということで胡床に居まして。「胡床」は高貴な者の座す台。記96番歌謡参照。**○白妙の　袖着そなふ**　白妙の袖の衣を着て用意された。「白妙」は衣服に掛かる枕詞。万葉集に「白栲の衣乾したり」（一・二八）とある。「袖」は底本に「蘇弖」とある。「そなふ」は備えて用意する意か。**○手腓に**　たこむらに。「手腓」は腕の内側の膨れた部分を指す。新撰字鏡の「腨」に「古牟良又牟加波支」とある。足のふくらはぎが「腓」の本の意で、腕の肉も似ているから手腓という。**○虻かき着き**　虻がいきなり取り着いた。「虻」はアブ科の昆虫で、人や動物の血を吸う。「かき」は突然の意。**○その虻を　蜻蛉はや食ひ**　その虻を蜻蛉がさっと食った。「蜻蛉」はセイレイ目の昆虫で、腹部は棒状なので飛ぶ棒（トンボ）といわれる。「はや」は早々と。**○かくの如　名に負はむと**　このようなことで、名に負うものとして。万葉集に「名に負へる社に」（九・一七五二）とある。**○そらみつ　大和の国を**　空に満ち満ちる大和の国を。「そらみつ」は大和を褒める枕詞。この大和は日本国の意味。**○蜻蛉島とふ**　蜻蛉島と言うのである。万葉集に「蜻蛉島　大和の国は」（一・二）とある。「蜻蛉島」は、この国の稲穂の実りを褒め称えることによる呼称であろう。

**【諸説】**

〔評釈〕物語の筋と歌とが、ぴったり一致しているとは思えない。

**【解説】**

この歌謡は、大和を「蜻蛉島」と呼ぶことの起源を語る大歌である。地名起源は風土記に多く見られるが、その地名起源は神や偉人の行為により語られるものである。その多くは巡行する神や偉人が土地を祝福することで名付けられるが、そうした呪詞の他に神や偉人の行為に求められるものも多い。ここは大和に関わる地名起源であるから、これは大歌として宮廷儀式用に管理されていたことが推測される。この歌謡によれば、吉野の山に猪が臥していると聞いた大君が猪を猟りに行き待っていると、虻が来て大君の腕に食いついたが、そこへ蜻蛉が飛んで来て虻を食い去ったので、大和を蜻蛉島と言うのだとする。大君に食いついた虻を、すぐさま蜻蛉が来て食い去ったというのは、おそらく珍事であった。その珍事が大和の国名へと向かうのは、大君の事績としての価値を認めたからであろう。その背景には蜻蛉が特別な昆虫とされていたことが考えられ、おそらく稲穂の上を飛び交うことから、豊穣の印として認識されていたのかも知れない。そうした神聖な蜻蛉が王の身を守ったというのが、ここでの珍事なのである。大和の王が蜻蛉により守られたという珍事は、大和という国が蜻蛉により守られたということに他ならないのである。「蜻蛉島　大和の国」というのは、まさに蜻蛉が身をもって守る大和の国の起源譚となる。このような大和の地名や国名起源は、その民族にとって大切な語りであるから、大和においてはやがて宮廷の儀式用の寿詞となり、天地開闢や始祖起源あるいは国見歌や酒歌などと等しく、大和宮廷の古歌として歌所で管理されたのであろう。

## 98―やすみしし我が大君の ――〈紀76〉

やすみしし　我《わ》が大君《おほきみ》の　遊《あそ》ばしし　猪《しし》の　病猪《やみしし》の　うたき恐《かしこ》み　我《わ》が逃《に》げ登《のぼ》りし　阿理袁《ありを》の　榛《はり》の木《き》
の枝《えだ》

夜須美斯志　和賀意冨岐美能　阿蘇婆志斯　志*斯*能　夜美斯志能　宇多岐加斯古美　和賀尓宜能煩理斯　阿理袁能　波理能紀
能延陀

〔歌い手曰く〕安らかにお休みになる我が大君が、あるとき猟へと出かけられたが、そこへ猪が、狂った猪が突進して来て、ひどく畏れられて、〔大君曰く〕私が逃げ登った阿理袁の、榛の木の枝よ。

**○やすみしし　我が大君の**　安らかにお休みになられる、我が大君が。「やすみしし」は安穏としている王を理想とする表現。垂拱端座に同じ。「我が」は第三者的な表現。「大君」は偉大な王の意。**○遊ばしし**　遊猟をなされた。王の遊びは、儀礼的要素が強い。万葉集に「天皇の、宇智の野に遊猟しましし時に」（一・三）とある。**○猪の　病猪の**　そこへ猪が、狂った猪が。「夜美斯志」は記伝に病猪で手負猪とする。「病」は何かに冒され狂っている様。**○うたき恐み**　とても恐ろしいので。「うたき」は語義未詳。言別は獣が怒り喉を鳴らすことと言う。「恐み」から、激しく怒る猪の様子と思われる。**○我が逃げ登りし**　私が逃げて登った。ここから人称の変化がある。**○阿理袁の　榛の木の枝**　阿理袁の榛の木の枝よ。「阿理袁」は語義未詳。「榛」はカバノキ科の落葉樹。実や樹皮から染料が取れる。

**【諸説】**

〔全注釈〕この歌が前の歌とともに、物語歌であることは明らかで、物語と歌とは一体をなしている。

**【解説】**

この歌謡は、大君が猟に行って凶暴な猪に出会い、驚いて木に登ったことを内容とする歌である。大君は冒頭の第三者の説明に登場するが、途中から大君そのものへと人称が転換するのは、これが叙事歌謡（大歌）の中の一部であったことを示している。しかも、大君が病猪に驚いて木に登ったというのは、おかしみを誘う表現である。これは大君の猟における失敗譚の一つと考えられるが、このような王の失敗譚が語られているのは、王の行う猟の意義と深く結びついているからであろう。古代の王が猟を行うのは食糧確保のためではなく、特別な理由があった。王の猟というのは象徴的な意味を持っており、その中で特に重視すべき事は、君臣の秩序を示すことにあったと思われる。何よりも王の猟は単独で行うものではなく、組織的に整然と行われるものであり、王の指示に従って臣下たちは機敏に行動しなければならない。そのような猟を通じて王の権力が示される。しかし、このような失敗譚を語るのは、猟の中での教訓として示されたものと思われる。この王の失敗に臣下たちは困惑し、王に申し上げるべき言葉を失っている筈である。そのような時に、いかなる臣下がそれに応じるのか、見事に対応出来た臣下は賢臣として称揚され、王は賢臣から善言を得ることになるのである。おそらく、王は猟を通して善言を得ることが目的だったのである。日本書紀には、ここに見るような雄略天皇の猟における失敗譚が載る。怒る猪に恐れた天皇は木の上に登り、舎人に猪を取るように命じるが、舎人もまた恐れをなした。そこで天皇は舎人を斬り殺そうとしたが、皇后からそれは豺狼に異ならないと諫言され、天皇は帰りの車の中で「万歳」を叫び、人はみな禽獣を狩り取ったが、我は「善言」を得て帰ることだと喜んでいる。天皇の猟には、こうした「善言」に関わる性格が存在したのである。王の猟の失敗は滑稽譚ではあるが、一方にそれは賢臣の発見譚でもあった。おそらく、古い時代の王をモデルとした、聖王の遊猟物語を歌う大歌の一節であったと思われる。

## 99 — 少女のい隠る丘を

少女《をとめ》の　い隠《かく》る丘《をか》を　金鉏《かなすき》も　五百箇《いほち》もがも　鉏撥《すきは》ぬるもの

袁登賣能　伊加久流袁加袁　加那須岐母*　伊本知母賀母　須岐波奴流母能

あの少女が隠れた丘を、ことごとく掘り起こしたい。金の鋤を五百個も欲しいことだ。そうすれば、この丘をすべて鋤で掘り起こしてしまうものを。

**【諸説】**

**○少女の　い隠る丘を**　少女がこっそりと隠れている丘を。女性が求婚する男から逃げて身を隠すという伝説の型による。**○金鋤も**　金属製の鋤を。「鋤」は鍬と等しく土を耕す農具。木製に対して高価な金属製の鋤を言う。**○五百箇もがも**　五百個もの鋤が欲しいことだ。「箇」は数量を示す。「がも」は願望。**○鋤撥ぬるもの**　鋤で全て掘り返してしまうものを。厚顔抄は鉏反物という。「もの」は、詠嘆。

〔評釈〕如何にも農耕に従事する庶民の間の謡物らしい味わいのものである。

**【解説】**

この歌謡は、少女に求婚したところ女が丘に逃げ隠れたので、その丘を掘り起こそうという男の歌である。男の求婚から女が逃げるというのは、伝説の型を持つものであり、古代婚姻の習俗的なものであったと思われる。しかし、それがなぜ生まれたのかは明らかではない。少なくとも男の求婚から逃げるというのは、その求婚を拒否することであり、古代において親や村の長の決めた相手を拒否することは、容易に許されるものではなかった筈である。それにもかかわらず、それがなぜ話型として存在したのか。その理由は、この少女には既に心に決めた、愛する男がいたということにあろう。しかし、親にも娘と結婚させる約束をした男がいたのであり、いよいよその男が求婚に来ることを知り、少女は急いで逃げたということであろう。この少女のような女性が、その後にどのような運命をたどったかは分からないが、少なくとも親の指示した結婚から逃れる女性たちがいたのである。他の女性たちも親や世間が許せば、好きな男と結婚することを望んだに違いない。そうした多くの女性たちの望みが、心に思う男以外の男との結婚にあたり、求婚の男から逃げるという習俗を作り出したのではないか。もちろん、それは現実に実行されるものではなく、あくまでも習俗としてであり、儀式の一つであろう。その儀式にあたって、男は逃げた女性を捜さなければならないのである。当該の歌謡が、少女の逃げた丘を掘り返してしまいたいと歌うのは、その少女がそれほどまでして求めたい女性であることを訴えるためである。そのような習俗が存在したであろうことを、この歌は示している。中国の民族の中には、親の決めた結婚に反対して、好きな男と逃げる「逃婚歌」が多く見られる。また、結婚式の当日に逃げ出す花嫁の習俗があり、新郎の家に至るまでに数回にわたり花嫁が逃走する。披露宴の場においても、新郎・新婦の双方がこの結婚から逃れようとする内容の「逃婚歌」が歌われる。これらは習俗として形式的なものであるが、その背後には心に思う恋人と結婚をしたいという願望を抱き続けた歴史が存在したのだといえる。

## 100 — 巻向の日代の宮は

巻向《まきむく》の　日代《ひしろ》の宮《みや》は　朝日《あさひ》の　日照《ひで》る宮《みや》　夕日《ゆふひ》の　日陰《ひがけ》る宮《みや》　竹《たけ》の根《ね》の　根足《ねだ》る宮《みや》　木《こ》の根《ね》の　根這《ねば》ふ
宮《みや》　八百丹《やほに》よし　い築《きづ》きの宮《みや》　真木《まき》栄《さ》く　日《ひ》の御門《みかど》　新嘗屋《にひなへや》に　生《お》ひ立《だ》てる　百足《ももだ》る　槻《つき》が枝《え》は　上《ほ》つ
枝《え》は　天《あめ》を覆《お》へり　中《なか》つ枝《え》は　東《あづま》を覆《お》へり　下《し》づ枝《え》は　鄙《ひな》を覆《お》へり　上《ほ》つ枝《え》の　枝《え》の末葉《うらば》は　中《なか》つ枝《え》

に　落《お》ち降《ふ》らばへ　中《なか》つ枝《え》の　枝《え》の末葉《うらば》は　下《しも》つ枝《え》に　落《お》ち降《ふ》らばへ　下《し》づ枝《え》の　枝《え》の末葉《うらば》は　ありぎぬの　三重《みへ》の子《こ》が　捧《ささ》がせる　瑞玉盃《みづたまうき》に　浮《う》きし脂《あぶら》　落《お》ちなづさひ　水《みな》こをろ　こをろに　こしも　あやに畏《かしこ》し　高光《たかひか》る　日《ひ》の御子《みこ》　事《こと》の　語《かた》り言《ごと》も　是《こ》をば

麻岐牟久能　比志呂乃美夜波　阿佐比能　比傳流美夜　由布比能　比賀氣流美夜　多氣能泥能*　泥*陀流美夜　許能泥能　泥婆布美夜　々本尓余志　伊岐豆岐能美夜　麻紀佐久　比能美加度　尓比那閇夜尓　淤斐陀弖流　毛々陀流　都紀賀延*波　本都延波　阿米袁淤弊理　那加都延波　阿豆麻袁淤弊理　志豆延波　比那袁淤弊理　本都延能　延能宇良婆波　那加都延尓　淤知布良婆閇　那加都延能　延能宇良婆波　斯毛都延尓　淤知布良婆閇　斯豆延能　延能宇良婆波　阿理岐奴能　美弊能古賀　佐々賀世流　美豆多麻宇岐尓　宇岐志阿夫良　淤知那豆佐比　美那許袁呂　許袁呂尓　許斯母　阿夜尓加志古志　多加比加流　比能美古　許登能　加多理碁登母　許袁婆

〔巫曰く〕この巻向の日代の宮は、朝日の日照る宮、夕日の日陰る宮、竹の根の根足る宮、木の根の根這ふ宮、八百丹よしい築きの宮であります。真木栄く日の御門の、新嘗屋に生えている、百足るの槻の枝は、上の方の枝は天を覆っていて、中の方の枝は東を覆っていて、下の方の枝は鄙を覆っています。上の枝の、その枝の先の葉は、中の枝に落ち降りかかり、中の枝の、その枝の先の葉は、下の枝に落ち降りかかり、下の枝の、その枝の先の葉は、ありぎぬの三重の子が捧げていらっしゃる、瑞玉の盃に浮いた脂として葉が落ちて漂い、水がころころとしているようです。これはまあ、何とも恐れ多い、高光る日の御子様でございます。——さて、伝えられている事の語り言は、このような事であります。

**○巻向の　日代の宮は**　巻向の日代の宮は。「巻向」は奈良県磯城郡。「日代の宮」は、景行天皇の纏向の日代の宮。**○朝日の　日照る宮**　朝日の日が照り輝く宮。**○夕日の　日陰る宮**　夕日が輝く宮。夕影の様。夕影の「影」は月影に同じ。龍田風神祭祝詞に見える。**○竹の根の　根足る宮**　竹の根の根が張りめぐらされているように充足している宮。**○木の根の　根這ふ宮**　木の根が這い回っている宮。堅固さを言う。**○八百丹よし　い築きの宮**　美しく彩られ立派に築かれた宮。「八百丹」は建物を褒める枕詞。出雲国造神賀詞に「八百丹杵築宮」とある。**○真木栄く　日の御門**　立派な木が繁る日の御門。「真木栄く」は「ひ（檜）」を導き、「檜」は「日」を導く。厚顔抄は檜御門とする。**○新嘗屋に　生ひ立てる**　新嘗の建物に生い立っている。「新嘗」は神に新穀を捧げる祭りで、「屋」はその祭りを行う建物。日本書紀用明天皇二年に「御新嘗於磐余河上」とある。**○百足る　槻が枝は**　十分に繁っている槻木の枝は。「百足る」は百に足りる、充足していること。槻木は世界樹を表す。**○上つ枝は　天を覆へり**　上の枝は天を覆っている。神樹が天を覆う様子。厚顔抄は天を畿内に准らえるという。**○中つ枝は　東を覆へり**　中の枝は東を覆っている。東は日の昇る異境の地。厚顔抄は東は畿内に次ぐ地とする。**○下づ枝は　鄙を覆へり**　下の枝は鄙を覆っている。「鄙」は世界の果て。厚顔抄は畿内、東海道の外かという。言別は西の鄙とする。**○上つ枝の　枝の末葉は**　上の枝の枝の先は。「末」は先端。**○中つ枝に　落ち降らばへ**　中の枝に散り降り掛かり。**○中つ枝の　枝の末葉は**　中の枝の枝の先は。**○下つ枝に　落ち降らばへ**　下の枝に落ち降り掛かり。**○下づ枝の　枝の末葉は**　下の枝の枝の先の葉は。**○ありぎぬの　三重の子が**　ありぎぬの三重の女性が。「ありぎぬの」は衣の様子に掛かる枕詞。三重の衣をいう。冠辞考は珠衣といい三重に続くのは三重が「三重の勾玉」を指し、宝玉をつけた衣の意であるという。記伝は三重の枕詞で鮮衣のこととする。万葉集に「あり衣のさゑさゑしづみ」（十四・三四八二）とあり、衣擦れの音に掛かる。三重の子は聖女として特別に選ばれた、三重出身の女性。**○捧がせる　瑞玉盃に**　捧げていらっしゃる美しい玉の盃に。「捧がせる」の「せ」は自称敬語。瑞玉は盃を褒める語。**○浮きし脂　落ちなづさひ**　浮いた脂のように葉が降り漂い。「浮きし脂」は、国土創造のイメージ。古事記神話に「国稚く、浮ける脂の如くして」とある。「なづさひ」は漂う様。言別は酒を脂といったとする。**○水こをろ　こをろに**　水はこおろこおろと。「こをろ」は水が玉のようになり転がること。島が出来上がる時のイメージ。古事記神話に「塩こをろこをろに」とある。**○こしも　あやに畏し**　このように不思議にして恐れ多い。「あやに」は口に言えないほどの情景。**○高光る　日の御子**　天に高く輝く日の御子。記28・72番歌謡参照。**○事の　語り言も　是をば**　事の語り言というのは、このようであります。「事」は故事来歴。「語り言」は故事として語り伝えられている話。「是をば」は、このようでございます。大歌を終える定型。記2・3・4－2番歌謡参照。

**【諸説】**

〔全講〕物語として、劇的構成をもっていて、演奏によって伝来したことを思わせる。〔評釈〕新嘗の豊楽に「天語連」をして奏さしめた「寿歌」で、内容は、その当日、天皇が大御酒を聞こし看すミヅタウキの由来を語って、それを捧げた婇の立場から、天皇の御稜威を称えたものであったろう。〔全注釈〕この歌は古代歌謡の基本構造を骨格としながら、寿歌としての肉づけの発達した典型的な宮廷寿歌である。

**【解説】**

この歌謡は、纏向の日代の宮に生い立つ槻木から降り落ちた葉が盃に入り、それを根拠として日の御子に酒を勧める上寿歌である。上寿歌は儀式の際に臣下が王に奉る寿歌であり、酒を勧める場合には上寿酒歌となる。上寿酒歌がこのように歌われるのは、それが特別な儀式に奏上される大歌だからである。内容から見ると、王の領知する神話的世界観を背景としたものである。その世界観は、多く巨木や聖山によって示される。ここに歌われる槻木は太陽が昇り沈む巨木としての世界樹であり、それは生命の木として知られ、この世界を覆う神話的巨樹である。その巨木は、この世界を三層構造としていることが知られる。日本書紀景行天皇十八年には、老人の話として「御木」の伝説が伝えられている。それによると、この樹は歴木で朝日の光に当たり杵嶋の山を隠し、夕日の光に当たり阿蘇の山を隠したとある。世界樹は日本以外においてもさまざまに造形される。それは天に至る柱にもなり、太陽の昇る扶桑の木にもなり、崑崙山上の桃の木ともなる。当該の歌謡では、それを槻木であるとするのである。もちろん、それは現実に存在する槻木ではなく、神話化された槻木である。なぜなら、上の枝は天を覆い、中の枝は東を覆い、下の枝は鄙を覆うのだというように、この槻木が三つの世界を示していることを歌うからである。しかも、その槻木の下にはこの世界を統治する王がいる。古く王は、そうした世界樹をシンボルとし、支配の根拠としたのであろう。こうした世界樹の下にいるのは、アジアにおいては獅子や蛇や鹿や羊などの動物たちであり、また女性たちである。樹下美人の思想は生命の木の女神信仰を受けるものであり、桃の木の下には人面虎身の西王母がいる。その桃は三千年に一度実をつけ、その実を食すと不死となるという。また、古代北欧歌謡の『エッダ』によれば、神の住む聖所は梣の大樹ユグドラシルの傍にあり、そこでは神々が毎日裁きをするのだという。ハール（オーディン）は、「その梣というのは、あらゆる樹の中でいちばん大きく見事なものなのだ。その枝は全世界の上にひろがっていて、天の上につき出て聳えている。三つの根が樹を支えて、遠くまでのびているのだが、その一つはアース神のところ、もう一つの根は霜の巨人のところ――そこは昔奈落の口のあったところだが――、三つめのが、ニヴルヘイムの上にあるのだ。この根の下にはフヴェルゲルミルがいて、ニーズヘグが下からその根をかじっている。だが、霜の巨人のいる方にむいている根の下にはミーミルという泉があって、知恵と知識が隠されている。この泉の持主はミーミルという。彼は知恵の固まりだが、それは、彼が泉の水をギャラルホルンという角杯で飲んだからなのだ。そこへ万物の父がやってきて、泉から一口飲ませてくれ、といった。そして、自分の眼を抵当にしてやっと飲ましてもらった」と説明し、巫女の予言には「われは知る。ユグドラシルと呼ばれる梣あり。高く聳ゆる聖なるこの樹に、白い泥土が注がるるを、そこより露が生じ、露は谷におり、梣はウルズの泉の上に、常に青々と聳えたり」のように述べられている。当該歌謡では、槻木の巨木の下には日の御子（知恵）がいて、この日の御子は国を治める祭祀王である。その王の生命力の根源は、この生命の木から降り落ちた葉の中にある。それは神話的な混沌の世界から得られた生命力であり、それが酒に降りかかることで、その酒は永遠の生命を保証する酒となるのであろう。それを捧げるのは三重の采女であるが、その采女こそ樹下の女神であるに違いない。古代日本では、正倉院御物に樹下美人図が残る。当該歌謡は、このような生命の樹の思想の中に成立しているものであり、ある段階から宮廷の極めて重要な大歌として管理されていたものと思われる。それが歌われる時は、特別な王の儀式の時であったのだろう。それを示唆しているのが、槻木の生い立つ新嘗屋が歌われていることであり、新嘗は穀物を通して生命の更新を祈る王の祭祀であった。神聖な王の死と再生も、この穀物の循環の中に存在したのである。ここに槻木の生命力に保証された「高光る日の御子」が現れるのは、そうした王の即位式と関わるからであろう。大嘗祭が王の即位儀礼となるのは、この新嘗の祭りの流れの中にある。

## 101　大和のこの高市に

大和《やまと》の　この高市《たけち》に　小高《こだか》る　市《いち》の丘《つかさ》　新嘗屋《にひなへや》に　生《お》ひ立《だ》てる　葉広《はびろ》　斎《ゆ》つ真椿《まつばき》　そが葉《は》の　広《ひろ》り坐《いま》し　その花《はな》の　照《て》り坐《いま》す　高光《たかひか》る　日《ひ》の御子《みこ》に　豊御酒《とよみき》　奉《たてまつ》らせ　事《こと》の　語《かた》り言《ごと》も　是《こ》をば

夜麻登能　許能多氣知尓　古陀加流　伊知能都加佐　尓比那閇夜尓　淤斐陀弖流　波毗呂　由都麻都婆岐　曽賀婆能　比呂理伊麻志　曽能婆那能　弖理伊麻須　多加比加流　比能美古尓　登余美岐　多弖麻都良勢　許登能　加多理碁登母　許袁婆

〔巫曰く〕大和のこの高市に、小高い市の開かれる丘の上。そこの新嘗屋に生い立っている、葉広の清らかで立派な椿。その葉が広くいらっしゃるように、その花が照り輝いていらっしゃるように、高く空に輝く日の御子さまに、豊御酒をさしあげなさいませ。——さて、伝えられているお話もまた、このようなことであります。

**○大和の　この高市に**　大和の、この高市にある。「高市」は奈良県高市郡。**○小高る　市の丘**　小高い市のある丘。「つかさ」は小高い場所。厚顔抄は仙覚抄を引いて市の官で高い方をいうとする。万葉集に「佐保河の岸のつかさの柴な刈りそね」（四・五二九）とある。**○新嘗屋に　生ひ立てる**　新嘗の建物に生い立っている。「新嘗」は神に新穀を捧げる祭り。屋はその祭りを行う建物。日本書紀用明天皇二年に「御新嘗於磐余河上」とある。**○葉広　斎つ真椿**　葉の広い、神聖で立派な椿の木。「ゆ」は斎庭などと同じく神聖の意。「真」は立派な。**○そが葉の　広り坐し**　その葉が広くあるように、寛大であられる。葉の広いことから、心の寛大さを導く。「そ」は指示語。**○その花の　照り坐す**　その花が、照り輝いておられる。花が照ることから、その存在が照り輝いていることを導く。**○高光る　日の御子に**　天に高く輝く日の御子に。記28・72・100番歌謡参照。**○豊御酒　奉らせ**　この美酒を、日の御子に献上なさいませ。「奉」は飲む、食うの尊敬語にも用いられるが（記5番歌謡）、ここは日の御子に捧げる意。「せ」は使役。万葉集に「相飲まむ酒そ　この豊御酒は」（六・九七三）とある。**○事の　語り言も　是をば**　事の語り言というのも、またこのようであります。「事」は故事来歴。「語り言」は故事としての語りごと。「も」は、「〜もまた」。「是」は、「このようにある」。「をば」は、詠嘆。記2・3・4-2番歌謡参照。

**【諸説】**

〔評釈〕「天語歌」が、宮廷寿歌として、当世詞人によって、作詞されたものであることを思わせる。〔全註解〕この御歌も、新嘗の宴楽に歌われた御歌である。〔全注釈〕この歌も、天語歌第一首めと同じく、宮廷寿歌としての特徴が明らかである。

【解説】

この歌謡は、日の御子に酒を勧める勧酒の歌である。宮廷宴において歌われた大歌の上寿歌であろう。御子に酒を勧めるために、高市の小高い丘に建つ新嘗屋と、そこに生い立つ神聖な椿の葉と花を比喩として歌い始めるのは、その酒の神聖さを示すためであり、その酒を飲めば御子もまた神聖な王となることを予祝することになる。おそらくこの新嘗屋に立つ椿は、巨木伝説の大椿であろう。荘子（逍遙游）によれば、上古に大椿というものがあり、八千歳を以て春とし、八千歳を以て秋としたとある。そのことから長寿を祝う言葉となるが、そうした椿の巨樹は大椿と呼ばれ、建木と等しく世界樹の一つとして漢籍にしばしば見える。当該歌謡の椿も新嘗屋と揃いの樹木であるため、これはイザナキ・イザナミが天柱と八尋殿とを見立てて国生みをしたという神話にみられるように、世界樹と建屋とを一対とする世界観に根ざすもので、この椿も世界樹としての大椿が想定される。記100番歌謡には、槻木が世界を覆う巨木として歌われている。当該歌謡も、宮廷の公的な宴楽あるいは王の即位式において群臣たちにより捧げられる「上寿酒歌」であり、これを「語り言」とするように、宮廷の歌舞所に管理されていた重要な大歌であろう。「上寿歌」は、日本書紀推古天皇二十年に蘇我大臣の上寿歌があり、「やすみしし　我が大君の　隠ります　天の八十蔭　出で立たす　御空を見れば　万代に　斯くしもがも　千代にも　斯くしもがも　畏みて　仕へ奉らむ　拝みて　仕へまつらむ　歌献きまつる」（紀102番歌謡）と歌われ、それに天皇の応じた歌が載る。ここには君臣の唱和が見られ、服属儀礼の様子が窺える。中国の史書に見える「上寿歌」は、南斉書楽志の「上寿歌辞」に「献寿爵、慶聖皇。霊祚窮二儀、休明等三光」とあり、酒を献じて王の霊性が褒め称えられ、光り輝く王を言祝いでいる。

## 102 ― 百磯城の大宮人は

百磯城《ももしき》の　大宮人《おほみやひと》は　鶉鳥《うづらとり》　領布《ひれ》取《と》り掛《か》けて　麻那婆志良《まなばしら》　尾《を》行《ゆ》き合《あ》へ　庭雀《にはすずめ》　蹲《うずす》まり居《ゐ》て　今日《けふ》もかも　酒《さか》みづくらし　高光《たかひか》る　日《ひ》の宮人《みやひと》　事《こと》の　語《かた》り言《ごと》も　是《こ》をば

毛々志記能　淤冨美夜比登波　宇豆良登理　比礼登理加氣弖　麻那婆志良　袁由岐阿閇　尓波須受米　宇受須麻理韋弖　祁布母加母　佐加美豆久良斯　多加比加流　比能美夜比登　許登能　加多理碁登母　許袁婆

〔巫曰く〕百磯城の大宮人は、鶉鳥のように領布を取り掛けて、麻那婆志良のように着物の裾を互いに交えて、庭雀のように蹲って居て、今日も酒に漬かって過ごしているのであろうよ。高光る日の宮人は。――さて、伝えられている事の語り言も、またこのようなことであります。

**○百磯城の　大宮人は**　立派な石造りの宮の、大宮人は。「百磯城の」は大宮人に掛かる枕詞。冠辞考は皇大城の堅きを石に喩えたという。万葉集に「百磯城の　大宮人は」（一・三六）とある。**○鶉鳥　領布取り掛けて**　鶉が頸に領布を取り掛けているように。「宇豆良登理」は厚顔抄に鶉鳥とする。鶉斑を領布と見たか。大宮人の様子を比喩。**○麻那婆志良　尾行き合へ**　麻那婆志良が尾を交わし合わせるように。「麻那婆志良」は厚顔抄に鶺鴒のこととする。不明の鳥の名。大宮人が衣の裾を交えている様子の比喩。**○庭雀　蹲まり居て**　庭の雀が集まり蹲っているように。厚顔抄は「宇受須麻理」を蹲居とする。大宮人が集まり蹲っている様子を比喩。雀を比喩とするのは、雀が集まって餌を啄む姿にあり、その姿を仲の良い集団と見たのである。**○今日もかも　酒みづくらし**　今日の日も、酒に漬って過ごしているだろう。「酒みづくらし」は、「酒＋水漬く＋らし」。「らし」は婉曲表現。宴会を指す。万葉集に「橘の下照る庭に殿建てて酒みづきいますわが大君かも」（十八・四〇五九）とある。**○高光る　日の宮人**　天高く輝く、日の宮の宮人よ。「高光る」は「日の御子」に掛かるのが一般だが、ここは異例。記28番歌謡参照。**○事の　語り言も　是をば**　事の語り言というのも、またこのようであります。「事」は故事来歴。「語り言」は、故事としての語りごと。「是をば」は、このようでございます。大歌を終える定型。記2・3・4番歌参照。

**【諸説】**

〔全注釈〕一連のちぐはぐさは、この物語が三首の宮廷寿歌を中心として構成され、物語的部分はその起源の説明（つまり「歌語り」）にとどまっているためであるといえよう。

**【解説】**

この歌謡は、大宮人たちが毎日楽しく酒飲み宴会をしていることを詠んだ歌であるが、その意図が分かり難い。これは大宮人を批判する歌なのか、あるいは羨む歌なのか、それ以外か。少なくとも、この歌の内容を見る限りでは、大宮人は毎日鳥の仕草のようにして酒に漬り暮らしていることが知られるから、それを批判する歌とも受け取れる。しかし、これが「事の　語り言も　是をば」と歌い納められていることからみると、重要な大歌として伝えられていることが認められる。したがって、そこには批判ではない他の意図があるに違いない。それを推測すれば、ここに見る「酒みづくらし」がヒントなのであろう。これは大宮人が宴会をして過ごしていることを指すため、言い換えれば、宮廷は何事もなく平穏であり、国が安泰であることを意味する。世に多事なく平穏であるために天子は何もせずに居られることを、中国古典では垂拱端座（手を拱いて座していること）という。それは世が平安であることから、天子は何もせず手を拱いていても世は治まるという意味であり、老荘の言う無為自然の政治でもあった。宋書の楽志に載る武帝の「対酒」には「対酒歌、太平時、吏不呼門。王者賢且明、宰相股肱皆忠良、咸礼譲、民無所争訟」とある。宮廷が太平で宴会を楽しむのは、賢明な臣下たちがあり、それで民に争いも無く、世が平和だからであるという。万葉集にも「酒みづきいますわが大君かも」（十八・四〇五九）とあった。したがって、大宮人も取り立てて急務をこなす必要が無く、日々宴会を楽しんでいるのである。このことから考えると、この大歌が意図しているのは、優れた王の出現により世は太平となり、大宮人はゆったりと宴会を楽しむことが出来るのだという、徳ある王を褒め称えることであるといえよう。これも宮廷に取り込まれた、聖王賛美の酒歌の大歌であることが知られ、「事の　語り言」から見ると、宮廷歌以前の巫の伝承の中に存在した歌謡と思われる。

## 103 水そそく淤美の少女 ――〈琴歌譜〉

水《みな》そそく　淤美《おみ》の少女《をとめ》　本陀理《ほだり》取《と》らすも　本陀理《ほだり》取《と》り　堅《かた》く取《と》らせ　下堅《したがた》く　や堅《がた》く取《と》らせ　本陀理《ほだり》取《と》らす子《こ》

美那曽々久*　淤美能袁登賣　本陀理登良須母　本陀理斗理**　加多久斗良勢*　斯多賀多久　夜賀多久斗良勢　本陀理斗良須古

水そそく淤美の少女は、徳利をお取りになられるよ。徳利を取り、しっかりと取ってちょうだいね。底の方もしっかりと、もっとしっかりと取ってちょうだいね。その徳利をお取りになられる子よ。

**○水そそく　淤美の少女**　水そそく、淤美の少女よ。「水そそく」は淤美にかかる枕詞。掛かり方は不明。冠辞考は水の中の魚の意とする。「淤美」は臣ともされるが不明。言別は魚に続くとし、淤は魚の約とする。**○本陀理取らすも**　徳利をお取りになられるよ。「本陀理」は酒を入れた大きめの徳利と思われる。厚顔抄は相撲かという。記伝は「秀罇取も」とし、罇は酒器とする。「す」は親愛。「も」は詠嘆。**○本陀理取り　堅く取らせ**　徳利を取るのに、しっかりとお取りなさい。**○下堅く　や堅く取らせ**　底をしっかりと持って、もっとしっかりとお取りなさい。**○本陀理取らす子**　徳利をお取りになられる少女よ。

**【諸説】**

〔全講〕手拍子をうって畳みあげて歌ったのだろう。酒宴の興に乗じて歌ったもの。〔全註解〕三重婇が御盞を献った時と同じ新嘗の宴楽の御歌である。〔全注釈〕宮廷儀礼が次第に整備されるとともに、もともとは采女によって歌われた勧酒歌が、歌舞の専門化によって専門的な歌人によって奏せられるようになり、したがって歌詞も、間接的な勧酒歌に変わったのが、天語歌第二首めやこの宇吉歌であろう。

**【解説】**

この歌謡は、少女に大きめの徳利をしっかりと持つようにと促す歌である。全注釈が言うように、酒歌の中の勧酒歌の一部であろう。お酌をするのは淤美の少女であるが、この少女は、お祭りの時に美しく着飾った稚児の役割を果たしていたと思われる。その祭りの後に宴会が開かれ、少女は宴会に特別に呼ばれて賓客の接待をするのであろう。少女に敬語を用いつつ、徳利をしっかり持つように促すのは、この宴会に高貴な客人が迎えられたからであろう。当該の歌謡は、祭りの後に高貴な客人を迎えた時に歌われる、勧酒歌の中の一つであったと思われる。客人を丁重に迎え、そうした客人に若い少女らが、美酒を丁寧に注いで接待する時の、伝統的な酒歌であったと考えられる。ただ、ここには少女が酒を零して粗相をしないか、客を迎えた主人の心配と戯れも窺われる。それに応じて、賓客たちも大笑いするのであろう。催馬楽には「御馬草取り飼へ　眉刀自女　眉刀自女　眉刀自女　眉刀自女　眉刀自女　眉刀自女　眉刀自女」（眉刀自女）の歌謡があり、これは宴会で眉刀自と呼ばれる女に、どんどん酒を温めるように促す歌であろう。眉刀自と呼ばれる女性の名も特別であり、淤美の少女も特別な女性と考えられる。

## 104 — やすみしし我が大君の

やすみしし　我《わ》が大君《おほきみ》の　朝《あさ》とには　い寄《よ》り立《だ》たし　夕《ゆふ》とには　い寄《よ》り立《だ》たす　脇机《わきづき》が　下《した》の　板《いた》にも
が　吾背《あせ》を

夜須美斯志　和賀淤冨岐美能　阿佐*斗尓波　伊余理陀多志　由布斗尓波　伊余理陀多須　和岐豆紀賀　斯多能　伊多尓母賀
阿世袁

安らかにお休みになられる我が大君が、朝方にはちょっとお立ち寄りになられ、夕方にはちょっとお立ち寄りになられる。そのように、いつもお立ち寄りになられる、脇机の下の板になりたいなあ。ああ、あなたよ。

**○やすみしし　我が大君の**　安らかにおやすみになる我が大君の。「やすみしし」は、王が休むことを理想とする表現。垂拱端座に同じ。万葉集に「やすみしし　わご大君」（一・三八）とある。**○朝とには　い寄り立たし**　朝の時には、そっと傍に立ち寄られ。

「朝と」は朝の時。「夕と」の対。ただ、「斗」に校異があり「け」の可能性もある。万葉集に「君に恋ひ寝ねぬ朝明に」(十一・二六五四)とある。「立たし」の「し」は尊敬。**○夕とには　い寄り立たす**　夕方の時には、そっと傍に立ち寄られ。「立たす」の「す」は尊敬。**○脇机が　下の**　脇息の下の。「和岐豆記」は記伝が師説をあげて脇息のこととする。脇息は座る時に用いる肘掛け。「下」は脇息の裏側。目に付かないことをいう。**○板にもが　吾背を**　板でありたい、愛しいあなたよ。「もが」は願望。「あせを」は感動の詠嘆であるが、「吾背を」で愛しい男が本意。「を」は詠嘆。

**【諸説】**

〔全講〕こういう歌が宮廷の御宴で歌われる。それが物語に取り入れられたのである。〔評釈〕あるいは、臣の嬢子どもの天皇に対する憧れを歌った、後宮での謡物がその原歌であったかも知れない。〔全注釈〕采女などの歌ではなく、雅楽寮の歌人の歌と思われ、歌の主旨は天皇の讃美にある。

**【解説】**

この歌謡は、大君が朝夕に使用する脇息の下の板でありたいと願う歌である。この表現には一つの類型があると思われ、万葉集には「やすみしし　わご大君の　朝には　とり撫でたまひ　夕には　い縁せ立たしし　御執らしの　梓の弓の」(一・三)とあり、大君が朝夕に手に執る弓がテーマとして歌われているが、当該の歌謡ではここから大君の傍に奉仕する臣下の歌へと向かっている。おそらく大君への奉仕を誓う、宮廷宴などに歌われた大歌としての寿歌であろう。ただ、最後の「あせを」は、記29番歌謡に「一つ松　吾背を」と見えるように「ああ」という感動詞とも見られるが、これが「吾背を」であれば、大君を愛しく思う女の歌ともなる。その方が脇息の板でありたいと願う臣下の態度よりも、理解し易いように思われる。しかも、板であることを願うのは、目に見えない部分で、相手の手に巻いていてもらいたいという願望からである。万葉集に「石竹のその花にもが朝な朝な手に取り持ちて恋ひぬ日無けむ」(四・

四〇八）や「置きて行かば妹はま愛し持ちて行く梓の弓の弓束にもがも」（十四・三五六七）とあるのは、愛しい女性を石竹の花や弓束として手に持っていたいという願いからである。脇息の板になりたいという願望は、脇息の板となり、男の手に何時も巻かれていたいという思いにある。当該歌謡が常に愛しい人の傍にありたいというのも、恋の思いによる表現だからであろう。そうした恋歌が「やすみしし　我が大君」という宮廷儀礼の語を冠して歌われるのは、これが宮廷宴における宮人や采女などが献呈する寿歌であったからだといえる。そして、それは神楽歌の「幣に　ならましものを　すべ神の　御手に取られて　なづさはましを　なづさはましを」（幣）に見るように、神への讃歌でもあった。こうした神事の歌が恋歌へと変成することが考えられ、当該歌謡が成立する事情を窺わせるものである。

## 105 — 大宮のをとつ端手

大宮《おほみや》の　をとつ端手《はたで》　隅傾《すみかたぶ》けり

意富美夜能　袁登都波多傳　須美加多夫祁理

大宮の、向こう側の端の隅が、傾いているよ。

**○大宮の**　大きな御殿の。「大宮」は王族の家を指す。歌垣の歌であれば、大宮は架空の宮で、相手を持ち上げる言い方。**○をとつ端手**　あちらの端の。「をと」は彼方を言う「をち」の音韻変化。万葉集に「彼方の赤土の小屋に」（十一・二六八三）とある。「手」は場所を示す接尾語。**○隅傾けり**　御殿の隅が傾いているよ。相手の家を貶しめる悪口。

**【諸説】**

〔評釈〕この問答歌は、シビ物語の歌謡中では、比較的新しい時期に、物語潤色者の手によって、歌垣が歌の掛合いであることから、問答芸能の様式を採り込んで差し加えられた机上作品であったのではないかと疑わせる。〔全註解〕呪言の唱和、即ち呪言争いであって、異る邑落民同志の唱和であったのである。

**【解説】**

この歌謡は、立派な御殿の端が傾いていると嘲笑する、歌闘争における悪口歌であろう。このような悪口歌が歌われるのは、まず歌垣の場である。そこで悪口が歌われるのは、相手の欠点を取り上げて挑発し、相手から歌を引きだすとともに、相手が怒りのために応答できない状態へと持ち込むためであろう。もちろん、ここでその建物が傾いているというのは、相手の家に欠陥があることを論うことであるが、さらには、相手の人間性に対する挑発でもあり、この歌謡は初めから闘争的な要因を孕んでいるといえる。この歌謡が片歌型式であるのは、歌垣では直ちに相手に対応を可能とする即興性を必要としたからである。ここでは相手の欠点を取り上げて挑発し、相手が答えに窮したり激怒したりするのを期待するのである。御殿が傾いているというのは、悪口を超えた挑発の表現であり、すでに幾つかの挑発の歌が交わされていたのであろう。これが大宮の欠陥を歌う挑発の歌として成立しているのは、その背後に王族に対立する勢力があり、それをモデルとした物語が存在したからであろう。もちろん、歌垣は民間の歌の祭りであり、広く日本列島に痕跡を残している。その中でも大分宇目の唄げんかは攻撃的なことで有名であり、原曲に基づき即興の対詠が展開する。折口信夫はそれを悪態祭りとして捉え、始めは教訓であったが、後に唄掛け風のもどきもあるかと言う。奄美には「サカウタ」があり、呪詛性が強い。当該歌謡にも、歌の掛け合いによる歌闘争が見られ、以下記106～110番歌謡まで、この歌闘争のシリーズ（主題を共通とした連作）が展開している。

## 106 — 大匠をぢなみこそ

大匠《おほたくみ》　をぢなみこそ　隅傾《すみかたぶ》けれ

意冨多久美　袁遅那美許曽　須美加多夫祁礼

あれはね、大工の棟梁の腕が、なんとも下手だったので、隅が傾いているのだ。

**〇大匠**　大工の棟梁が。**〇をぢなみこそ**　下手であったので。「をぢなみ」は拙劣。仏足石歌に「乎遅奈伎夜　我に劣れる」とある。「こそ」は強め。**〇隅傾けれ**　隅が傾いてしまっているのだ。相手の誹謗への反発。「けれ」は、「こそ」を受ける係り結び。相手の言葉を受けて反発するのは、対詠形式の一つの定型。

**【解説】**
この歌謡は、大工の棟梁の腕が下手であったから隅が傾いているのだと、前歌を受けて傾いている理由を説明し弁解した歌である。建物が傾いているのは主人の性格なのではなく、大工の腕のせいだとするのは、傾いている理由を建物に限定して収束しようとする算段であり、これは切り返しの歌である。もちろん、これは相手への応戦のみであり、挑発性はない。それほど問題とすべき挑発ではなかったのか、あるいは軽く受け流したのであろう。家に欠陥があるという指摘は、その家の主人の人格の欠陥でもあると挑発したものであるが、それを人格の問題にせずに大工のせいにしたのは、切り返しとしては適切である。この歌が前歌の末尾の語句を用いて同様に歌い収めているのは、対詠の時の方法であり、古代歌謡に多く見られる。ここには、相手の語句の引き継ぎが対詠の方法として存在している。

## 107　大君の心をゆらみ

大君《おほきみ》の　心《こころ》をゆらみ　臣《おみ》の子《こ》の　八重《やへ》の柴垣《しばかき》　入《い》り立《た》たずあり

意富岐美能　許々呂袁由良美　淤美能古能　夜弊能斯婆加岐　伊理多々受阿理

大君の心がぐらついているので、臣の若様の家の立派な柴垣の中に、入って来ることが出来ないでいることだ。

**○大君の　心をゆらみ**　御子様の心が揺れ動いているので。「大君」は天皇を指すが、ここでは天皇に連なる御子などへの尊敬。「を～み」は「～が～なので」。**○臣の子の**　臣の家の若様の。「臣」は古代有力豪族の姓の一。ここでは自分を高めた言い方。**○八重の柴垣　入り立たずあり**　立派な柴垣の御殿に、入り来ることが出来ないでいるよ。「柴垣」は木の枝を組んで編んだ垣。相手を嘲笑する悪口。

**【諸説】**

〔全註解〕時代が新しくなると、歌垣に用いられる形式が、殆ど短歌形式に定められてしまうが、この時代では漸くその萌芽が見え、片歌形式、短歌形式等の種種の形式が並用されようとしていた。

**【解説】**

この歌謡は、相手の心が揺らいでいるので、私の立派な御殿に入ることは出来ないのだという挑発の歌である。「大君の　心をゆらみ」は、前歌の「隅傾けり」と言ったのを継いで、それを直接に心の傾きとして嘲笑したのである。いわば、相手の大君はもの怖じして私の立派な御殿に入ることは出来ないのだという挑発の歌である。詠み手は相手よりも権勢を誇り、力を誇示することで相手を屈服させようとするのである。当該の歌謡の側は、相手の建物と心を一つにしながら、その欠点を攻めようとする悪口歌である。こうした悪口歌は、歌掛けの戦略であったと思われ、それの特殊化されたものが各地の民俗行事として残されている悪態祭りである。

## 108 ― **潮瀬の波折を見れば** ― 〈紀87〉

潮瀬《しほせ》の　波折《なをり》を見《み》れば　遊《あそ》び来《く》る　志毘《しび》が端手《はたで》に　妻立《つまた》てり見《み》ゆ

斯本勢能　那袁理袁美礼婆　阿蘇毘久流　志毘賀波多傳尓　都麻多弖理美由

潮瀬の波折を見るとね、ゆらゆらと波乗りをしながら遊びつつ来るよ。おや、そのシビの傍らに、妻が立っているのが見えることだよ。

**○潮瀬の　波折を見れば**　潮瀬の波が幾重にも立つ方を見ると。「潮瀬」は潮の寄せる沖合。「波折」は波が折り重なって幾重にも寄せて来る様。**○遊び来る　志毘が端手に**　遊びつつやって来るシビの傍に。「遊び」は遊泳。「しび」は魚の鮪。歌垣の歌とすれば、シビは魚の名とともに、歌闘争の相手の名。「端手」は傍ら。**〇妻立てり見ゆ**　妻が立っているのが見える。相手を鮪の夫婦に喩えて嘲笑する歌い方。「見ゆ」は「見れば」を受ける、国見歌の型式。

**【諸説】**

〔全註解〕大潮の波間に泳ぎ来る鮪に喩えて、先方の権勢を権勢と思わず、虚勢とばかり嘲笑された。〔評釈〕魚のくせに、歌垣ともなれば、人並みに配偶者が傍に立っているわい、と、権門の子をあえて魚類扱いにして、志毗臣に挑んだ歌として理解されていたものだろう。〔全注釈〕志毗臣の「大君の心を緩み」に対する皇子の答え歌としては、全然かみ合わない。

**【解説】**

この歌謡は、海の向こうから波に乗って遊泳して来たシビと、その横に妻が立っていることだと挑発する歌である。これが挑発の歌であるのは、「シビ」が魚の名の鮪と、相手の名のシビとを重ねていることにより、相手を愚弄する内容だからである。しかも、海の向こうから波に乗り鮪がやって来て、その横にシビの妻がいると笑うのは、シビ夫婦で波乗りを楽しんでいることを指す。ここで戦いの相手が、魚の鮪（シビ）と呼ばれているのは、鮪捕りの漁師などの漁労の関係者だからであろう。そのシビを材料に、闘争を行うのである。この歌謡の目的が相手への愚弄にあるとすれば、鮪が妻と一緒に波乗りをしているというところに理由があったのであろう。そのようなことが揶揄の理由となるのは、古代の社会において男女・夫婦が親しく遊び戯れることなどが淫らな行為とされていたことによろう。

## 109 ― 大君の御子の柴垣 ―― 〈紀90〉

大君《おほきみ》の　御子《みこ》の柴垣《しばかき》　八節締《やふじ》まり　締《し》まり廻《もとほ》し　切《き》れむ柴垣《しばかき》　焼《や》けむ柴垣《しばかき》

意冨岐美能　美古能志婆加岐　夜布士*麻理　斯麻理母登本斯　岐礼牟志婆加岐　夜氣牟志婆加岐

大君の御子様の柴垣は、幾重にも紐で締めて、しっかりと締め廻してはいるが、それでも切れてしまうだろう柴垣だ。すぐに焼けてしまうだろう柴垣だ。

**○大君の　御子の柴垣**　大君の御子様の御殿の柴垣は。「大君」は相手を持ち上げる言い方。「柴垣」は細い木の枝を紐で繋いで組んだ垣根。その家の主人をも指す。**○八節締まり　締まり廻し**　幾重にも縄で縛り、縛り廻してある。御殿の立派な様や相手の権勢を比喩して言う。**○切れむ柴垣　焼けむ柴垣**　すぐに切れてしまうだろう柴垣よ、焼けてしまうだろう柴垣よ。「む」は推量。相手の御殿の垣根を愚弄し、その権勢もその程度であると嘲笑する悪口である。

**【諸説】**

〔全註解〕この歌は、記紀の歌謡の中でも、特異な形態を有する歌として注目に値する。

**【解説】**

この歌謡は、相手の建物の垣を粗末なものであるとすることで、相手を挑発し愚弄しつつ反発して来るのを期待する歌である。いわば、志毗は建物の歌シリーズ（主題を共通とした連作）で相手の欠点を論っているのである。垣や門はその家の顔であり、それが立派なものであれば尊敬された。もちろん、その柴垣が粗末であると言うのは、御子の人間性も粗末であるということである。そのことを以て、相手が怒るのを期待しているのである。歌垣の歌が、こうした歌闘争の性格を持っていたことも十分に推測される。そうした男同士の歌闘争には、悪口歌も組み合わされて掛け合わされたのであろう。両者が建物と魚のシリーズで歌うのは、そのテーマ性にズレがあるように思われるが、それぞれが一貫したテーマを歌うことから、こうした組合わせの歌い方も可能であったことが知られる。何よりも掛け合いは相手の歌に即応する必要がある。その方法は、①相手の語句の継承、②歌のテーマの設定、③相手の歌内容の引き継ぎが考えられ、秋田の金沢八幡宮の掛唄では、創作による即興で掛け合わされるが、まず②のテーマがその場で主催者により設定され、③の方法により相手の歌内容が引き継がれる。奄美の八月踊りの歌流れでは、伝統歌詞による即興の方法で①②③が同時に展開する。この秋田・奄美のいずれもが、相手側の歌が終わると同時に歌が引き継がれて、展開するところに特徴がある。当該歌謡では、②のテーマが個人により設定されている形であるが、そのテーマ性は、建物と魚に限定され、相手の欠点を指摘することで一貫している。

## 110—大魚よし鮪衝く海人よ

大魚《おふを》よし　鮪衝《しびつ》く海人《あま》よ　しがあれば　うら恋《こほ》しけむ　鮪衝《しびつ》く志毗《しび》

意*布袁余志　斯毗都久阿麻余　斯賀阿礼婆　宇良胡本斯祁牟　志毗都久志毗

大きな魚を釣り上げたいという、シビを衝く漁師の海人よ。そうであるので、妻を残して沖に出かけ、心から恋しい思いをすることだろうよ。シビを衝く可哀想な志毘よ。

**○大魚よし**　大きい魚が良い。厚顔抄は大魚吉とする。大きい魚の鮪を良しとすることから、鮪に掛かる枕詞か。「よし」は「良い」。冠辞考は「し」を助辞とする。**○鮪衝く海人よ**　鮪を衝く漁師の海人よ。「斯毘」は鮪。「衝く」は、銛で魚を衝くこと。「海人」は魚や貝を捕る漁師。万葉集に「藤井の浦に　鮪釣ると　海人船動き」（六・九三八）とある。**○しがあれば**　そのようであるので。「し」は指示語。鮪を釣りに遠洋へ行くので。**○うら恋しけむ**　心に恋しいと思うだろう。「うら」は「裏」で心を指す。万葉集に「わが背子にうら恋ひ居れば」（十・二〇一五）とある。大きな鮪を釣るには、遠洋へと出かけ妻と離れるので、恋しがるだろうという意である。**○鮪衝く志毘**　鮪を衝く志毘よ。鮪を捕る志毘と掛けて、相手を嘲笑している。相手を挑発するための悪口。

**【諸説】**

〔全註解〕歌垣は、次次と歌を互いにかけあわせて勝負を決するのであって、これが夜の明けるまで続けられることは、珍しいことではなかった。〔評釈〕ここに登場した歌謡そのものは、「歌垣」での歌であるとされるように、多くは比喩の面白味を主とした、素朴な即興詩とも云うべきものであった。

**【解説】**

この歌謡は、大きな鮪を捕ろうとする海人の志毘が、そのために遠洋へと出かけることで、妻を恋しく思うだろうと嘲笑する悪口歌である。もちろん、それのみでは嘲笑の意は出ないが、鮪を銛で衝く漁師が志毘でもあるということに嘲笑の意が現れる。シビの語呂を合わせた単純な嘲笑であるが、これが悪口歌としての力を発揮するのは、その内容が愛する妻との別離だからである。当時において男女の恋が世間の興味ある話題であり、愛する妻への侮辱として受け止められたのであろう。加えてシビという魚の恋に掛けているところにも、挑発と嘲笑の理由がある。ここでも一貫して鮪シリーズ（主題を共通とした連作）で相手を攻撃している。この一連の戦いで一方は建物シリーズ、一方は魚シリーズで歌闘争をしているのは、噛み合わないとも受け取られるが、こうした歌い方が存在したのである。ここでは相手を挑発して歌えない状況へと導くことが重要であるから、相手のテーマに乗らずに独自の挑発を工夫しているのである。これが男同士の歌闘争ではなく、男女の恋の掛け合いであれば、相手の主旨を受けて同一のテーマが展開したものと考えられる。

## 111　浅茅原小谷を過ぎて――〈紀85〉

浅茅原《あさぢはら》　小谷《をだに》を過《す》ぎて　百伝《ももづた》ふ　奴弖由良久母《ぬてゆらくも》　淤岐米《おきめ》来《く》らしも

阿佐遅波良　袁陀尓袁須疑弖　毛々豆多布　奴弖由良久母　淤岐米久良斯母

浅茅原から小谷を過ぎて、百に伝わる奴弖由良久母から、淤岐米が来るらしいよ。

**○浅茅原　小谷を過ぎて**　浅茅原から小谷を過ぎて。万葉集に「浅茅原茅生に足踏み」（十二・三〇五七）とある。**○百伝ふ　奴弖由良久母**　百に伝わる奴弖由良久母から。「百伝ふ」は五十・八十と次々に伝わり百の数まで続くこと。イやヤソを導く枕詞。ここの「奴弖由良久母」は意味不明だが、百へと伝わる途中の経過する土地に対するものと思われる。「奴弖」は厚顔抄が「鐸」とし説文を引いて鈴の大きいものとし、諸注では駅鈴とする。**○淤岐米来らしも**　淤岐米が来るらしいよ。「淤岐米」は人名か。あるいは、オキメがオキナ〔翁・老夫〕との対の語とすれば、老女のことかと思われる。「らし」は推量。「も」は詠嘆。「らしも」には何か特別な動きが示唆されている。

## 【諸説】

〔評釈〕歌物語に定着する以前のこの歌謡は、朝廷直轄の原野を、警戒のための鐸の音を、或ははっきりと、或はかすかに、遙か彼方から響かせながら、浅茅原を過ぎ、小谷を過ぎて渡って来る山番の様子を歌ったもので「置目」は文字通り監視人であり、本来、山間の民の伝誦歌であったように思われる。

## 【解説】

この歌謡は、小谷を過ぎて淤岐米がやって来ることを言う歌であるが、意味が取りにくい。何らかの物語の中の一片なのであろう。浅茅原から小谷を過ぎてというのは、道行きの表現であるから、ここの淤岐米と呼ばれている者は、遠くからやって来たことが知られる。しかも、この者が来ることが「来らしも」と表現されるから、大騒ぎになるほどのことなのであろう。ただ、「百伝ふ」が導く「奴弖由良久母」の語も意味が通りにくい。「奴弖」は鐸で、駅馬につける鈴のことともされるが、「百伝ふ」からの繋がりがやはり不明である。次の歌謡がこの歌謡と関係していることからみると、明らかに何らかのシリーズ〔主題を共通とした連作〕の中に歌われていたことが知られる。次の歌謡では意岐米とあり、人名とすれば「おきめ」という名であり、これを「おきな〔翁〕」と対と考えると、老女のことを指すと思われる。淤岐米が来るということのみでこれだけ話題となるのは、この淤岐米はある者の本妻で、夫が若い女性を手に入れたことを聞きつけて、早速にここにやって来たことが想定される。そこで、周囲の者たちは本妻が来たという噂を聞きつけ、これから夫婦の間で修羅場の起きることを予想して騒いでいるのであろうと思われる。例えば、万葉集には史生である尾張少咋という男が、土地の遊行女婦の左夫流児に迷っていた折に、夫の身を案じる妻が夫の元へやって来た時の歌として、「左夫流児が斎きし殿に鈴掛けぬ駅馬下れり里もとどろに」（十八・四一一〇）という歌が載る。本妻は鈴を掛けない私的な早馬を用達して来たのに、それでも里の中が大騒ぎになったというのである。そうした聞き手が興味を持つ夫婦の騒動が、当該歌謡の背後にあるのであろう。なお、日本書紀に目頬子が韓国へ渡った時に郷家の者が贈ったという歌に「韓国を　如何に言ことそ　目頬子来る　むさかくる　壱岐の渡を　目頬子来る」（紀99番歌謡）とあり、ある特別な者の到来をこのように歌ったことが知られる。

## 112 ― 意岐米もや淡海の意岐米 ―― 〈紀86〉

意岐米《おきめ》もや　淡海《あふみ》の意岐米《おきめ》　明日《あす》よりは　み山隠《やまがく》りて　見《み》えずかもあらむ

意岐米母夜　阿布美能淤岐米　阿須用理波*　美夜麻賀久理弖　美延受加母阿良牟*

意岐米よ、ああ。近江の意岐米よ。明日からは深い山に隠れて、見えずにあるのだろうか。

**○意岐米もや　淡海の意岐米**　意岐米よ、淡海の意岐米よ。意岐米は近江在住の者。「オキメ」は記111番歌謡参照。「もや」は強い詠嘆。淡海は近江のことで、琵琶湖を言う。**○明日よりは　み山隠りて**　明日からは深い山に入って。「み山」は「深山」。特別な事情から、山奥に籠もるのであろう。**○見えずかもあらむ**　見えずにあるのだろうか。「かも」は疑問。「あらむ」は「あるらむ」で推量。山の彼方に行き隠れると同時に、人の目に触れないことが示唆されているか。

【諸説】

〔評釈〕おそらく、物語の潤色者によって歌い添えられた創作歌であったろう。〔全注釈〕置目に対する愛惜の情のこもった歌で、歌謡的性格を脱却した完全な抒情詩といえる。

【解説】

この歌謡は、近江の意岐米が国に帰ると、もう会えないのだろうという内容の歌であるが、やはり意味が通り難い。前歌からのシリーズ（主題を共通とした連作）と思われるから、何らかの物語の中の一片なのであろう。少なくとも前歌を考慮して考えると、浅茅原から小谷を過ぎて道行きをして来た意岐米が、ある者の所に訪れ、次いでその意岐米は近江へと帰ることが詠まれている。それを親しく見送る者は、心を深く意岐米に寄せていることが窺われる。ここから歌の主人公が意岐米という者であることが知られ、ここに近江の意岐米物語があったことが推測される。この意岐米を老女と考えると、老女の物語には、雄略天皇が美和川で求婚した赤猪子の話がある。古事記によると、赤猪子が天皇に求婚されて待ち続けること八十年を過ぎ、やむなく天皇のもとを訪れて理由を話すと、天皇はすっかり忘れていたと言う。それで天皇は共寝することも叶わず、土産を持たせて返したというのである。当該歌謡は、そうした物語があると思われる。万葉集には「近江県の物がたり」（七・一二八七）があったというが、この意岐米物語もそうした一つであったのかも知れない。あるいは、恋する者が別れる時の歌とも考えられる。万葉集には「雲居なる海山越えてい行きなばわれは恋ひむな後は逢ひぬとも」（十二・三一九〇）のような歌がある。雲の彼方の海山を越えて行くと、私の恋心が募るのだと訴える。当該歌謡にも、そうした男女の別れが想定される。さらに、先の万葉集に見る尾張少咋の話を想定すれば、意岐米は夫の浮気に嫌気が差し、結局は近江へと帰り夫との関係を絶ったということになるのかも知れない。「み山隠りて」というのは、遠くの山に隠れたという意味のみではなく、身を隠したと考えるべきであろう。したがって、ここには仁徳天皇の皇后である磐姫が、夫の浮気に嫉妬した末に、ついに山背の筒木へ遁れ、そこで生を終えたというような物語が想定される。日本書紀の歌謡によると、浮気をした仁徳天皇は天皇のもとを去る皇后を宥めるために、「朝儒の　避介の小坂を　片泣きに　道行く者も　偶ひてぞ良き」（紀50番歌謡）と訴えるが、ついに皇后は許さなかったという。意岐米も夫の前から身を隠したという話が想定出来るのであり、そのことを後悔した夫の歌が、当該歌謡であろうと思われる。

古事記歌謡注釈　終

# 後書き

古代の歌謡が記憶され残されるのは、きわめて偶然の可能性が高い。文字以前の人々にとっては記憶こそが重要な方法であり、声のテキストとして保存するのは、それを専門とする者であった。その時の記憶は、民族において最も重要な語り言であったに違いない。それが、民族の起源に係わる大歌であった。もちろん、大歌だけが民族の歌のテキストではない。小歌もまた民族の心や民俗生活を豊かにした筈である。そこには膨大な小歌が歌われていたと思われるが、その殆どは消えるテキストとしての運命を余儀なくされた。むしろ、この小歌は消滅することを必然とする。なぜなら小歌は今を歌うことを主旨としたからである。それでありながらも小歌が残される大きな要因は、祭りや宴席において繰り返し歌われて山歌（定番の歌）としての性格を維持したからであろう。

こうした古代歌謡の世界を、古事記に見える百余首の歌謡から考えた。神話・物語に託された歌謡という条件を取り除き、歌謡のみを考えることで古代歌謡の性格を明らかにすることが目的であった。それは、予想どおりに歌謡が持つ特質を古事記の歌謡が豊かに物語っていた。そこには大歌も小歌も多く含まれ、それらが混じり合いながら歌謡の世界が展開している。さらに、こうした歌謡は大歌・小歌に関わりなく多くの対詠形式を踏みながら形成しており、そこには歌謡が集団的な性格を強く持つことが示されている。万葉集にも多くの問答歌が見られるが、それを遡る問答形式の歌謡が、そのような方法として古代歌謡の中にあったことを窺わせ、歌謡の問答形式は、すでに論じられているように芸能的・歌劇的な方法による歌唱であったと考えられる。

そのような古代歌謡の特色には、さらに愛とエロスの世界がある。なぜ、古代の歌謡に愛とエロスが多く歌われるのか、検討されなければならない問題であろう。あるいはまた、道行き表現の多さも特色である。この道行き表現は道中を動画のように描く方法であり、後の絵巻に至るスクロールによる表現であったと思われる。聞く者に旅をしているような印象を与える技法は、古代歌謡に特徴的に見られるものであり、その始発はまれびとの神の巡行にあったものと思われる。

ともかく、いろいろな想像を与える古代歌謡の世界は、歌の源流や日本文化を考えるのに優れたテキストであろう。ここに論じた内容はまだ試論の段階であり、さらに多くの歌謡理論を作り上げる必要がある。多くのご意見・ご叱責を賜れば幸甚である。

こうした本書の刊行が可能となったのは、ひとえに新典社社主の岡元学実氏のご厚意によるものである。あらためてお礼を申し上げる次第である。

辰巳　正明

平成二十六年一月

# 本文校訂表（校異）

凡例

1．本校訂表は、古事記歌謡注釈の漢字本文に＊印を付した箇所の校異を示したものである。
2．本校訂表においては各歌謡の校異に通し番号（１２３…）を付しているが、漢字本文の＊印には通し番号を付していない。歌謡の漢字本文に照らし合わせながら、通し番号順に参照していただきたい。
3．校異の掲出の方法は、以下の通りである。
　（例）５番歌謡：１久(祥以下)——文　２毛(鼇以下)——ナシ
　これは５番歌謡の漢字本文に校異が二つあることを示している。１は底本が「文」となっており、道祥本以下の諸本によって「久」に改めたことを意味する。２は底本が欠字であり、鼇頭古事記以下の諸本によって「毛」を採用したことを意味する。
4．真福寺本における「阿—河」「米—末」「杼—梯」「袁—表」「斗—計」の文字はいずれか判断がつかない場合があるため、上記の文字異同に関しては校異として掲出していない。
5．底本、諸本略号は以下の通りである。また、諸本の系統で校異を示す場合もある。
　底本：真福寺本　※御本注記は底本中・下巻の御本による注記を指す。
　【伊勢系】道—道果本　祥—道祥本　春—春瑜本
　【卜部系】兼—兼永本　延—延春本　前—前田家本　曼—曼殊院本　猪—猪熊本
　【版　本】寛—寛永版本　鼇—鼇頭古事記（延佳本）　訓—訂正古訓古事記

**２番歌謡**
１岐(祥以下)——波
２岐(伊勢系)——伏
３婆(祥以下)——ナシ
４岐(卜部系)——波
５祁(鼇)——都
６那(祥以下)——那冨

**３－１番歌謡**
１婆(卜部系)——波
２理(卜部系)——ナシ
３叙(伊勢系)——釼
４婆(祥以下)——ナシ

**３－２番歌謡**
１阿遠(祥以下)——ナシ
２久豆(卜部系)——登
３多岐(祥以下)——ナシ
４古(卜部系)——吉
５許登(卜部系)——ナシ

**４－１番歌謡**
１阿多々△——底本判読不能
２許(卜部系)——弥

**４－２番歌謡**
１麻(祥以下)——底本判読不能
２登(祥以下)——ナシ

**５番歌謡**
１久(祥以下)——文
２毛(鼇以下)——ナシ

**６番歌謡**
１麻(鼇)——ナシ

**７番歌謡**
１陀(春以下)——院
２何(卜部系)——能何
３余(春以下)——金

**８番歌謡**
１韋(祥以下)——葦
２碁(祥以下)——基

**９番歌謡**
１波(春以下)——彼
２亜々(御本注記)——疊々
３碁(訓)——基
４胡(鼇)——朝

**10番歌謡**
１夜(鼇)——衣

**16番歌謡**
１袁(鼇)——裳

**18番歌謡**
１袁(御本注記)——裳

**19番歌謡**
１弖(訓)——忌

**22番歌謡**
１美(「古波夜三字御本无之」)——古波夜美
２袁袁(訓)——素袁或(「素」右傍「御本无此字」)
３理(卜部系)——ナシ
４麻(卜部系)——广

**23番歌謡**
１都豆(卜部系)——都豆都豆
２那(鼇)——祁

**25番歌謡**
１袁(鼇)——赤

**26番歌謡**
１袁(卜部系)——赤

**28番歌謡**
１迦流(鼇)——流迦
２都紀波(卜部系)——紀都

**29番歌謡**
１袁(卜部系)——袁袁

**31番歌謡**
１幣(底本右傍)——弊

**35番歌謡**

277　本文校訂表（校異）

1阿(卜部系)——ナシ

**38番歌謡**

1能(底本右傍)——態

2勢(卜部系)——藝

**39番歌謡**

1岐(卜部系)——ナシ

**40番歌謡**

1美(卜部系)——ナシ

**41番歌謡**

1毛(鼇)——之

2波(御本注記)——彼

**42番歌謡**

1須(御本注記)——酒

2須(御本注記)——酒

3比(卜部系)——ナシ

4迩(卜部系)——迩佐能迩

5波(底本右傍)——婆

6曽能(卜部系)——曽能曽能

7波(御本注記)——彼

**43番歌謡**

1志(訓)——友

2波比(鼇)——比波

**44番歌謡**

1叙(鼇)——釼

**45番歌謡**

1微(延)——徴

**46番歌謡**

1母(卜部系)——ナシ

**47番歌謡**

1由(御本注記)——ナシ

**52番歌謡**

1久(訓)——文

**53番歌謡**

1那(卜部系)——耶

**54番歌謡**

1米(卜部系)——朱

**55番歌謡**

1和須(卜部系)——須和

**56番歌謡**

1豆(卜部系)——定

2閇(卜部系)——門

**57番歌謡**

1斯(卜部系)——期

**60番歌謡**

1呂(訓)——ナシ

**61番歌謡**

1泥(卜部系)——ナシ

**62番歌謡**

1能(卜部系)——能之

**63番歌謡**

1知(卜部系)——和

**69番歌謡**

1弖(卜部系)——且

**71番歌謡**

1古(卜部系)——右(底本右傍「古本マヽ」)

**72番歌謡**

1志(卜部系)——ナシ

**73番歌謡**

1迩(卜部系)——余

**74番歌謡**

1能(卜部系)——勝

**75番歌謡**

1母知(卜部系)——知母

2弖(底本右傍)——ナシ

3母(卜部系)——乎

**79番歌謡**

1泥(卜部系)——佐

**80番歌謡**

1弖(卜部系)——ナシ

**82番歌謡**

1古(卜部系)——右

**86番歌謡**

1弥(卜部系)——祢

**88番歌謡**

1能(卜部系)——能尓

**89番歌謡**

1波(卜部系)——波波

2尓(兼異本注記・寛)——余

**90番歌謡**

1袁(鼇)——裁

2阿(卜部系)——ナシ

**91番歌謡**

1久(卜部系)——又

2弁(卜部系)——牟

3夜麻(卜部系)——麻夜

4豆(卜部系)——登

**92番歌謡**

1賀(卜部系)——ナシ

2々(卜部系)——之

**97番歌謡**

1尓(卜部系)——尓々

**98番歌謡**

1志斯(卜部系)——ナシ

**99番歌謡**

1加(鼇)——ナシ

**100番歌謡**

1能泥(卜部系)——ナシ

2延(卜部系)——近

**103番歌謡**

1々(卜部系)——斗

2斗理(鼇)——計

3斗(鼇)——ナシ

**104番歌謡**

1斗(訓)——許

**109番歌謡**

1布(卜部系)——有

**110番歌謡**

1布(卜部系)——有

**112番歌謡**

1波(卜部系)——彼

2阿(卜部系)——ナシ

# 古事記歌謡語句索引

凡例

1．本索引は、『古事記』歌謡に関する索引である。
2．本索引は、歌謡の性格から判断して独自に歌謡番号を付しており、３番歌謡と４番歌謡については、内容上からそれぞれ３－１、３－２と４－１、４－２の番号を用いている。
3．本索引は、歌謡の一句索引であり、５または７を基本とする区切れによる語句を取り上げた。
4．歌語の後の洋数字は、古事記の歌謡番号である。

# ■ 著者略歴（50音順）■

大谷　歩（おおたに　あゆみ）
國學院大學大学院博士課程後期
主要論文 「児部女王の嗤ふ歌―『万葉集』巻十六の『愚』なる娘子をめぐって―」
（『國學院大學大学院紀要―文学研究科―』45輯，2014年3月）

大塚　千紗子（おおつか　ちさこ）
國學院大學大学院博士課程後期
主要論文 「『愛心深入』における女の因業―『日本霊異記』中巻第四十一縁―」
（『古代文学』52号，2013年3月）

小野　諒巳（おの　あさみ）
國學院大學大学院博士課程後期
主要論文 「倭建命物語における思国歌―被派遣者という視点から―」
（『美夫君志』85号，2013年2月）

加藤　千絵美（かとう　ちえみ）
國學院大學兼任講師
主要論文 「追懐される宇治若郎子」 （『日本文学論究』72冊，2013年3月）

神宮　咲希（しんぐ　さき）
國學院大學大学院博士課程後期
主要論文 「『万葉集』東歌の防人歌」
（國學院大學大学院『文学研究科論集』40号，2013年3月）

鈴木　道代（すずき　みちよ）
國學院大學兼任講師　博士（文学）
著書 『大伴家持と中国文学』 （笠間書院，2014年2月）

髙橋　俊之（たかはし　としゆき）
國學院大學大学院博士課程前期
主要論文 「『古事記』序文の「壬申の乱」の位置づけ」
（『日本文学論究』73冊，2014年3月）

室屋　幸恵（むろや　さちえ）
國學院大學大学院博士課程後期
主要論文 「豊玉毗賣神話の歌謡―「戀心」との関連を中心に―」
（『美夫君志』86号，2013年3月）

森　淳（もり　じゅん）
國學院大學大学院特別研究生
主要論文 「高橋虫麻呂の登高歌―『筑波山に登れる歌』をめぐって―」
（『文学・語学』205号，2013年3月）

辰巳 正明（たつみ　まさあき）
1945年1月30日　北海道生まれ
1973年3月31日　成城大学大学院博士課程満期退学
現職　國學院大學教授
学位　博士（文学）
著書　『万葉集と中国文学』『万葉集と中国文学　第二』『詩の起原　東アジア文化圏の恋愛詩』『万葉集に会いたい。』『短歌学入門　万葉集から始まる〈短歌革新〉の歴史』『詩霊論　人はなぜ詩に感動するのか』『折口信夫　東アジア文化と日本学の成立』『万葉集の歴史　日本人が歌によって築いた原初のヒストリー』『懐風藻全注釈』（以上，笠間書院）『長屋王とその時代』『歌垣　恋歌の奇祭をたずねて』（以上，新典社）『万葉集と比較詩学』（おうふう）『悲劇の宰相長屋王　古代の文学サロンと政治』（講談社）
編著　『懐風藻　漢字文化圏の中の古代漢詩』『懐風藻　日本的自然観はどのように成立したか』（以上，笠間書院）『郷歌　注解と研究』（新典社）『万葉集歌人集成』（講談社）『万葉集辞典』（武蔵野書院）

古事記歌謡注釈《こじきかようちゅうしゃく》　歌謡の理論から読み解く古代歌謡の全貌

2014年3月3日　初刷発行

監修者　辰巳正明
発行者　岡元学実

発行所　株式会社　新典社

〒101－0051　東京都千代田区神田神保町1－44－11
営業部　03－3233－8051　編集部　03－3233－8052
ＦＡＸ　03－3233－8053　振　替　00170－0－26932
検印省略・不許複製
印刷所　恵友印刷㈱　製本所　牧製本印刷㈱


ISBN978-4-7879-0634-2 C1095
http://www.shintensha.co.jp/
E-Mail:info@shintensha.co.jp